大漠碑铭

大元相耶律楚材

冯同军 ◉ 著

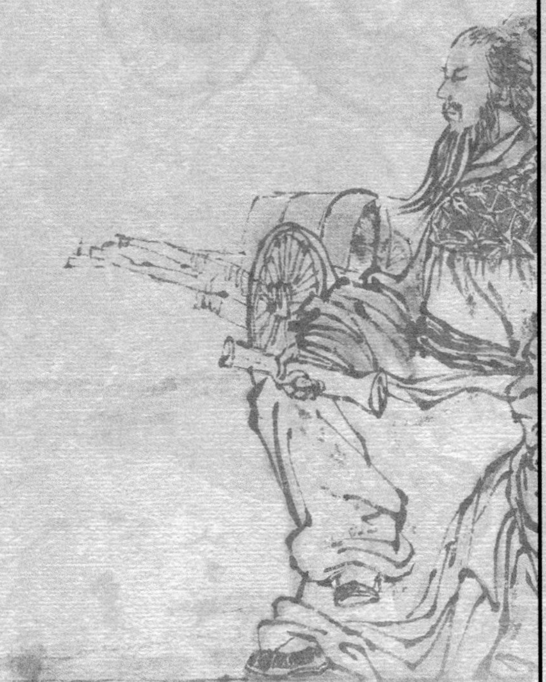

内蒙古出版集团 内蒙古人民出版社

图书在版编目(CIP)数据

大元相——耶律楚材/冯同军著.—呼和浩特:内蒙古人民出版社,2012.5

(大漠碑铭)

ISBN 978-7-204-11549-5

Ⅰ.①大… Ⅱ.①冯… Ⅲ.①长篇历史小说—中国—当代 Ⅳ.①I247.5

中国版本图书馆CIP数据核字(2012)第090811号

大元相——耶律楚材

作　　者	冯同军
策　　划	马东源
责任编辑	王　静　马燕茹
责任校对	李向东
封面设计	大象设计
插　　图	敖宝林　黄瑞生
出版发行	内蒙古出版集团　内蒙古人民出版社
地　　址	呼和浩特市新城区新华大街祥泰大厦
网　　址	http://www.nmgrmcbs.com
印　　刷	内蒙古爱信达教育印务有限责任公司
开　　本	710×1000　1/16
印　　张	11.75
字　　数	193千
版　　次	2012年9月第1版
印　　次	2012年9月第1次印刷
印　　数	1—5000册
书　　号	ISBN 978-7-204-11549-5/I·3342
定　　价	25.00元

图书营销部联系电话:(0471)4972001　4972092

如发现印装质量问题,请与我社联系,联系电话:(0471)4971562　4971659

序

由内蒙古人民出版社出版发行的系列长篇历史小说《大漠碑铭》和读者朋友见面了。

“大漠”是指哪里？是我们北方的蒙古高原，古称“朔漠”，也称“瀚海”、“大碛”，史书上把内蒙古地区称为“漠南”。

“碑铭”是指什么？就是“树碑立传”，为那些已被历史尘封的北方古代人物。

北方，大漠文明的丰富内涵和对人类文化的伟大贡献一直鲜为人知。同时也是人类文明重要的发祥地。随着历史的演进，在这片土地上，有过不同族属的兴替。遥想当年，在这片土地上，有牧歌羌笛，也有吹角连营，有穹庐逐绿，也有战马嘶雪，在几千年的风雨中，记载在史书中的北方部族有鬼方、猃允、戎狄、东胡、匈奴、鲜卑、柔然、回纥、突厥、契丹、女真、蒙古以及其它族体。在他们争取生存的历史进程中，都曾经表现出各自的刚烈和坚韧，无畏地冲开各种束缚而踏出自己的辉煌。但他们没能为后世留下足够的记忆，人们要了解他们多数只能凭借汉家资料，正史中的有关北方游牧民族的列传和志记是有限的，有些是带有偏见的，而在野史和民间传说中则更是把北方民族视为异类。比如“苏武牧羊”、“昭君出塞”、“杨家将”、“岳飞抗金兵”等等，其中所出现的北方民族不都是野蛮的反派角色吗？

事实真是如此吗？上下五千年，正史与野史交替，神话与传说并存，我们不能以地域来评介民族和人物。我们应该认识到，北方的历史既是游牧民族的历史，也是中华民族历史的一部分。以史为鉴，可以思接千载，视通万里，可以把握中国社会治乱兴替的规律，可以洞悉“修身、齐家、治国、平天下”的永恒智慧。北方古代优秀人物众多，有些堪比秦皇汉武，只是湮没在历史的尘埃中使很多人一头雾水而已。那么，如何让人们能清晰明白地去了解历史上真实存在的北方人物，感受历史的真实，这便是我们编辑这套《大漠碑铭》系列丛书的缘起。

这套丛书由十四册组成，均为内蒙古地区实力派作家创作完成。这套书中有写匈奴、鲜卑、乌桓的，也有写辽、金、西夏和蒙元的，基本囊括了我们古代北方少数民族不同族属中的不同人物，有帝王也有平民，有男人也有女人。在历史上一个又一个北方民族跨越阴山步入中原演出了一幕幕威武雄壮的活剧。每位作者在创作中、我们在编辑中都注重不拘泥于旧说，更不拾人牙慧，大胆在作品中表述独立的见解，但我们更注重，在对人物和事件的认识上虽可和成说不尽相同，但在史实上却不杜撰，更不戏说，尽量达到以时间为经，以人物和事件为纬，经纬交织，描写出不同民族不同风俗的故事，用其中蕴含的或高昂或哀婉的场景，让人们重温一段历史，与中国北方民族进行亲密接触，在读故事中寻绎历史中所蕴藏的民族智慧，感悟民族气节。

以史为鉴，以古人为鉴，增强民族自尊心、自豪感和凝聚力，是我们编辑出版这套系列丛书的愿望，同时也是一次大胆的尝试。愿我们这套系列丛书能更为生动、更为多彩地为读者提供了解中国北方少数民族及历史人物的机会，能为读者朋友带来阅读上的满足和愉悦。

一

几片枯黄的槐树叶，在秋雨的抽打下，终于离开了母体，一阵秋风，把它们刮进一间尚未熄灯的屋子里。

残秋，最揪人肺腑，秋风秋雨的夜更让人心寒。人们在这种天气里，都早早地熄灯进入了梦乡，想用梦中的美事，抹掉残秋带来的惆怅。

在天都燕京玉泉山上玉泉祠内的那间尚未熄灯的房子里，又续上一枝龙涎红蜡烛。在红蜡下，有一人身穿员外便服，一手捋着过脐的长髯，一手伏案疾书。他就是蒙古汗国首任中书令——耶律楚材。

红蜡虽已换了五次，然而，耶律楚材毫无倦意。他把笔轻轻地放在笔架上，双手慢慢梳着长长的胡须，原来墨黑的胡须添了些许白霜。

他站起身来，走到窗边，侧耳细听秋雨的声音，算是一种休息。他低头看到飘进来的那几片枯黄的槐树叶，他把它们捡起来，顺手把它们扔到窗外。

在紧靠窗口外的石桌上，有几盆怒放的菊花，在秋风秋雨中，这几盆菊花更显得生机盎然。

“唉!”耶律楚材叹了一声。他扔的那几片枯叶，落在菊花盆内。这些枯枝败叶不配和菊花共在一个盆里为伍，他想。他把手伸到窗外，把枯叶从花盆中捡起来，扔到地下。

在微弱的红烛光下，室外的菊花看的不太真切，耶律楚材的身躯又挡住了红烛的光，所以，菊花只能看个大概。耶律楚材在窗边沉思片刻，转过身去，走到案几边伸手把红烛举起，另一只手遮着红烛向窗边走去。

菊花在红烛的照映下，使耶律楚材看得真切了，他看的是那样入神，以至烛泪掉到他的手背上，也竟然不知。良久，他长长地呼了口气，举着红烛又回到案几边，提笔在手。

这是1243年的一个秋夜，也就是乃马真后称制翌年的一个秋天。

耶律楚材疾书几行后再也写不下去了。他的耳边响起了太祖孛尔只斤铁木真洪钟般的声音“吾图撒合里系天赐我家，尔后军国庶政当悉为之”。

然而，在窝阔台汗的晚年，太祖的遗训并没有起到应有的作用。赤胆忠心的两朝贤相耶律楚材渐渐失势，他推行的中原汉制，虽初见成效，却遇到重重阻力，很难发展下去。

窝阔台汗驾崩后，乃马真后称制，更是每况愈下，军政大权旁落他人。

耶律楚材失势的原因固然很多，但最重要的一点是他得罪了乃马真后。乃马真后是窝阔台汗的第六位皇后，窝阔台汗对这位蛾眉不肯让人，狐媚偏能惑主的皇后宠爱有加，宫中的一切都可以过问。更何况，乃马真后独得一子叫贵由，因此，她更加得宠。窝阔台汗驾崩后，贵由随军西征未归，皇孙失烈门年龄尚幼，乃马真后便与耶律楚材商议立主事宜。耶律楚材听后道："这是皇室大事，外姓臣子不敢过问此事。"乃马真后说："太宗在日，曾令皇孙失烈门为嗣，但失烈门尚幼，贵由远征未归，一时恐难定议。但国内不可一日无君……"耶律楚材听出弦外之音，顾不得君臣礼仪，厉声打断了乃马真后的话，"先帝既然有遗训，必当遵行，还商讨什么！"楚材话音刚落，闪出一人道："太子未归，皇孙尚幼，你何不请母后称制！"说话的正是鄂拉合玛尔。耶律楚材知道这是串通好的，让他首肯。他纵观历史，唐武则天称制改周的教训。他知道自己是朝中重臣，一言一行责任重大，尤其在社稷问题上绝不能有丝毫的含糊，于是正色道："先帝既有遗训，当立诏皇嗣速返称帝改元，皇后称制万万不可……"楚材话未说完，乃马真后一阵冷笑，"暂且称制，料也无妨。"楚材欲再谏，只见乃马真后已蛾眉冷竖，鄂拉合玛尔也怒目而视，谏说也无益，便默然而退。只此一点，耶律楚材失宠于乃马真后就是必然的事了。

往事如过眼云烟，浮生若梦。官场上的沉浮升降是很难预料的。自从和乃马真后龃龉后，他上朝所言之事真可谓听者无二三，驳回常八九。难啊！他感到做人难，更感到作为社稷重臣难上加难。难，难道就撒手不管，听之任之吗？这样岂不辜负了铁木真和窝阔台两位大汗的重托，更违背了自己事蒙古汗国的宗旨。

铁木真确实是一位拓疆斩土的英明君主，但地处大漠南北的以游牧为主的蒙古族的经济、文化，毕竟落后于黄河、长江中原地区的农耕社会的经济、文化。铁木真能统一大漠南北分散的蒙古各部落，也会扫清北、西、东虎视眈眈企图分而食之分散而落后的蒙古部落；更会以灭宋亡金来统一中国。这些耶律楚材深信不疑。但，虽马上得天下，岂能马上治天下。

从历史上看，历代的君王对北方民族的征战还少吗？是啊，蜿蜒的长城和断魂的琵琶都是阻碍和安抚强悍的北方民族的有力武器。

风大了，雨小了。一阵风差点儿把屋中的红烛刮灭。耶律楚材是信奉神明崇佛尊道的，他忙用手挡住了红烛，情不自禁地向窗外看了看，又模糊地看到窗外的菊花。墙角的蟋蟀在叫。连这个凶狠好斗振翼而噪的小东西的叫声也显得软弱无力。这不是战斗前愤怒的号角，而是冬之将至临终的哀鸣。百草已经枯黄，树叶纷纷落下，在这场秋雨的洗劫中，世界将要变得光秃秃的寒冷而单调。在这种季节里，在这种天气里，还有什么能比得上菊花的气质呢！它傲然挺立、精神抖擞，它是天之灵物，秋之瑰宝。

秋天菊花披露傲霜迎风而立，冬天梅花战寒斗雪破冰而绽，赢得了人们的赞许。倘若春天菊花与百花齐放，腊梅在狂蝶中破颜，那它们的风骨在哪里呢？

“他年我若为青帝，报与桃花一处开。”耶律楚材想到黄巢的诗句。唉！他毕竟是个草莽英雄，不懂得菊花之所以被人们赞美正是因为它不与桃花一处开。

“莫嫌老圃秋容淡，且看黄花晚节香。”韩琦的两句诗很合他的口味。

他看着秋风秋雨中的菊花，想到司马迁与汉武帝，好比自己与太祖、太宗。刘彻与铁木真、窝阔台无疑均是一代圣主。但，汉武帝对司马迁绝对是不公正的。他对司马迁施以腐刑。腐刑者，刑之最也。然而，司马迁为了完成其父司马谈的遗志，在忍辱偷生，任人笑骂中完成了《史记》这部皇皇巨著，才使记史没有中断。汉武帝在晚年感悟到自己对司马迁施刑过苛，又将这个施了腐刑的司马迁千石郎官，提升为中书令。圣明君主的差错，犹如日月之蚀，是微不足道的，更是不可避免的。

想到这里，楚材感到，自己现在境况不好，但比司马迁好多了，自己应该责无旁贷地想尽一切办法把辽、金、蒙古史撰写出来，留于后世，否则，有何面目到九泉之下拜见太祖、太宗。

他还想到，自己虽年过五旬，还不是太老，乃马真后之后，不难再遇到明主，那么，他弃金降蒙古汗国的主要宗旨，并非完全不可能实现。士择明主而侍之，等待吧，会有这样一天的。

他又想到司马迁《报任安书》中的一段话，“盖西伯演《周易》，仲尼厄而作《春秋》，屈原放逐乃赋《离骚》，左丘失明厥有《国语》，孙子膑脚《兵法》修列，不韦迁蜀世传《吕览》，韩非囚秦《说难》《孤愤》《诗》三百篇，大抵圣贤发愤之所为作也。其人皆意有所郁结，不得通其道，故述往事，思来者……”司马迁所举的这些圣贤，无不是在人生坎坷的道路上受到排斥、打击以肉体受刑后而发奋的。回想自己几十年来金戈铁马，军务倥偬。在仕途上的冗杂事物中，尽管做过一些于国于民的好事，但太微不足道了。过去整日忙于朝政，很难找出这样充裕的时间去整理、记载有关史料。现在好了，乃马真后既然恶于自己，就索性称疾不朝，躲在玉泉祠内，撰写纷繁杂乱的史书。

想到这里，他站起来，剪去烛花，屋内亮了些。他舒展了一下筋骨，铺开锦帛，饱蘸浓墨，写了他十几年前随铁木真时，因铁木真只赏识他的占术而未采纳他的治国之策而郁郁不得意赋出的诗。

> 一圣扬天兵，万国皆来臣。治道尚玄默，政简民风纯。明明方嗣君，宽诏出丝纶。
> 浩荡浃四海，圣训宜书绅。逆取乃顺守，皇威辅深仁。贪饕至天罚，长吏求良循。
> 河表背盟约，羽檄飞边尘。圣驾亲阻征，将安亿兆人。湛然陪扈从，书剑犹随身。
> 翠华次平水，草木咸生春。冰岩上新句，文质能彬彬。冰雪相照映，珠玉如横陈。
> 诗笔居独步，唐都一逸民。圣政周二三，裁物惟平均。综名必核实，求儒务求真。
> 经术勿疎废，笔砚当可亲。竚待环宇清，圜丘祀天神。选举再开辟，仲祥当超伦。
> 一旦腾达时，献策宜诜诜。

这首诗仍不能抒发目前胸中的郁闷，郁结的闷气从笔端流出，他觉得笔走龙蛇、力透纸背。他很想找出十几年前写的那幅绢帛加以对照。于是，他放笔朝堆放绢帛的搁架走去。

这样的事，本应是他的姑娘莲子做的，但今天，尤其是现在，经过一番痛苦的反省，他从古人那里汲取了力量，顿觉浑身是劲，便亲自去翻阅十余年来忙里偷闲整理出来的绢帛。

搁架上已经堆放满了书籍、绢帛。莲子在她母亲苏宛如的教导下，归放的很有条理。然而，光线太暗，他返回去取灯。正在这当儿，狂风大作，一股风吹开了虚掩的屋门，也吹灭了他手中的蜡烛，屋内一片漆黑。

在蜡烛被风吹灭的一刹那，突然拨动了他记忆中一根久已搁置的琴弦。那是三十一年前的秋天，也是这样一个凄风苦雨的夜……

蒙古军已占领燕京月余。耶律楚材当时是金朝驻燕京左右司员外郎。这时的燕京已是金朝的一个不设防的弃都。蒙古军是黎明前杀入城内的，楚材夹杂在逃命的人群中，藏进了一家农户的库房内，才躲过了厄运。他的家小早已迁到玉泉祠内。

玉泉祠当然不是安全之所在。但蒙古军攻破燕京后，挥师南下纵马驰骋在平坦广袤的中原大地，对于紧靠西山的玉泉祠一时还未来得及光顾。可是，这里毕竟不是世外桃源，谁知道蒙古军何时光临这里？远走高飞只能是一种遐想，索性硬挺吧！

一连下了几天秋雨，山路像淋了油似的光滑。一个月来，提到嗓子的心，总算暂时放下了。

家眷早已入睡，楚材正掌灯细读孔老夫子的《春秋》。突然，传来马的嘶鸣，马蹄的嗒嗒声似乎越来越近了。他忙进内室叫醒家眷，告诉她们别害怕。事已至此他反而镇静坦然了下来。他想：自己未能与城池共存亡，已是极为内疚，苟且偷生，无非是为了把辽、金史写完。谋事在人，成事在天。现在天公如此安排，死亦含笑九泉了。

既把生死置之度外，还有何惧？耶律楚材坐回原处，平心静气地读着《春秋》。

门被推开了，也是一股风吹灭了蜡烛。

“宛如！”他从容地说道：“掌灯。”

苏宛如不愧是大家之后，楚材见她擎着蜡烛的手不抖、走路脚不乱，款款而行，把蜡烛稳稳地放在案几上。楚材感到宽慰。他手捧《春秋》，没回头看看来者何许人也。当然，非亲非故，深夜来访，来者不善，善者不来。

“你是耶律楚材？”

来人已把门掩好，似乎进屋的只有他一个人。话是要回答的。

“金朝大臣留京左右司员外郎耶律楚材。”

他这才把《春秋》慢慢地放在案几上，一手捋着美髯抬头看了看来者。只见他的盔甲都已淋湿，在灯光下熠熠发着寒光，高颧骨紫红色的脸。剑未出鞘，说话的口气也并不算粗暴，与一月前在街面上见到的蒙古士兵除服装外，几乎判若两人。

“我乃金朝命官，愿杀愿剐，请便！”

“我奉成吉思汗之命，来接先生回京。”语气平和如初“马已备好，请先生即刻启程。”

竟是这样，和自己预料的恰恰相反。耶律楚材不觉把凛然不可侵犯的正气所支撑的身躯松弛下来……

他找到了以前写的那首诗。

寓迹龙庭积有年，功名已后祖生鞭。销金众口嫉居士，好事独君慕湛然。

许远云山分袂别，几时风雨对牀眠。琼华赠我将何报，聊奇江南古样弦。

二

公元1213年，金宣宗贞祐元年，蒙古军克宣德府，金主卫绍王允济便急于仓皇南逃，欲建都汴梁。一时节，穿蟒袍、扎玉带、蹬朝靴、顶乌纱和金盔银甲的文武大臣乱作一团。

探马又报，北方面军险关——居庸关失守，守将殉职。消息传来，从皇帝到大臣更是慌了手脚。第二天，蒙古大军把京都包围了个水泄不通，要想逃走除非插上翅膀。幸亏，京都的御林军出城浴血奋战。自故道“兵不在多而在勇”，御林军猛冲狠杀了一阵，尽管双方都有伤亡，但御林军的父母妻小都在城里，自然是拼命厮杀，困兽犹斗。经过一场血战，终于保住了他们的父老以及龟缩在深宅大院的百官，减灭了蒙古军的锐气。

金兵见蒙古军退去，也不追击，闭城守都。

成吉思汗看到从城里冲出来的这支队伍凶猛异常，也不知城中究竟埋伏多少人马，况且师出日久，人困马乏，既然未攻下金朝京都，索性挥师退回居庸关。

金主允济见守城胜利，添了点士气，下诏令西路招讨使完颜纠坚与明安立即返京护都。完颜纠坚率步骑兵四十余万，兵扎野狐岭。野狐岭地势险峻，实为从西北防守蒙古军南下的险关隘口。扼守此关，进可攻、退可守。但诏书尚未传递，却接到完颜纠坚全军覆没的军报。

西路不妙，东路更糟。

东路招讨使耶律留歌原是辽国降将，闻听京都被蒙古军包围，非但不去驰援，反而纠集辽国遗族占领辽东州郡，自称都元帅，并与成吉思汗通信，遣使者归服蒙古。

东西两路均已落空，京城周围的州县已被蒙古军占领，只有京城的御林军尚为一支可依靠的部队。好在时值隆冬，成吉思汗已从居庸关撤军，自率三个儿子回杭爱山。原因之一，居庸关崇山峻岭、寸草不生，粮食补给困难，不如回师，越春青草萌芽后再出师不迟。这样，就给金主允济一个喘息的机会。

允济稍喘息，又碰上胡沙虎纠结朝中一些大臣企图发难。这个卫王允济原是熙宗的侄儿，封卫王，地静州。完颜雍废海凌王改年世宗。后又因章宗完颜璟无嗣，才由允济继位。允济自幼多病，及至长成后，身体也孱弱得很。其实，金自章宗后，就一直走下坡路。这个时候与太祖完颜阿骨打打江山和太宗完颜晟掳宋徽宗赵佶和钦宗赵桓的情景已不可同日而语了。完颜雍本拟中兴金朝，无奈此人多疑，对手下大臣时时提防，唯恐被谁篡夺了皇位。况废亮后，更怕在宗亲中步已后尘，拒亲于千里之外。对完颜亮使用过的大臣，罢官的罢官，流放的流放，总之来了个拔韭菜，断了茬。新上来的官，忠到也真忠，但又都是酒囊饭袋。这样，一个多疑善虑、刚愎自用的皇帝，当然也就不可能做中兴的皇帝了。

发祥于辽河流域的金国，北部受到刚刚崛起的铁木真的威胁。当然，对于后院这只猛虎般的蒙古首领的崛起，完颜雍不是没有觉察的，但既连偏安一隅的南宋都无可奈何，又怎么对付得了金戈铁马的蒙古大军呢！铁木真虽然与金朝的守边将士打过几仗，各有胜负。但铁木真眼下要办的并非南下或西征，而是小范围的先把自己部落之间长期分散，各自为政的部落统一起来。这无疑对金来说是有利的。

“一支箭易折，十支箭难断。”这句简单却是真理的话，对铁木真起了很大的作用。他的母亲就用这句富有哲理的话教育了他的弟兄们。其它部落同亲同祖，自然是手足，是兄弟，只要先把这些兄弟团结起来，形成“一捆”才不会被人折断。当然，要把这些零散的“箭”捆在一起必须要用力量，这就造成了蒙古部落之间的仇杀。当铁木真统一了自己的部落后，也就是说用力量把“箭”捆好之后，他开始考虑这捆箭要射向什么地方，开始筹划南下还是西征了，他不仅要做自己部落的王，蒙古族的可汗，他要做全天下的可汗。

当公元 1206 年宋宁宗赵扩开禧三年，金章宗完颜景泰和五年，蒙古孛儿只斤铁木真建国，称为成吉思汗的消息传到燕京，金朝开始感到威胁实实在在来自后院，而并非南宋。于是，他们认真对待这个新崛起的蒙古帝国，修筑了一条金界壕。此壕先后修筑了整整十年，虽比不上秦始皇修筑万里长城，但也工程浩大，民夫兵勇死伤不下数万。此壕东北方向从大兴安岭南麓起，沿小兴安岭的山势由东向西直至阴山，往西筑至河套，全长三千余里。从此可看出，金朝对蒙古是有所防范的，然而，不振饬朝纲，仅凭一条宽三丈，深五丈的人工堑壕能阻止住蒙古军的铁骑吗？

眼下，蒙古的铁骑挥戈南下，居庸关已破，这一带郡城均被蒙古军占领，就连京都——燕京，若无御林军拼死一战，也要失陷。幸亏成吉思汗班师北返，外患稍平，内忧又起，金朝胡沙虎结党营私，又演出了一场逼宫戏，这真是福无双至，祸不单行。

胡沙虎自西京失守，兵败回朝，被皇帝革职后放归故里。后来，因蒙古军南下，又复令胡沙虎还朝，授予右副元帅之职。胡沙虎复职后，对前次革职耿耿于怀，他身为副帅，却不去练兵排阵，整顿军纪，反而带着朋党每日里狩猎狂欢，花天酒地，不务正业。金主允济闻知，矫诏诸责，并令进宫问明治罪。胡沙虎来到是来了，但却不是来认罪，而是演了一场逼宫戏，劫持金主允济到胡沙虎帐下，用药酡死，拥戴完颜珣为帝。这样杀君易主的大事，满朝文武竟噤若寒蝉，可想胡沙虎的权势有多大，朝纲荒疏到了何种地步。

这个金主完颜珣，更是个窝囊废。金主允济登位后，还曾遣使臣至成吉思汗处颁敕，因成吉思汗在金主丞相完颜襄去攻塔塔尔部时，路遇成吉思汗率军在西北出猎，碰到完颜襄问明原委，方知金主去攻塔塔尔。逐与完颜襄合军一处，共讨塔塔尔。原来，塔塔尔曾害了成吉思汗的先人，此仇一直未报，今天，正好趁此机会，去报前仇。当成吉思汗问及为何要兴师讨伐塔塔尔时，完颜襄说塔塔尔无故叛金，因而兴兵北征。于是合兵一处，破了塔塔尔部，杀死部落酋长苏里图。完颜襄见破了塔塔尔，便对成吉思汗道，今幸得你帮助，封你为此路招讨官。成吉思汗听后也就胡乱应承下来。不久，金朝果真遣使颁诏，授予成吉思汗此职，并饬令当为金朝出力。故而，金主允济才有遣使颁诏之举。但，至于金主珣时，自己的居庸关尚在蒙古军手中，再遣使颁诏，怕有些不太识趣。

金主珣倒是多一事不如少一事。但，成吉思汗闻知金主易人之后，心中不喜。在金顶大帐中的四个儿子和战将们都摩拳擦掌，意欲再下中原。但成吉思汗却考虑着，现在发兵为时尚早，莫如等等再说，先探探这位金主珣到底何许人后再动手也不晚。于是，成吉思汗派了个特使前往金朝，游说金主珣。

特使到了燕京，金主珣正忐忑不知来者何意，硬着头皮与右丞相完颜承晖会见蒙古使者。蒙古使来到金殿上，朝金主拱拱手，朗朗而言道："我主成吉思汗皇恩浩荡，特派我专程来此告诉你，快快拿些金帛犒军，我当退兵！"

金主珣一时没了主意，先请蒙古使者到馆舍歇息，来日再议。特使离去后，金主珣急忙与完颜承晖商议对策。

承晖语主道："蒙古军兴起，锐不可当。况成吉思汗也是天佑其成。自他称汗以来，所向披靡，去年一仗，若不是御林军拼死相搏，京城早已陷也。倒不如多用金帛玉器进贡称臣，蒙古军便会退兵，我们再另谋良策。不然，蒙古军继续据伐居庸关要塞，随时可犯京都，为主上计，还是求和为上。"

金主珣早已六神无主，即派完颜襄携带金银珠宝四箱，锦绣千匹，随蒙古使者到斡难河向成吉思汗纳贡。

成吉思汗见金朝反贡于他，不觉大喜。但见到完颜襄时却说："你回去转告汝主，汝山河到郡县，均为我破，汝只有一个燕京，还怕我不能踏平吗？"

这位蒙古大汗用眼角扫了一下在一旁正襟危坐的完颜襄，见他唯唯诺诺，点头弯腰，哪有什么丞相风度，语气便更加重了些。

"自我称汗以来，东杀西讨，南征北战，攻无不克，战无不胜，此天助我也。"成吉思汗越说声音越洪亮，"我夜观天象，金朝气数未尽。我强汝弱，此天意也，我再迫汝，有违天意。故你回去后，转告你主，应感我之仁慈，你们应当年年纳贡，岁岁来朝。但，我视金银珠宝如粪土。你主若真有诚意，何不派他亲女前来侍我！"

完颜承晖欲待搭话，只见金顶大帐内外，将士们虎视眈眈，刀剑寒光闪闪。不觉汗流浃背，不敢说话。成吉思汗见状，示意左右捧上马奶酒，奏起胡乐，兵将撤下，走进几个妙龄女郎，跳起了劝酒舞。

完颜承晖琼浆玉液是尝了不少，但喝马奶酒却是第一次。他本当不喝，无奈舞女扭动腰肢，晃动臀部，轻舒玉臂早已将马奶酒灌进他的嘴里，欲待不咽，又怕大汗动怒，只好咽下去。他满以为一碗已属海量，岂知一女劝罢，二女又来，每人一碗，早已把这位金朝的丞相灌醉。带他酒醒以后，已不知为何离开汗帐，等他清楚时那已是隔日的黎明了。

完颜襄醒来，见帐内只有自己一人。他努力回想饮酒的场景，但思绪仍混混沌沌、模模糊糊。细听帐内，似有脚步的走动声，大概是巡营的卫兵，倒不必担心有人刺杀他。如果真有人要杀他的话，怕早已是刀下鬼了。他想。

但，此处绝非久留之地，应该及早脱身，免生后患。当他辞行时，成吉思汗虽一再挽留，他言称回朝向金主禀报，也好早日送公主北出塞上，为成吉思汗早持巾帚。一席话说得成吉思汗心里很熨帖，便派二员大将护送到居庸关听信。

完颜襄急匆匆回到燕京，将见成吉思汗的经过一五一十毫无保留地向金主禀报，并添枝加叶编排了不少长蒙古人志气，灭金人威风的话，无非是敦促金主珣早下决心。金主珣听后更是六神无主，一时不知如何是好。完颜襄见主上如此慌张，索性再吓唬一句“成吉思汗派迎新人的将军，正在居庸关守候，迟不回话，恐怕一怒之下又杀将过来，到那时怕是玉石皆焚了”。

金主珣说：“你也糊涂了，皇儿我到有两个，皇女无所出，让我如何办理？”

完颜襄不愧为丞相，早已成竹在胸。“你虽无皇女，但先主允济有一公主尚未出聘，你将她视为己女，派出塞上，以安抚蒙古大汗，免去刀兵之灾！”

金主珣听后，寻思也无别法，只好把侄女打扮停当，又如此这般交代一番，仍派完颜襄送女至居庸关，交给了成吉思汗派来的大将。随公主出塞，当然另有一番排场，除随公主出行的五万童男童女外，尚有良马三千，黄金千两，古玩玉器不计其数。

成吉思汗传来旨懿：如送来公主，可立即把兵马撤出居庸关，护送公主齐来塞上。

这位堂堂的金朝丞相完颜襄，确实也没辱君命，不但送上了公主，还退走了粘在眼皮底下的蒙古大军，一举收复了北门铁锁——居庸关要塞。

三

这一切丧权辱国的事件在燕京发生的整个过程中，耶律楚材一直在京供职。他官卑职微，莫说尚列不到九卿之内，即使名列相位，面对这样一个无能的主上，他的上疏，也只是废纸一张。乃至到 1214 年即宣宗二年，金朝弃京南迁汴梁，他对金朝所存在的幻想已完全破灭了。

宋南渡偏安临安的局面，又在金王朝重演了。所不同的是，尚不虽像宋朝的徽宗、钦宗被金朝北虏，而金朝的公主却变相地被成吉思汗掳走，只是方式不同罢了，宋朝是由汴梁而临安，金朝是由燕京而汴梁，地点虽是不同，但重蹈覆辙的道路却大同而小异。连国都都弃之不要的皇帝，他的江山还能维持多久呢！

耶律楚材虽被留京，做了留守使，但，仅是一个摆设而已。燕京周围的郡县早已被蒙古军占领的占领，空城的空城，燕京实际上处于四面楚歌之中，尽管金王朝南迁汴梁，仍修宫筑殿，这在耶律楚材眼中，不过是回光返照、粉饰的太平景象而已，那纵横驰骋中原逐鹿的金王朝，早已变成光辉史册的一页罢了。

其实，仅从耶律楚材从仕以来，就是金、宋、蒙古三朝并立，更不要说还有吐蕃、西夏等小国的存在了。

再说耶律楚材也并非金人，追溯起来，他是契丹后裔。

耶律楚材字晋卿，号湛然居士，生于金章宗明昌元年六月二十日即公元1190年，死于公元1244年，享年五十有五。他的生活年代基本上是金朝走下坡路的后期，也是成吉思汗崛起漠北，统一蒙古诸部落、攻灭西夏、征服西域各地，以及窝阔台继位、攻灭金朝，基本上统一了我国北方地区的时代。

耶律楚材自幼生长于金朝的京都燕京，生长在一个充分汉化的契丹族封建士大夫家庭中。他的八世祖是辽太祖长子东丹王图欲。耶律图欲是中原先进封建文化的向往者。他自幼学习汉籍、精通汉文，能用汉字作诗文，并知音律、善绘画、精医术。后来，辽太祖死后，由于他积极趋向于采用汉法，在政治上与力图保持契丹旧制、反对推行汉法的以其母亲述律太后为首的契丹最高统治集团的政治思想相悖甚远，被迫亡命出逃、隐性埋名，辗转中原，最后客死在外，没能再顺祖籍。楚材的七世祖是辽燕京留守、政事令娄国。楚材的伯祖是辽兴平节度使，辽亡后归顺了金朝。至于楚材之父耶律履，是通四书五经能用汉字写得漂亮文章的人。金世宗时，曾担任过翰林侍制、礼部侍郎等职。金章宗继位后，升任礼部尚书，后来，官拜尚书右丞相之职。

耶律履年逾花甲才有了最小的儿子，他曾私下里对亲友们说："老夫六十而得此子，吾家之幸，他日必成伟器。"他当即按阴阳五行指算八字，后又说："此儿当为异国所用。"耶律履思忖久日后，才给儿子起名耶律楚材。实则取了一个古文"之楚虽有材，而晋实用之。"的典故以为名字。

耶律楚材长到两岁，耶律履故去。实际上是耶律履的夫人杨氏，才是楚材的启蒙老师。耶律履弥留之际，紧握其妻杨氏的手说："楚材必不负我之预言，但我不幸将去，人活六十不算夭亡，然未完成辅教儿长大成人实为憾事。你出身汉人书香门第，随我一生所学甚多，望能倾注全力，教导儿郎。望不负我之委托……"杨氏眼含热泪重重点头领诺。耶律履又道："我祖籍辽之皇室后裔，从先祖起，一直意欲以儒教拯救辽国，不想反被逐去，后辽被金国所代，遂降金。金朝起国之初，也曾有一番惊天动地的作为，然墨守成规，必不能成大气候，君主昏庸则国不保矣。天下者，唯有德之人而居之。良禽择木而栖，义士选主而侍。大厦之将倾，非一绳一索而系之不危。我的子孙万不可把书籍才华当成昏君金銮殿上的基石。你也知孔子鲁人也，适陈则事陈，因为他的学识只能在陈得到发挥。士事昏君犹如庸臣，此我所不取也。此我所嘱，望贤妻教子铭记，我纵而九泉，也谢贤妻的教子之恩。”杨氏俯耳细听铭记丈夫的每一个字，耶律履才瞑目而逝。

杨氏遵夫所托，对子悔育备至。稍长便教楚材读六经百家之书。楚材天资颖悟、过目成诵。年十七岁时，已是无书不读了。长至成年，则博览群书、精通诗文，旁通天文、地理、律历、数字及释老、医卜之说。

金制丞相之子可试补省椽，吏部下文后，楚材不就。事奏至章宗，章宗闻知楚材系耶律履之子时，夸赞道：“有其父必有其子，果是名门之后。”特赐御前就试，果得甲科。金主龙颜大悦，即授年方及冠的耶律楚材同知开州事。这在当时的吏部官员中，是绝无仅有的事。

身为金朝臣子的耶律楚材，从小受“士当择明君而事之”的教育，所以，待他成人后，对三朝并立的三个皇帝做了详尽的分析比较。南宋自不必说，金朝也走下坡路，他看到在漠北崛起的成吉思汗确有一种比“力拔山兮气盖世”的霸王要还大的气概。他从时势造英雄的观点和天下分久必合、合久必分的规律，看出这位马背上打天下的大汗，横扫西域，统一西夏、吐蕃以及远征中东、中欧的成吉思汗是位英雄人物。但，如以马背上治天下则天下仍将无法稳定。自金朝南迁后，燕京易主只是个时间问题。

耶律楚材是蒙古军进入中原后最早明确主张“以儒治国”的人。他在诗中写到：

衣冠异域其余志，
礼乐中原乃我荣。

他的志向就是使蒙古游牧贵族征服者能够适应汉族农业的封建文明，他所引以为荣的就是使中原传统的儒家封建文化制度延续下去。当然，当蒙古铁骑踏破燕京中都时，他不能坐以待毙，死于乱军之中，他的志向尚未得到发挥呢！那样殉城死国，岂不是轻于鸿毛，于是他躲进玉泉祠以避战乱，何尝不是专待时机呢！

成吉思汗早有统一中国之志。燕京攻破后，他一反往日屠城的做法，向部下下诏，遍访辽、金皇室后裔与近族，其中必有能人为他所用。况他早已闻知金燕京留守耶律楚材是一名儒士，当然，他欣赏的并非是楚材推行的汉族礼教制度，而是听说楚材善占卜、识天文、懂地利，此为蒙古军中急需之人才。他手下武将不乏、文臣甚少，急需一个能为他运筹帷幄的谋士。因此，他特别嘱咐手下将士，凡请耶律楚材来见者，赏赐从厚。

重赏之下，果然探听耶律楚材的去处，因此，部将冒雨到玉泉山玉泉祠内，深夜敲开了耶律楚材的门。

四

“传耶律楚材上殿！”声音从金銮殿的龙椅上越过空旷的庭院，穿过威严的重门，递到午门这里。

燕京自辽金建都以来，已开始筑宫建殿。皇帝与臣民当然是有严格区别的，紫禁城当必不可少，不过后经元明清易朝换代，均对皇城加以修葺，规模亦越来越大，殿堂愈建愈多。现在，坐在皇宫龙椅上的是成吉思汗。

耶律楚材一行，骑马驰到城外已是卯牌时分。随行的蒙古军士兵，对耶律楚材甚是谦恭。就连领队的这员小将也是以楚材马首是瞻，并未逾越一步。耶律楚材的心渐渐平静下来。进了西城门，晨曦微晓，楚材侧目望去，只见陪他同行的小将，英姿勃勃坐在马上，紫铜色的脸膛，黑里透红，浓眉细目，颧骨突出，是一副典型的蒙古人的脸型。正在军中骑马操练的十夫长，百夫长见这一行人驰来，便跑过来向这员小将施礼。楚材思量：这员小将别看年纪才二十出头，大约是军中的一位大将。其实，此小将正是成吉思汗的四子拖雷。

城内与一个月相比，显得空旷寥廓，即无大批的兵士马队，也很少见到老百姓。不过尸横遍地，衣物满街的现象却也未曾见到。看来，蒙古军对燕京的屠城，比起以前对其他城池占领后的做法略有收敛。那些地方是掠过就走，而燕京，地处中原，已营建了初具规模的宫殿，成吉思汗好像要再次建都。耶律楚材心里思忖着，随马队进了紫禁城。

越近内城，军士越多。马以不同颜色分队伫立，耶律楚材是第二次领略了蒙古骑兵的雄姿。第一次在兵荒马乱中，给他的印象是马队犹如从天而降，铺天盖地而来；现在看来，蒙古骑兵个个挎弓搭箭，战刀在阳光下发着寒光，确实是一支训练有素的军队。小将在门外下马，耶律楚材也随即下马，一个兵士接过了他的马缰。耶律楚材随着殿内传来的声音，在小将的陪同下，进入午门。

午门以内，玉石铺地的通道两侧，仍是持枪握戟的兵士，里外三层，密密匝匝地一直排到大殿之前，一个个肃然端立，目不斜视，从兵士的威严，当可看出成吉思汗治军有方。

朝堂之上，谈不到什么上朝的班序，但这里除了御林军之外，大都是成吉思汗手下的将军们。这一点可以从服饰上明显地看出来。耶律楚材进来后朝原来金主坐的龙椅上看去，只见一个人端坐着，像一鼎古钟一样，尽管看不出身高，但却极其魁梧。古铜色的国字形脸上一双丹凤眼，闪动着令人敬畏的特殊光泽，眉浓而长，连入鬓角，使人感到在他身上散发着一种可以冲破一切，压倒一切，控制一切的前无古人的气概。无疑，他就是铁蹄踏翻乾坤，战刀闪耀全宇，不可一世的天之骄子成吉思汗。

怎么办？是匍匐在地低头称臣，还是傲然挺立，让他发落？楚材想到这里，长揖而言道："燕京玉泉祠湛然居士耶律楚材拜见成吉思汗！"说罢站在左下方，抬起头来，目光和成吉思汗相遇。他迎着射向他的炯炯目光，并不曾避开。耶律楚材寻思：既是想请，自然不是阶下囚，现在看来，也不会以座上客相待，但上面坐着的毕竟是大汗，长揖一礼也就可以了。

金殿之上，空气像凝聚住了。成吉思汗半晌没有言语。

真是一表人才呀。成吉思汗端详着站在下面的耶律楚材。只见他身高八尺有余，紫红色的脸膛，美须过腹、目光炯炯，对峙过来的眼神毫无惧意。这是一个把生死置之度外的人的目光。人不畏死，奈何以死惧之。况耶律楚材是自己请来的，而且他又以"湛然居士"称谓，身穿无领的偏襟长袍，一副超然脱俗的气势。

只见成吉思汗的左眉向上挑了一下。这是成吉思汗内心激动在眉目上掩饰不了的习惯动作。尽管耶律楚材还是清楚这一习惯意味着什么，殿里的气氛顿时凝固住了，甚至人们的喘气声也显得那么清晰。不知谁的佩刀与铠甲碰了一下，金属的响声，在大殿上发出了刺耳的共鸣。

这时只见成吉思汗用眼扫了一下两侧的大将们，忽然，举起左手，捋了一下胸前的胡须，哈哈大笑一阵。这笑声是好的先兆。先是两侧的大将们把绷直的身子稍微活动了一下，空气仿佛突然间又恢复了对流。

尽管刚才是极为短暂的一瞬间，然而，耶律楚材感到了一种无形的压力，而这种压力往往会使力顶千钧的汉子失去自制，但，耶律楚材从这个压力中挺了过来。他的眼睛一直不曾放过成吉思汗脸上的细微变化，直到他发出了如洪钟般的笑声。

“辽与金是世仇，吾已与汝报仇矣！”成吉思汗盯着楚材说道。

“楚材自父祖以来尝北面事之。既为臣子岂敢腹怀二心，仇君父耶？”耶律楚材迎着成吉思汗的目光侃侃答道。

二人的第一句话，均出乎了对方的预料。成吉思汗感到对方的话颇有分量，竟然对自己所作的一副和解的姿态，不软不硬地驳了回来。他刚想说什么，但突然又宽容地笑了。

“既如你所言，你祖上为辽主，金破辽你父辈又在金朝为官，食金之俸禄，你原为金燕京留守使，现燕京已破，留此也无所用，朕意派员护送你南去汴梁，不知意下如何？”

耶律楚材掂量了对方的话，知道无侮辱成分，但，有一句话的真相尚难断定。更重要的是，自己早已无意再于金朝，于是，从容答道：“金亡乃大势所趋”下一句他斟酌了一会儿，才说出来“统一中国之重任，除君谁尚有此雄略？”他略停顿了一下，坦然地回答了后一个问题，“我曾为金臣，但金朝与南宋，均南迁苟且度日，我身为辽人，事金主为臣，别无他求，只望能将辽、金之崛起与覆亡，用史记载下来，以留后世之用。如大汗恩准，我竭尽全力以为之。况我今日谒见大汗，是以湛然居士的身份而自况的，若大汗以金臣视之，请按刑律加刑于我，死亦无憾！”

成吉思汗发出爽朗的笑声。“若欲加以刀剑，那就无须派我的四子拖雷去请了。”成吉思汗拈须道：“左时，刘备三顾茅庐，我虽比不上刘备那样望贤求士心切，然我的儿子足以代表我了。既然你不以金臣自居，那何不为我？”成吉思汗把话打住，看耶律楚材会做出什么反映，见耶律楚材并未立即表示拒绝，进一步说道：“今幸把公……”把“你”变成“公”称之。“今幸把公请来，不知何以教我？”

“败军之将不谈勇，亡国之臣不言谋”。耶律楚材内心已深深感动，作为成吉思汗“请”来的“客人”谦恭到了这等地步，诚属意料之外，若一味躲闪，似觉不妥。于是，进一步说道：“日后能事君左右，诚本事也。然我别无他长，自幼观天象，识地理、知卜算、懂医道。愿以薄技为大汗效力。”

“公天上事尚无不知，况人间事焉能不晓？”成吉思汗问道。

“人间事刚已言及，大汗将代金、代宋为中原之英主，此天意不可违。”耶律楚材稍作了一下停顿。今天这个场合，应否把话说完，但话已到嘴边，犹如箭在弦上，不得不发。“大汗是统一中原大业的君主，然除工匠外，均在不赦之列。请问大汗，臣民难道仅限于能工巧匠乎？中原土地广沃，可事桑农，此已有千余年的历史。大汗以马背上得天下，而绝不可马背上治天下。民以食为天，军以民为本。将来金灭宋亡，百姓均为大汗臣民。刚才大汗说三顾茅庐的故事。诚然，刘备没孔明，犹如鱼没水矣，曹孟德失奉孝方有赤壁之败。汉之张良，唐之魏徵，均为他们所事之主出谋献策，才有汉之成，唐之兴。倘若大汗能以对不才楚材这礼而对中原士大夫，均不纷至沓来为我主的统一大业出谋献策吗？”耶律楚材侃侃而谈，然初次见面也适可而止。

肃立在金殿之上的部将们，对这位敢于以平起平坐的口气对自己的大汗说三道四，早有不耐烦的，但见成吉思汗倒是全神贯注地倾听耶律楚材的陈述，虽未断然喝停，但也不曾颔首称是。大家摸不透成吉思汗能听进多少或能容忍多久，就连一些善于观察大汗的部将一时也丈二金刚摸不住头脑。他们见耶律楚材把话打住，看成吉思汗究竟会说些什么。

成吉思汗对这位初次会见的，不卑不亢的耶律楚材是那样镇静自若，从心里产生了一种英雄惜英雄的感情。当然，耶律楚材刚才说的要他统一中国的宏伟大愿，使他心中也感到很舒服，他感到耶律敢于直言不讳地道出他的征服手段，足见他人是有胆识的。至于耶律楚材这番话，他到底吃透多少，那是容待思考的了。成吉思汗没有直接表示可否，而是问了一句。

“似你这样的人，中原能有多少？”

“车载斗量，我不过是沧海一粟。”

“你所言之事，我要考虑后再议。”成吉思汗看了看耶律楚材，笑着对左右道：“此公，伟男子也。我得此公，犹如刘玄德得诸葛亮，汉刘邦得张子房，唐李世民的魏徵，此天赐我也。”他又看了一眼耶律楚材，语气变得威严起来，他用蒙语道：“他是我的吾图撒合里！”

“吾图撒合里”不知何意，成吉思汗说罢，两侧部将均高声重复这句话，这倒把耶律楚材弄得有些不知所措了。但耶律楚材从大家的表情和声调中，品出并无恶意，于是待声音弱下去后，他问成吉思汗。

“大汗刚才所言‘吾图撒合里’不知究竟何意，请大汗赐教。”

成吉思汗笑而不答，半晌，复用蒙语问他的部将。

“我们叫他吾图撒合里如何？”

部将们高声答道：“遵命！”

成吉思汗这才笑着对耶律楚材说:“吾图撒合里汉语的意思是‘长髯人’,我对部将们说,你是上天赐给我的‘美髯公’。”

五

耶律履始娶氏,辽贵族,夭折。续娶郭氏,山世胄之孙,复亡。三娶杨氏,名士之女。三妻各得一子。长子辩材,次子善材,楚材为杨氏所生。楚材两岁。父殁。母杨氏谨遵先夫遗言,倾注全力,把楚材抚养成人。楚材十九岁时,母死于兵荒马乱之中。其妻及子铉,均与他母在这次兵灾中流离失散。事后,楚材虽四处打探,终未寻着。兵灾中幸存者道:“当时遇兵都逃到山上,突然,连日暴雨,山洪忽发,有人目睹祖孙三代人被山洪卷走,冲入永定河中。”楚材闻言不胜伤感,鳏夫独居,孑然一身。

面对金朝的腐败无能,他从仕之心亦见淡薄,因为家室羁绊,他常去玉泉山离群索居。山林清泉颇能自娱期间。常对孔明未出山之前的励志铭“淡泊以明志,宁静以致远”而自勉。

一日,偶遇一山野樵夫,从西山负薪而下,过山间小溪时,不慎脚下落空,跌入水中。楚材救起老者,扶至玉泉祠,精心调治,五日方愈。问起老者姓名时,只以万松山人相告,并无别话。楚材见老人老态龙钟,负薪卖柴以此度日,便诚心挽留,但老人却执意要行。楚材无奈,只好买下那担湿柴,掏出一把散碎银子递给老者,只见万松山人淡淡一笑,二指捏住最小的一块,楚材见此情景,忙把碎银包好,塞进老人衣纳之中。万松山人冷笑一声,把包银轻轻放在桌上,只说了一句“此已多占便宜也。”说罢,扬长而去。万松山人在楚材处养伤多日,楚材每日茶饭侍服,谁知走时,连个“谢”字也不曾说。

楚材送走老者,自忖:此人隐姓埋名,藏入深山,必有缘故,我何不登门拜访,以求教益。于是,第二天一早,楚材便往西山老林中走去。

越走树越密,枝枝杈杈遮天蔽日,猿啼鸟鸣不绝于耳。林间本无路,只有一条在层层落叶铺成的颇有弹性的腐殖层上有一线模糊可见的小径,这,大概就是路了。

山路崎岖而陡峭,怪石嶙峋,峰回路转,如苍龙、如异兽、如碧剑、如玉梭,神斧鬼工天塑其成。云雾缭绕其间,形成一种动与静的倒置。好像苍龙朝你游来,异兽向你扑来。好一个巧夺天工的去处。耶律楚材虽走得热汗涔涔,但山

光林色给他的精神上增添了快慰，他感到真是不虚此行。

据史书记载，西山之中有许多庙宇古刹，当年善男信女拈香进表也着实繁华过一个时期。但从眼下的荒径来看，怕是早已断绝香火了。他正在疑虑间，猛地发现有一缕轻烟袅袅升起。刚才雾霭浓重，分不清云、雾、烟，现雾渐散去，这缕烟火清晰可见。

是啰，他要寻找的老者，怕是有烟火的地方。他翻过山顶，那个史书上记载的庙，果然屹立在对面的山脚。居高临下，庙似乎就在不远的地方，但要走起来，恐怕还有十几里路。脚下这条荒径，看来正是通到庙殿去的。

日当中午，耶律楚材才踏上庙殿的台阶。庙门是封起来的，庙墙已有多处的倒坍，但也可以看出，有人用柴棒已补修起来，转过后墙，发现有个小门，显然有人经常在此走动，荒草向西侧倒伏，隐显出土的颜色。耶律楚材暗思：这大约是老者的住地无疑。

他推开虚掩的庙门走进院子，这是大殿的后跨院，院子的几个门都被封死了，形成与大殿隔开的一个独立小院。院内种几畦菜花，正开着黄花，苍松翠柏，腊梅桃李的疏枝扭杈把这个院落装点的安静而淡雅。他心中浮现出刘禹锡《再游玄都观》的意境，联想到这位老者，隐姓埋名，藏入深山，绝不是寻常之辈。屋中无人，上房里有一明两暗的北屋。中间是炊灶间，炊具数件，米面数升而已。左侧是卧室无疑，右侧像是空着，仅一薄席，别无他物。耶律楚材退了出来，寻思屋中之人莫非在山上，刚才看见的那缕轻烟，莫非是山中烧炭的烟火？

他循着小径朝半山腰冒烟处走去，迎面碰上从山上下来的老者，耶律楚材肃立一边，朝老者长长一揖道。

“前次未能留住长者，有失面聆教诲，今特登门请罪，还望长者不吝赐教。”

说罢又是一揖。

“言重了。”老者精神矍铄，声音洪亮。“前次不幸落水，你实为我的救命之人。山野村夫不懂什么繁文礼节，多有冒犯，还望官人海涵。今官人不辞劳苦，亲临茅舍，老夫不胜惶恐”。

“晚辈竭诚前来拜见，还望不吝赐教。”

“老夫饮山泉食野果，与豺狼为邻虎豹为伍，早已与世无争，孤陋寡闻，何敢奢谈教诲二字。老夫自耕自食，以安度晚年。”他见楚材一副凄苦的愁颜，又说了一句。“既已来请到陋室一叙，也聊表上次救命之恩。”

“我是竭诚而来，如长者视我此行还不够虔诚，待我回去沐浴后，再来拜访。”

“言重了。”老者挽起楚材的手臂，说：“既来之，则安之。到舍下再谈。”

饭后，老者沏了一锅百叶汤为茶，款待耶律楚材。楚材喝下顿觉口舌生津、沁人心脾。老者告诉他，采撷了百草配制而成，故曰：“百叶汤。”

他们在薄席上盘腿而坐，老者向楚材慢慢言道。你不要再问我身世，你既诚恳相求要我教你，奈何我是山野村夫，既不能授你天书，也不能教你仙术，唯我的养生之道则可以告诉你。他说：“我自称万松山人，入山以来，只悟计十六字箴言，即‘意死生外身世毁誉不能动哀乐不能人’你回去慢慢品察，若有裨益，不妨一试。三年为期，你可在再来访我。”

耶律楚材默记在心，又恳切地说：“请先辈赐一名可否？”

万松山人沉吟半晌，说：“湛然居士可也。”

六

莲子用手遮挡着蜡烛，放在她父亲的几案上。

耶律莲子，本来是耶律楚材长兄耶律辨材之女。楚材前妻已亡于敌军之中，楚材随成吉思汗西征七年之后回到燕京，又娶苏氏为妻。苏氏名宛如，是宋东坡四世孙威州刺史苏明轩之女。威州亡陷后，苏明轩辗转来到燕京。经友人撮合耶律楚材于1624年迎娶苏氏。后生一男孩，取名铸。耶律铸年至弱冠，被楚材送到张文谦处受课。

张文谦戊戌岁，会朝廷试天下儒士。张文谦中选。说到张文谦，不得不顺便提一下，戊戌科举取士的事。

太宗二年庚寅十一月耶律楚材向窝阔台汗上奏，要设置十路课税，他启奏窝阔台批准他所设十路课税每路的正副使均录用汉人，全部都是儒者。窝阔台准奏。当时录用的汉人有燕京课税陈时可、赵昉、刘恒等等。这是蒙古汗国大批任用汉人儒者的开始。到了1237年即窝阔台八年，耶律楚材又向窝阔台进言道：“制器者必有良工，守成者比用儒臣”，再次向窝阔台强调任用儒臣的重要性。窝阔台批准此奏，并让耶律楚材请一些儒者来此。楚材又奏道：“荐者易存私，难得真士，何不能用考试来录取有识之士呢。”窝阔台命楚材行事。于是有了“戊戌年”的考试。楚材请窝阔台派出断事官赤忽和宣德课税官刘中二人，到各路举行考试选取儒士，并规定，儒人就是现在的奴隶，也要让他考试，如果他的主人把他匿藏起来或者不让他考试，一律将其主人处死的严令。考试以经义、词赋、论语三科。考试结果，到士四千三十人，免为奴者四分之一强。这就是有名的“戊戌”科举取士。

中选的儒士全家得以享受免除赋役的优待，除种田需要向国家缴地租外，其他一切苛捐杂税概予免除。此外，中选者还可担任本地区的议事官，与本地长官同署公事。

这次选中的儒士中间，有不少杰出的人才，这些杰出的人才中，有的人在窝阔台时期就做出了卓越的成绩，有的人则在元世祖时期成了杰出的名臣。

张文谦就是这次科举会议选送至京的儒士之一。耶律楚材闻知他得才华，故将耶律铸送到他的门下，拜师求学。此事述过，再说耶律莲子。

辨材见三弟楚材身边无子女，便将自己的三女送到楚材府上。三女莲子从小聪明才智颖悟，不喜针绣，偏好辞赋。辨材也知三弟媳是北宋名诗人苏东坡之后，出身书香门第。近朱者赤、近墨者黑，何不送于楚材家中。因此，在莲子五岁这年，便开始来往于楚材家中。莲子很快与叔婶建立起感情，每次离去苏氏顿觉像丢了什么，况膝下无女，楚材夫妇更视莲子为己出，教之诗词，无不过目成诵。莲子起初在两家各住三五日，以后，在家中住三五日，在叔婶家住二旬有余，最后索性在楚材家中定居下来。

这个莲子，也算是和书墨有缘，在楚材和苏氏的指导下，她在书山瀚海里读了不少书，莲子渐渐长大后，便为楚材归卷、砚墨、执扇、生炉。书房里的一切巨细均有莲子处理，莲子成了楚材离不开的左右手。及至1243年的秋天，莲子到楚材府上已有了十个年头了。莲子从一个小女孩，变成一个亭亭玉立，端庄典雅的闺女了。

莲子见楚材伏案无语，莲子是后过继给楚材，早已父女相称了，又为志不舒，政不遂而苦恼着。于是悄声说道：“爹爹，凄风苦雨，渐凉得很，时已午夜，您老人家早些歇息吧。”

苏氏宛如随女莲子一块走进书房。她端着个托盘，盘上放一碗热气腾腾的莲子粥和两样菜肴。莲子接过托盘，把热粥和菜肴杯摆放停当，宛如又把一件厚衣披在楚材肩头，以目示意莲子，让她叫父亲用餐。

“爹，我娘给您端来了夜宵，趁热！”她拿起筷子，碰了一下楚材的手，说“趁热吃了吧！”

楚材慢慢抬起头来，看了母女一眼，微微叹了一声。刚才当风把灯吹灭，楚

材喊莲子掌灯后，他感到一阵昏眩，他摸索着伏在案儿上，觉得体内一阵肠鸣，接着像睡着了似的失去知觉。他的身体，日见虚弱，妻子见丈夫一天比一天羸弱，母女俩经常抱头痛哭。但他们之间却回避这个话题。这时，楚材的目光和她们相遇了。她感到丈夫的眼睛里露出了一种稍纵即逝的深感内疚遗憾的目光。尽管这时一瞬间，但苏宛如仍捕捉到了。

楚材为了掩饰刚才的失态，露出对女儿爱抚的微笑，说："深更半夜，你母女苦熬不休为我操劳，我于心难忍呀！"

"不！爹。"莲子也发现父亲眼睛的光有些暗淡。她从母亲的神情里更感到了一种无形的忧虑紧紧匝着她的心灵。于是，她故作儿态，向楚材撒娇道："爹，这原是应该侍奉的。其实，我和妈妈正在翻阅先祖的诗词遗卷呢！"

"莲子粥是莲儿亲手烹制的，你不趁热吃掉，该凉了莲子的心啦。"苏宛如进一步催促楚材尽快喝点粥。

楚材边吃边问："噢，你母女在吟诵先祖诗词，不知哪首感触最深？"

苏宛如向女儿做了暗示，说："你喊掌灯时，我们正读到《浣溪沙》……"

聪明的女儿已心领神会妈妈的苦衷了。她很快接过话头。"是啊，就是游蕲水清泉寺寺临兰溪，溪水西流，有感的那首。"她看到母亲饱含泪水的眼睛在鼓励她说下去。于是，在这凄风苦雨的秋夜，在闪闪烁烁的灯光里，响起了一位十五岁少女那充满生机的诵朗声。

山下兰芽短浸溪，
松间沙路净无泥。
萧萧暮雨子规啼。

爹，您看先祖写得多像现在玉泉祠的环境呀。山下短溪，松间沙路和萧萧秋雨，真好像这里的写照一般。您再听下阕：

谁说人生无再少？
门前流水尚能西！
休将白发唱黄鸡。

您看，先祖被谪黄州后，是一个罪人的境遇，尚且能以此词而自勉！

“莲子!”她的话被苏宛如打断了。尽管从她骨子里赞赏女儿说出他欲言又止的话,但封建礼数的束缚并不曾解脱的她,仍觉女儿的话言重了。但出乎意料的是,楚材听了女儿刚才朗诵的《浣溪沙》精神为之一振。他一把把女儿揽在怀中,注视着莲子仰起面孔的目光,动情地说:

“不,夫人。孩子刚才说得对极了。我与令先祖的一生比较,尚不曾坎坷如行芒刺。今乃马真后之对我,稍有不舒,即情绪消沉,足见我远不如令先祖。”说着,楚材站起身来,恭而敬地说:“敢情夫人录令先祖此词以赠,做我有生之年的座右铭。”接着,楚材展开了一幅锦帛,端立而侍。

苏宛如早已唏嘘零涕。只见莲子砚墨,楚材用镇物压住锦帛,面注以待宛如命笔。

“夫君为社稷重臣,诚如此,请受我一拜。”

楚材连忙还礼,并扶起妻子。只见苏宛如饱蘸浓墨,挥毫而就,字迹潇洒苍劲,确是继承了先祖的遗风。

既有东陂才,当如东坡志。
君才如东坡,其志未相似。
诗似东坡诗,字如东坡字。
胡不学东坡,切学长不死。

雨停了,风不知何时亦住了。三人朗朗的诵诗声在夜空传得很远很远。

远处传来可爱的雄鸡啼鸣声。

七

这一次阵发性的昏眩,使耶律楚材意识到,能给予他的有效时间,毕竟不多了,但妻子与女儿对自己的殷切期望,又使他振奋了许多。年始过半百,“门前流水尚能西”的局面,也未必不能出现。回想起自己已走过的道路,如果有所成就的话,也还是他在1215年晋见成吉思汗之后才开始的。那次殿堂上的第一印象,他是深深铭记在心。

从那以后,虽曾与成吉思汗还有过几次接触,但就他所陈之事的效果来看,远远没有突破第一次会见中他所提的建议。对于接受中原封建文化来说,成吉思汗似乎并不曾拿定主意，但尚不十分反感。统一中国的宏愿既已在他得脑海里形成，那么，仅靠铁马金戈的战斗和工匠医卜的辅助，莫说治理天下，即或攻坚南方的城堡，铁骑的功力毕竟也有所限度。何况，成吉思汗手下的部将，基本上是马上征战的健儿，真正能为大汗长远之策运筹帷幄的大臣，即使有，目前也未必能占主导地位。所以就是成吉思汗已经注意到基本策略，他手下的部将与大臣还需要有个意识到势在必行的过程。

目前，成吉思汗的一切都还是战争体制。当然，成吉思汗治军还是颇有见地的。耶律楚材耳闻目睹证实了这一点。尤其是他晋见成吉思汗时一路上看到兵马操练及军纪，绝非是劫城掠地的散兵游勇，那只是一个侧面。这个军队之所以攻无不克、战无不胜的根本原因还是有将才、帅才和统治这个军队的天才——成吉思汗。

那么，耶律楚材提出的建国基本纲略，既然是耶律楚材的主导思想，而成吉思汗虽未立即采纳，也不曾反对，更不曾触怒。因此，要锲而不舍地相机行事。他认定，成吉思汗是位英主，那么，迟早他也会接纳他的治国大略的。

目前，成吉思汗仍处于创业阶段，听他的口气，眼下南进是朝纵深发展，此兵家之忌。成吉思汗欲先统一两厢、东西辽和西夏以及花剌子模。然后再驱兵南进，平定中原，灭金亡宋，完成统一大业。所以，耶律楚材的建议未被立即接受，亦有其它的因素。

耶律楚材见大汗之心已定，成吉思汗把他留在身边，同事问及，他无不对答如流，尤其医术、天文、地理、占卜无不应验。

翌年，成吉思汗返回斡难河营地，携耶律楚材同行。耶律楚材逐渐与皇子、部将等多方接触，始知成吉思汗身边有个文武全才的木华黎。此人多谋善战，铁木真称汗大封功臣，除兄弟封王外，以木华黎为首功，博尔术次之。堪称成吉思汗的左膀右臂。

这个木华黎，原系札剌亦儿部人，孔温窟第三子。时太祖军事失利，路遇大雪，夜卧草泽中。木华黎与博尔术张开裘毡，自立雪中，为太祖遮蔽，夜以待旦竟没有动一下。又一天，太祖从扈三十余骑行至山谷间。太祖猛省，此峡谷深山，若遇山寇埋伏，只有束手就擒。木华黎见太祖有些发愁，便道："如碰到贼寇，我当以用身体抵挡。"他的话声未落，贼寇果然从林间深处射箭，矢如雨下，木华黎张弓搭箭，三箭射中三人。寇首惊异高喊："发箭人是何人？"木华黎大声答道："木华黎是也！"他边说边解马鞍作为盾牌，以护卫太祖。贼寇见此人武功非凡，吓得抱头鼠窜。

克烈部王罕与乃蛮部仇战，求援于太祖。太祖派木华黎与博尔术驰援，痛杀乃蛮之众于按台之下，获甲杖、马牛无计其数而还。时隔不久，王罕袭太祖，其手下有名叫拔台的告密于太祖。太祖又派木华黎选精兵夜袭其首。王罕遁逃。死于路上。其后，诸部士人闻风归附于太祖麾下，攻取金燕京时，见金兵颇锐，木华黎避之锐气，先取燕京之外诸郡，使燕京孤城无援，致使金主请和，完颜承晖送公主于太祖始和。二次攻取燕京，亦首当其冲，围城食尽遂降。

太祖即位时，除封木华黎与博尔术为左右万户，并谓云："国内平定，汝等效死努力，我与汝等犹车之有辕，身之有臂也。"

至于博尔术，除是太祖开国的一名战将外，还是太祖的救命恩人。昔太祖未成气候时，因失马险些遇难，博尔术见太祖人困马乏，送上了马奶酒，并换乘坐骑以追失马。找到失马他二人走了三昼才到了博尔术家。博尔术之父纳忽伯颜正倚门翘首而待，见儿子随铁木真归来，不觉便责怪起博尔术来。太祖见状，言明原委，愿与博尔术代罪。后言及先祖还是同出一源，于是更加亲睦。临别，博尔术送了一程又一程，二人依依惜别。后来，太祖为部落长时，因思博尔术是患难之交，特相邀前来，掌管帐下。此后，博尔术就一直随太祖东征西讨，为太祖打江山，立下了汗马功劳。

耶律楚材刚刚来到了漠北太祖的大本营，对人的了解和观察当然是首要的事情。他听说过木华黎向太祖进言"主上问何为乐事。臣以为荡平世界，统一乾坤，这便是人生第一乐事"。太祖甚赞此言。他自己也曾劝太祖统一中原，看来，真乃英雄所见略同，于是，他便设法接近木华黎。

木华黎也见到耶律楚材第一次见太祖时，便言统一大业之举，当即对耶律楚材刮目相待。以后，在西征途中耶律楚材与木华黎建立了更加亲密的友情。

再从太祖选定的皇嗣来看，也确是一位圣主。窝阔台是太祖的三子，但从四个儿子来看，窝阔台比长子术赤、次子察合台均聪明。当太祖问及长子、次子时，又都同意三弟继位。四子拖雷虽比术赤、察合台好，但毕竟不如三兄窝阔台。于是，太祖决定立三子为嗣。问起窝阔台时，窝阔台则说："承父祖恩赐，并二兄抬举，敢不从命。自己当努力行事，不负太祖与兄弟的嘱托。但恐后嗣不才，当请太祖立制，免得后事为此生变。"太祖即语众兄弟与四子道："倘若窝阔台子孙没有才能，凡我的子孙后代中，要择优而立主。大家要秉公去私，同心协力，则国祚长久……"所以，从太祖嗣位的接替者来看，并无长子必嗣的陈规陋习，而是选中较优者。此处也可见成吉思汗的过人之处。

耶律楚材见嗣位已定，据他观察，这位蒙古汗国的第二代大汗，是有魄力的。他想，自己提倡的地主封建文化的整治和继承，很大程度上取决于太祖特别是二代大汗身上。所以，窝阔台很器重耶律楚材，双方建立了深厚的感情。这之后，窝阔台称帝时，耶律楚材果受重用，对推动中原文化取代游牧的奴隶制度的大举中，确实受到了窝阔台的重视和支持。这当然是后话。

话分两头。先说乃蛮部被灭后，屈曲律逃奔西辽。西辽国据葱岭东西两地，系辽代后裔，金灭辽后，余众随皇族耶律大石西走回国，联合回纥诸部，虽有志复国，但志未竟而殁。后传至孙直鲁克，君临如故，唯东方部属，多盼旧归蒙古，国势渐弱。屈曲律奔至后反蒙。直鲁克是一个没主见的人，听信其摆布。屈曲律又西联花剌子模王，遣使与他修好，并与花剌子模国密谋，篡夺西辽。约好东西夹攻，事成之后，东方归属屈曲律，西方归花剌子模。花剌子模是突厥后裔，闻信后，哪有不见之理。于是两下发兵，竟将西辽国给瓜分了。屈曲律取而代之，直鲁克方才明白过来，但大势已去，遂让位于屈曲律。

这消息传到蒙古，成吉思汗即派哲别去征讨。原来屈曲律娶已故西辽国王之女为妃。此妃不信回教，劝屈曲律崇佛，屈曲律下令民间一律改信佛教。民众大哗，屈曲律不但不收敛，反而变本加厉的推行他的佛教，使百姓们怨声载道。这时恰逢哲别发兵来征，百姓们哪有不助之理。于是，很快破了西辽都城。屈曲律虽然遁逃，但很快被捉住，斩首示众。西辽全土，终归蒙古属部。于是，西境与花剌子模接壤了。

花剌子模的回回商人，早已与蒙古有商业往来。蒙古为了更多地得到西域商人的丝织品，棉织品，曾在通西域的大道上遍设驿站，保护商人的人身安全。但，这些商人唯利是图，用一些日用品，换取了蒙古国大量的金银。这些商人后来索价越来越高，到了不择手段，利令智昏的地步。成吉思汗闻听后不禁震怒。说道："这些家伙以为我们蒙古人太好欺负了吧！是否认为我们根本没有见过这等衣料。"说着，命令把前代诸汗所存织品取出给回回商人巴勒乞看，并没收他的商货作为赃物分配，而且把商人拘留起来。成吉思汗又派人叫来巴勒乞的同伙，这些商人闻知成吉思汗震怒，遂将织品送给他，并说道："这些织品我们分文不取，是贡献给大汗的。"成吉思汗听后心里较为高兴，于是按价付款，释放了被拘留的商人，被没收的货物也均付了款，并对这众商人以礼相待。

当这些商人返回时，成吉思汗命他的儿子，那颜、将官各从自己的部属中抽调两三人随商人去花剌子模学习经商。成吉思汗是出于通商修好之意。谁知花剌子模国王恩将仇报，加上该城长官亦纳勒术，仗着自己是皇亲国戚，在去蒙古受拘的商人挑唆下，亦纳勒术没收了这些蒙古人的财物，并向国王报告来的蒙古商人是成吉思汗派来的密探。国王不问青红皂白，下令把这一行蒙古商人的头砍下。这种轻率的举动，把自己国王幸福的羽翅折断了。

八

在成吉思汗的金顶大帐内，空气极为紧张，专门倾听者从花剌子模国的死牢内夺马逃出的唯一的蒙古商人的哭诉，他在大汗面前哭诉花剌子模国残酷地对待蒙古商人的罪行。

这个蒙古商人哭诉完后，成吉思汗半晌没有说话，只见他左眉和颊骨的肌肉不停地颤动，他的眼红了，像喷着火，忽然，泪水夺眶而出，这是仇恨的火，报仇的泪，成吉思汗的震怒是空前的 ，唯有用鲜血才能扑灭这火，用人头填平这报仇的浪。在狂怒中，成吉思汗撇下群臣，独自登上敖包，脱去帽子，以脸朝地，祈祷了三天三夜。说："我不是这场战端的挑起者。列祖列宗，赐我力量去复仇吧！"

他又回到帐内，提出一个问题："各位皇亲、皇儿、将军们，你们谁能回答我，人生最大的乐趣是什么？"这个问题以前曾问过木华黎。这次是在一次空前的壮举执行之前向群臣发问的。

群臣面面相觑，不知成吉思汗为什么如丧考妣地在恸哭了三天三夜回来后，又像怒涛汹涌的大海咆哮之后，呈现出少有的平静。群臣一时不知如何回答这样一个问题。有说骑马架鹰在草原上驰骋的，有说狩猎获得豺狼虎豹的，有说胜利后纵酒狂欢的，有的说战场上纵马立功的，众说纷纭其说不一。木华黎仍坚持自己的见解，统一中国的大业。成吉思汗一字一字地说道："木丞相说对了我的心思，但只说对了一半。"他面色平静，目光柔和，全然不像是要干什么大事情，成吉思汗更加成熟和深沉了。他说："现在宋、金犹如朽木，不推则立，动辄就倒。然而，眼下他们各自尚有雄兵百万，占据着黄河、长江一代富庶地带，是困兽犹斗。吐蕃、大理、西夏、西辽，有的是鞭长莫及，也有的蠢蠢欲动；但这些绝不会是我们的对手。花剌子模是块绊脚石，必须现予踢开。这样，花剌子模的侧面已受我的威胁。我们有十余万人马，算不上雄厚，但我们可邀西夏同往，吃掉花剌子模，杀死那个在蒙古人头上摸一把的头脑晕胀的国王。我们去邀西夏，西夏未必肯为我们出兵，回过头来，再消灭西夏也不迟。至于吐蕃、大理等国，那是这次狩猎的额外收获。这样西北、西南平定了，中原本是囊中之物，随时取回来食之！”成吉思汗的远大宏图似乎成竹在胸。在敖包上的三天三夜里，他作了全面的思考。这位愤怒的天之骄子，经过捶打碎火，而成一把锋利无比的征服世界的战刀。他说：“咱们蒙古人有句话说得好‘报恩要及时，报复也要彻底’这就是我说木丞相说对了一半的道理。对敌人就要占他的城郭，掠他土地，屠他人臣，夺他妻女，为我们侍寝，在我们饮酒作乐欢庆胜利之时，让他们强颜欢笑地为我们载歌献舞，让他们敢怒不敢言，让他们世世代代为我们做奴隶、奴仆，不如此花剌子模的事件还会降临到我们的头上。我们蒙古部落受奴役由来已久，而今天，就要用我们的战刀、战马去血洗这种奇耻大辱。这就是立国大论。等到全世界都踩在我们的脚下，不在斜睨我们的时候，我们对待异族臣民，自当别说。我的儿子、大臣们，我的将军士兵们，用斡难河的清泉屠砺你们的战刀吧！这是我成吉思汗立下的志愿，发出的誓言，愿大家助我共同完成这一宏图伟业！”

这场震惊世界的西征就这样开始了。

耶律楚材参加了这次誓师大会，他感到统一大业的战鼓，已在杭爱山峦下，斡难河畔敲响了。

于是，成吉思汗做了种种战前准备。

立嗣是他思考的第一件大事。经过他充分考虑，做出来决定：窝阔台继承汗位。

哲别已解读了西辽的屈曲律，并用与屈曲律反悖的政策。这无疑是争取人民信任和支持的战略部署。西辽完全归属于成吉思汗了。

这一切准备好后，成吉思汗向花剌子模派使，向对方提出：“准备开战”。己卯年六月，这场震惊世界的西征大军从成吉思汗的营地出发了。

九

成吉思汗命哲别为先锋，速不台副之，自率四子和忽兰夫人统率大军。择一天晴丽的日子启程，于是，排齐军马跪天地、拜祖宗、祭大旗，十万勇士面对斡难河吟唱起呼麦，其声如狂风，似怒涛，像闷雷，其间夹杂着尖利的呼啸声，这死神的狂歌，惊天动地！骤然间天昏地暗、狂风大作，黑云密布。转瞬间大雪飞舞而下。见此情景成吉思汗怏怏不快，少顷，喊道：“耶律楚材贤卿可在？”

耶律楚材急走到成吉思汗前，“臣耶律楚材在此。”

“现在日当六月，正是炎热的夏季，为何下起如此大雪来？”

“大汗休疑，盛夏时候忽降大雪，此战端瑞之征兆。”楚材胸有成竹，他是赞同这次征战的。“冬日惊雷，夏日降雪。都说明战端之不可避，这是上天的肃杀之气，正是大汗奉天讨伐的好日子。”

成吉思汗对耶律楚材的卜算一向信服，闻言后，率兵冒雪而征。

耶律楚材又制定了若干军律，请成吉思汗照准后实行。因而，所过无犯，许多沿途所经部落，如也儿的石河沿岸的柯模里、畏兀儿、阿里麻里都遣使者拜见成吉思汗，表示愿意发兵随证。时近严冬，成吉思汗命令在此屯兵，过了残冬之后再行进击。

花剌子模国自接蒙古的战表后，积极备战，修固城郭，储备粮草，做了被困城的准备。花剌子模也是西域一大国，依仗自己兵多将广，并没有把成吉思汗的铁骑放在眼里。成吉思汗等各路人马会齐后，命令进攻第一座大城——讹答剌。城主自持守备完善，坚守城池，蒙古军屡攻不下。劳师数月，将要破城时，又因敌援军哈拉扎入城驻守，城池顽固。成吉思汗见久攻不下，遂派察合台、窝阔台一军，围住讹答剌城；另派术赤一军向西北取毡的城；派阿剌黑，苏克图、拓海一军，向东南行，攻白纳克特城，自率四子拖雷带着大军，向东北渡忽章河，直趋哈尔城，切断花剌子模派援军之路。

这次出征，先后共历五年。花剌子模被灭，十六座城池被拿下，每座城池都是经过殊死拼搏而得到的，因此，战斗的进行无疑是残酷的。成吉思汗的誓言是兑现了。破城之日，除工匠、僧侣、教徒的神职人员外，全被屠宰。因为成吉思汗的孙子莫图根攻城时中箭而死。莫图根是察合台的儿子，于是成吉思汗与察合台率军又来到八米俺城下。这次因报仇心切，守城者虽也英勇搏斗，但终因寡不敌众，被成吉思汗攻破。破城后，将男女老幼一个不留全部杀死，就连牛羊犬马，也尽剁毙、城垣拆除，变成一堆真正的废墟。

成吉思汗追赶花剌子模王子扎兰丁，一直追到印度河，扎兰丁跳入河中逃遁。成吉思汗实叹扎兰丁之英勇顽强，又虑斩草不除根，必为后患。时值酷夏，蒙古兵不耐热，况又来到赤道阳光直射的印度，一时不便征战，只好安营扎寨，等秋凉再战。蒙古军经过长途征战兵将们亦有厌战情绪。成吉思汗得知这事后，对众将说：

“我意在一劳永逸，现余孽在逃，终为后患，我征战数年而无退意，你们中间有的人为什么不想再进取呢？”

耶律楚材婉言劝阻道：“扎兰丁只身逃窜，谅他很难再成气候，我军转战西陲，已将他们城池全部攻破，人也全部杀死，蒙古汗国的声威在西域已无人能取代。依臣之见，得战便战、得休便休，望大汗明察。”

成吉思汗并不以为然。“我进彼退，我退则彼又进，怎么办？”

“坚城置吏，坚守隘关。即使扎兰丁死灰复燃，也属无妨。”

成吉思汗沉吟了半晌才说：“哲别部已两逾太和岭，正进军阿罗思，正是得手之时，何谈退兵。不如渡河南行，寻扎兰丁踪迹，谅他也逃不远。”说罢，命八剌大将向南进军。

耶律楚材见说服不了成吉思汗，也不便再谈，只好见机行事。这时，因战马不耐热带的气候，纷纷倒地，口吐白沫，再也爬不起来，成吉思汗见状，令昼宿夜行。兵将们虽有怨言，也只好闷在肚中。众将见成吉思汗执意要行，况连耶律楚材的进言尚且驳回，只得拼命向前。

他们到了印度河。正要扎筏而渡，猛见一异兽自水中出。成吉思汗命弓箭手射箭，但见异兽蹈浪而来。此兽身高数丈，形似鹿尾面似马，鼻上尚有一角，浑身绿色，弓箭手见状都惊呆了，箭一时发不出去。忽然，异兽潜入水下，一窜又出水面，“呜呜”吼叫两声，好似人声“汝主早还”。虽然听不太清晰，然而所有的人都好像听懂似的。只见耶律楚材快步走到成吉思汗面前道：“大汗，此兽名叫角端，能作人言。圣人出世，此兽也出现，此是祥兆。它能日驰万八千里，灵异如鬼神，矢石不能伤亡。”

成吉思汗觉得纳闷，问道：“如此说来，此兽是瑞兽吗？”

耶律楚材顺应太祖的心思。说：“是角端，瑞兽。此兽好生恶杀，天降此兽，是敬告我主。大汗您是上天之子，天下的百姓均是您的儿子。愿我主上应天命，保全民命。”耶律楚材所说未必全真，但借异兽而谏，实在是用心良苦了。只见异兽又吼了两声，似人言而又不清，便朝河的下游疾驰而去。

蒙古人是崇信腾格里的，经耶律楚材对此异兽的解释，成吉思汗当即下令班师。并派使西去，召术赤、速不台及哲别返回大本营。只是哲别在返回途中，身染重病，殁于路上。尸体因天气炎热，就地而葬。成吉思汗闻听大发雷霆，对术赤大大训斥了一番。当时察合台言用马革裹尸返回营地，但术赤执意要埋，兄弟间一时性起，几乎动起武来。拖雷为了兄弟，横在他俩中间，格斗算是平息了，但尸体也只好不了了之。拖雷见成吉思汗震怒，立即请命返回达流尔河旁的山脚下去把尸体运回来，察合台也要随去，但因成吉思汗想，察合台曾在西域地区攻城丧子，如再派，似觉不忍，术赤则默然无声。成吉思汗只好派拖雷一人前去。

纵观这次西征，前后历时五载，共失大将木华黎和哲别。木华黎因攻凤翔未下，返至解州，途中染病，卒于元太祖十三年三月。当时，太祖正在追赶扎兰丁而南入印度。不过，木华黎的尸体早已运回。现在本拟赏诸位将士，但因有此二伤，要等哲别的尸体运回，立墓树祠，大举节哀后，方才庆贺。

哲别与木华黎的死，使成吉思汗大感若有所失。哲别尸体运回后，举行了隆重的仪式，在杭爱山麓，斡难河畔，找了极好的一块坟地，把二将埋葬。并同时追封木华黎为鲁国王，谥忠武，其子索鲁嗣爵。哲别之子生忽封为千户，承袭父业。

这次西征武功赫赫，降畏吾儿（今新疆天山南北）哈剌鲁（今新疆西北巴尔喀湖一带）并西辽（在今新疆伊犁河流域及塔里木河流域）灭花剌子模（在今里河东、咸海西、锡尔河南）平亚速（在今黑海西北）及翰罗司（今苏联伏尔加河以西莫斯科、基辅一带）各部，占领了今中亚西亚直到欧罗巴东部和今伊朗北部，建立起横跨亚、欧的蒙古大汗国。

成吉思汗在欢庆胜利的盛会上，把占领地分封给他的三个儿子：今咸海以西，黑海以北封给长子术赤；东起阿尔泰山，西至天山南北，西辽旧境之地封给次子察合台；分鄂毕河上游以西至巴尔喀什湖以东一带的乃蛮旧地封给三子窝阔台。

在蒙古汗国里，大汗的权力是绝对的，“黄金家族”和万户长、千户长固然都由大汗个人意志进行分封和赏赐，而各级领主地位的升降罢免、权力大小，以及是否世袭，也是大汗个人专断；他对属下臣民有生杀之权。

分封赏赐完毕，一连三日在秋天的草原上，举行了空前盛大的篝火营会。会前，已由专事狩猎的马队游猎了大批的熊虎豺狼、鹿、麋鹿、犴、山鸡飞龙、野兔山猪，大宴群臣在斡难河畔。蒙古族逢饮必歌、咏歌必舞。成吉思汗命人骑好马驰跑一天的路程画了一个大圈，这便是篝火营会的营地。蒙古早已与各族之间开放边市，此时，各族商人贩来布匹、绸缎，金银器皿和各样首饰，以及各种烧酒，茶叶……生活上的必需品应有尽有。成吉思汗为他们开设帐篷，允许以物易物，允许货币交换。所有商人自知西域商人行诈未遂之后，才引发出成吉思汗的西征，所以，谁也不敢哄抬物价，而且买卖公平，童叟无欺。夜市上各种油脂、松明的灯火，照得如同白昼一般，通宵达旦。各部族将领的家属，也不远千里，乘马或驱车前来赶此盛会。

除此而外，还有骑术、射箭、摔跤等比赛。这位马背上得到天下的天之骄子，在庆功宴会上也不忘其根本。

蒙古汗国不曾受孔孟之道的束缚，男女同歌同舞，并无男尊女卑之说。成吉思汗命自己的宠妃们率众舞女向战功显赫的武将们敬酒。还命从西征各国掠回的宫女、舞女、向师长们献艺。许多不曾见过的乐声、舞会通过交流，被蒙古人接受了下来，丰富了自己的民族文化。

在群臣欢宴的高潮中，耶律楚材与窝阔台、拖雷纵马驰至杭爱山巅，居高俯瞰此会盛景。耶律楚材是有心相邀窝阔台与拖雷的。他看出窝阔台这位继承人，在勇武方面比其父略逊，而在谋虑方面又比其父过之；拖雷是一心打天下，从不计较个人得失的虎将，而兄弟间相处的又极和睦。相传窝阔台登基后，一次得寒热病，巫医让亲手足代之方能幸免，拖雷二话没说饮下巫医的恶露而死。此是后话，但足见兄弟之情有多深了。

成吉思汗皇位初建，一切都还沿袭了原部落的旧制，而且极不完善。因此，耶律楚材对窝阔台说道：

“太子殿下受封地广沃万里，此一国之地。殿下弟兄三人，则三国之地，愿闻殿下治国之良策。”

窝阔台沉思了一下才说：“父皇有言；事无巨细，均要向公请教，正想请公教我。”尽管耶律楚材来到蒙古营地，随成吉思汗西征，与窝阔台、拖雷建立了较为亲密的关系。但此事关系到成吉思汗的朝政大事，关系到王公贵族的切身利益。况事关父子，关系到千秋万代的治世大业，言与不言，言及多深，使耶律楚材颇费踌躇。虽经长期观察，窝阔台是个颇有远见，心地宽广的人，拖雷此次无封，也毫无怨言和不满，虽如此但疏不间亲，所以，耶律楚材沉吟了一会儿也未搭腔。

空中的圆月，给杭爱山罩上了一层柔和的冷调子，更远的山峰只能看见剪影，而正面的山仍神秘莫测。草原上的篝火，东一堆、西一堆，正熊熊燃烧，人们在篝火的映照下，像潮水般地涌来涌去。望着这些，耶律楚材突然间所问非所答地说：“此乃我蒙古汗国的太平景象。我自幼生长在中原，还不曾见识过如此壮观的草原盛会呢!”月光下,窝阔台也注视着篝火中的人堆,若有所思。耶律楚材一时仍摸不透这位太子的思想脉络。正在这当儿,拖雷到冒出一句话来:“三哥,要那么多封地干什么,你难道舍得离开父皇左右,远迁他处,立地为主吗?”窝阔台面色平静,看不出听这句话后有什么反应。只是他的手不时地摆弄刀柄上的饰物。拖雷继续说道:“没有父皇的恩泽,何以有今天的版图?怎会有这样盛大而又壮观的草原庆典。我只知随父征讨,保护我们蒙古汗国的昌盛,祈祷上苍给予父皇千秋万寿。对于什么封地,我并不感什么兴趣。倒是大哥、二哥受封后面露喜色。听说立即要搬迁西去,到他们的领地过什么安稳的日子啦!”

窝阔台收拢了注视的目光,转过身正视拖雷道:“父皇的赏赐不能不要,问题在于封的人怎么想,受封的人想什么。”

“想什么,明摆着的。”拖雷直言快语。“听大哥说,要设帐于葱岭之下,罗布泊边,骑马架鹰驰骋,狩猎而娱了。哼!天下尚未荡平,倒想先搭安乐窝了!”

“唉!小弟,你还年轻,怎懂得父皇的苦衷。”窝阔台并不把耶律楚材当外人看,感情开始流露。“你忘了在确定父皇继承人时,大哥、二哥之间的不和了吗?”

这件事,耶律楚材是清楚的。那是西征前在立嗣中宫廷里的一次针锋相对兄弟阋于墙不亲睦的公然流露……

十

作为一般传统习俗,皇位的继承人当然是长子。尽管也有例外,成吉思汗确定皇嗣的继承人是经过深思熟虑的。

成吉思汗的四个儿子,均是第一夫人所生。但长子术赤因战乱中,其母曾被别的部落掳去,回来不久就生了术赤。在战乱的年代里,谁也没提出异议,但由于蒙古国的日益扩大,成吉思汗成为大汗后,继承人的问题摆到了明显的议事日程上来,因此,兄弟间尤其是术赤与察合台之间的不睦与日俱增,在立嗣问题上到了白热化的程度,后来,成吉思汗出人意料命窝阔台继任,风波总算平息了,但术赤与察合台的龃龉也自此开始。

兄弟阋于墙,为争夺皇位,原是什么事情也能做出来的。有史以来,演绎出的宫廷自相残杀的悲剧何止百起。远至夏禹继承权开始,史书记载的不胜枚举，既是刘邦、李世民、赵匡胤，这样的英主，也是用分封赏赐来调解兄弟间的矛盾。但封地藩属，矛盾暂时平息了，但后果就像活火山口，地心岩浆的运动，总会导致一场新的火山爆发。

耶律楚材对面前这两位皇子总算摸到些脉络，尤其拖雷亦无任何私心，他看到，窝阔台继位将是推行自己治国大策的最大支持者。现在不谈更待何时。

“汉朝的开国皇帝叫刘邦。”耶律楚材像说古似地慢慢说道；“汉朝初建，那么多的地域派谁去管呢？当然，这里想到了开国的功臣，但更可靠的怕是自己的儿子。于是，汉高祖封了几个儿子，他们各自有较大的封地。汉高祖以为这样一来，兄弟之间的隔阂也会消除。但后来呢？事与愿违……”

窝阔台面部表情平静，看不出内心有什么变化。接过话说到：“我记得公曾以此教我‘做帝王的，珠宝金银、美女奴婢均可赏赐，唯封地一事宜慎’公这番总结历朝教训的肺腑之言，我常念念不忘。”

拖雷在这方面，一向无甚兴趣，也插不上口，这时插了一嘴。“哼！我去禀告父皇，可以收回成命嘛！”

“贤弟不可造次。”窝阔台很知这位小弟的脾气秉性。他勇敢顽强，在兄弟中他以勇猛著称，是父皇手下的一员虎将，私心不重，愚忠甚佳，而且能说出就能做出，所以，窝阔台连忙劝阻道：“贤弟，蒙古汗国的江山才立，而大哥与二哥虽有些成见，但对父皇效忠无疑都是一致的。其实，父皇封地之举，也是沿袭历朝各代的做法，咱们蒙古汗国原来也有这样的做法。现在，父皇经过此次西征，地域已空前辽阔广袤，东起兴安岭、西至咸海，南从黄河，北迄贝加尔湖的土地尽为汗国所有。这么大的地方，无人管理是不行的，故而父皇有此安排，否则……”

“可以效法秦始皇的办法，设置郡县制，这问题是可以而且是应该解决的大事。”耶律楚材直言不讳地说，“否则，弊多利少。自周以后的春秋战国，皆因此而乱，最后周朝徒有虚名。”

窝阔台默然无语，稍倾，他转身朝一个高地走去。拖雷与耶律楚材也跟了上去。看得出，窝阔台的表面似平静的湖水，但心底深处正滚涌着波涛。良久，他正视耶律楚材说道：“公此番话，坦然言之在理，但以我眼下的地位与处境，似不易提此。小弟到无私心，然而他的话在父皇心中能有多少分量。况按照汗国沿袭的制度，皇嗣的确立固然需要在皇亲、大臣中颁示，以后继位，仍要一个皇亲们达成一致意见在内的会议，始能正式登基，所以……”

“你当皇帝是父皇的圣旨，哪个敢反对，只怕我手中的弯弓不答应！”拖雷当然是快人快语。

“贤弟，那将酿成一场不可收拾的后果。当然，”窝阔台道：“我才疏学浅，是不足以服众，只因父皇的圣旨和众兄弟的谦让，始轮到我得以确立。而今，只能兢兢业业唯恐不及父皇之万一。如贤弟所言，怕适得其反呀！”他回过头望着耶律楚材道：“我的苦衷，公是理会的。”

窝阔台把内心深处的忧虑，和盘向耶律楚材吐出。楚材感到了少主对自己的信赖，心中颇为欣慰，上面的话题，显然无法再深谈，其意已是心照不宣了。于是，他转换了个话题。

“我已几次向成吉思汗奏请建都，但大汗要统一西夏之后方能考虑建都之事。”楚材向窝阔台说：“国都犹如一个人的心脏，一个国家不可无国都。”

“依公之见，何处建都为宜？”窝阔台对建都一事，虽不曾说及，但似乎已在内心思虑过。他等待着耶律楚材的回答。

“辽、金开始营建的燕京，是建都的一个好去处。”楚材侃侃而谈。“秦汉以来，大抵在关中和汴洛建都，究其原因，也是多种多样的。一则是因为起事发祥于彼，对彼地彼方的地理位置和生活习俗较为适应；故而以黄河流域为建都的地方，古城长安、汴梁曾为数代皇帝选为国都。但依臣之愚见，燕京自战国以来，燕国建于此，城郭已初具规模。燕京北有燕山为屏，南有广沃之中原大地，水有漕运，水路交通方便。况华夏地理西北高、东南低，据高俯低谓之势。老子曰：道生之，德蓄之，物形之，势成之。据高取低，势不可挡也。蒙古汗国发祥于漠北草原，建都燕京，则北离大本营不远，辎重与给养的补给极为方便，蒙古铁骑大有驰骋腾跃的地理环境；南还可居高临下地注视金之汴梁与南宋之临安；这样，进则可攻，退则可防。因而，燕京实为蒙古汗国建都之宝地，不知少主有何打算？”

窝阔台一直全神贯注地听着，见楚材停下询问他的看法时，他转身走近一块经风雨剥蚀而字迹依稀可辨的石碑。月光下，石碑呈暗褐色。窝阔台用袍襟拂拭碑面，对楚材和拖雷道：

“这上面是什么文字？”

耶律楚材用手抚摸着并借助月光，仔细观察后，较有把握地说：“好像是突厥文字。”

“正是突厥文，它是突厥汗所立的记功碑。距今已有数百年的历史了。”窝阔台似乎早已来过这里，而今天楚材无意提出的话题，看来在窝阔台的心中已不是第一次才考虑的事了。“这块地方，东与兴安岭，西经阿尔泰山脉通西域各国。南隔戈壁沙漠通达中原各地，北有杭爱山和不儿罕山为屏障，你们看……”他挥手朝前一指，波光粼粼的鄂尔浑河像条玉带环抱着这块草地。“这块草原，受着鄂尔浑河、色楞格河和图拉河三河流域的灌溉，不仅有天然的牧场，而且有树木繁茂的大森林。”窝阔台以无限向往的深情语气，在追溯往事般述说着：“你是知道的，我们蒙古族的远祖，是从森林和草地上发祥的，我们离不开森林和草原，离不开狩猎与放牧。在蒙古汗国统一之前，塔塔尔在此以北，乃蛮在此以西，另外还有不少散居的部落，他们之所以长久蛰居漠北，最根本的一条是，北方游牧民族离不开生养和繁衍自己祖祖孙孙的草原。所以，自古以来在蒙古高原崛起的新兴势力无不以此为据点，比如匈奴的那颜哈剌、突厥王廷、回纥衙帐、畏兀儿国都哈剌巴剌嘎森都在距此不远的哈剌和林附近。父皇虽不曾明确提出在此建都，但选择在这里作为大本营也不是没有缘故的。”窝阔台突然把话打住，因拖雷似乎被这番话弄得不耐烦起来。他倒是对山下那一堆堆篝火、影影绰绰的群舞与豪饮发生兴趣。

“三哥！”拖雷说，“你将来当皇帝，哪儿也别去，就在这里建都是最好不过的事。”拖雷被营火吸引，已不耐烦在此瞎聊——拖雷认为瞎聊是自然的——“好不容易碰上这样的盛会，你俩却在这里高谈阔论，岂不耽误羔羊美酒！走，下山去吧！”说罢，先自飞马下山去了。

“你看。”窝阔台笑了笑，与楚材交换了一下目光，说：“草原的儿子是离不开草原的。尽管中原的燕京有不少可取之处，但我想，那里建都也许是蒙古汗国受中原文化影响之后，感到必须向南靠拢的时刻，才会考虑到建都燕京。当然，你说得对，哈剌和林之外，当然是燕京最合适。不过，那是以后的事了。”说罢俩人也上了马，缓缓向山下走去。他们看到拖雷早已飞驰到山下。窝阔台见耶律楚材一副若有所思的样子，安慰他说：“楚材公，我意是在哈剌和林建都为宜，至于公的说法，那将是统一中原之后的事情，但现在……”

在朦胧的月光下，他们的目光相互注视良久，窝阔台执耶律楚材的手，紧紧一握，一股暖流顿时传至全身。

一切都很明白了，还用得着语言表达吗！

远方的篝火燃得正旺，衬着火光，从山上，也就是那块突厥的记功碑看过去窝阔台与耶律楚材的身影像剪影一样融为一体了。

十一

正当窝阔台与耶律楚材、拖雷在山顶上观看营火时，成吉思汗与术赤也没有在充溢着酒醇肉香的野营地，而是在离野营地不远处，濒临河边的一座临时搭起的殿帐里。这殿帐是专为此次的庆典所搭制的，尽管比正式的殿帐简易多了，但只是缩小了的殿帐而已，里边应有尽有。

成吉思汗身着一件宽大的袍子，未系腰带，没披帽巾，一副随便、松散的样子。虽已是过了一个花甲子年的人，但仍给人以壮年之感。说话声音洪亮，美髯过脐、目光炯炯。也许是醇酒热力和烘烤野鹿的炭火的映照，他的脸色黑里透红，像抹了一层金辉。这时，他在帐内来回踱步，术赤侍立一旁，目光随着父皇的往返在不停地转动着。术赤知道，今晚的谈话是他自打成年之后，在戎马倥偬的战乱中难以找到如此安谧的环境里父子之间一场推心置腹的谈话。他记得，在皇位继承人事件发生后，感到一阵空虚、惆怅与委屈。

成吉思汗猛地停步，对术赤注视了半天。是啊！在他的四个孩子中，术赤长得太像他的原配妻子孛儿贴了。一丝思恋爱妻之心，在心底慢慢升起，他的面部表情，刹那间，骤然起了非常复杂的变化。成吉思汗与孛儿贴不仅是夫妻，还是在统一蒙古诸部落中的战友，更是救过他性命的人。

幼年丧父而不得不在贫穷的生活中挣扎的铁木真，当他迎娶了孛儿贴后，真可谓时来运转。孛儿贴是位如花似玉，贤惠善良的妻子，夫妻感情与日俱增。这时，又有不少善谋善战之士，相继来投于他，聚集在他的周围，他胸怀也就愈来愈宽广，日益飞向了英雄称帝的境界。在那个战乱的年代，要想开拓疆界，战斗是少不了的，如若贪图安逸，那将一事无成。孛儿贴看出丈夫对自己的依恋，曾不止一次暗示，英雄的业绩在马鞍在刀枪中，而决不在女人的酥胸和缠绵的感情上。

正当成吉思汗的力量日见壮大之际，由于才干卓越、来日不可限量，于是先后受到泰赤乌贵部、蔑尔乞人的袭击。

那是一天的拂晓，蔑尔乞人突然来袭。当时，成吉思汗刚好结交和依靠了曾是父亲的密友王罕的麾下，想利用他的势力，复兴家业，作为族长，他也想借此力量而成为统一汗国的基础。一向很有警惕性的成吉思汗也因处境的日益好转，力量逐渐扩大而放松了警戒。一日，偷袭的队伍已杀至帐外，成吉思汗还酣睡未醒。一时间，部族中乱成一团，连成吉思汗的几位最亲密的朋友也都在惊慌中夺马而逃。当时，帐外只剩下成吉思汗的一匹战马，其余的不是被射死便是被松了缰。孛儿贴牵过成吉思汗的马，替丈夫挎好腰刀和弓箭。战马咴咴嘶鸣，要立即去参加战斗，但成吉思汗不忍心把爱妻留下，留下的命运他再清楚不过了。于是，他在马上想拉妻子一把，但孛儿帖一把挣脱了开去。高喊：

"部族的生死存亡，系于你身。冲杀出去就是胜利。记住，有棚车的地方就有有魅力的女子，不要管我。只要在你成亲的时候，念叨起我的名字就可以了……"说着转身走进帐内。

成吉思汗只身逃进不儿罕山深入森林躲了起来，他眼见得蔑里乞部的酋长驱赶着他的臣民，其中有他的爱妻孛儿帖。

当他第三天从山上下来的时候，他摘掉帽子，把腰带挂在脖子上，向北苍天和不儿罕山起誓："巍峨的不儿罕山啊，你像保护虱子一样保护了我，天生天灭的九重山啊，你亲眼看见了这样一场浩劫，愿天赐我力量吧！不儿罕山啊，我将每天向你祈祷，每天祭祀你，让我的子子孙孙永远不忘！"说罢，他趴在地上，亲吻着大地，然后，跨上战马到王罕处求援去了。

成吉思汗决定借王罕的力量报这次的夺妻这恨。王罕慨然允诺，自率一军由儿子札木合率一军从左右两翼入蔑部所居住的勒勒豁河畔。在众多兵力的重压下，蔑尔乞部彻底消亡了，成吉思汗在一辆牛车中发现了爱妻孛儿帖。夫妻见面，惊喜交集自不必说，但遗憾的是，妻已怀孕。之后不久，便生了术赤。

术赤在蒙语中的意思是"客人"。

尽管有些人以此为耻，但成吉思汗始终念及孛儿贴在危急中的赤诚，对于这位并非自己骨肉的儿子偏加袒护。他知道，爱不爱这个儿子，是对妻子的一种姿态。这符合他的"报恩要及时，报仇也要彻底"的为人准则。

在之后的征战中，术赤随他转战东西，立下了汗马功劳。在立嗣问题，他曾不止一次地与孛儿贴商讨过，四个儿子立谁为宜。孛儿贴与成吉思汗的看法一致，所以才立了窝阔台。

现在这位长子已是四十开外的人了，父子间谈不上有什么隔阂。术赤远封钦察地区，地盘最大，但也最远。成吉思汗考虑到术赤与察合台的龃龉，所以，有意将他远远地打发，省得兄弟之间舌头碰牙，难免有咬出血的时候。

只见成吉思汗对在火堆边烧烤野鹿的侍卫一挥手，侍卫立即退出。他才对术赤说："钦察距离此甚远，又新臣服，急需有人去掌管，这是我催促你早日成行的原因之一。”他顿了一下复说：“你是我的长子，理应承担这副重担子，你去了，也免除我的西顾之忧。明年等军马过了冬，膘情良好的时候，我将征讨西夏，有你在彼，免得他们乘虚而入。”

术赤这条铁汉子此刻唏嘘起来。成吉思汗见状，更理解了儿子的委屈。但成吉思汗是个感情极难外露的人。见术赤哭不止，厉声道：

“你有何话？讲！”

术赤停了一会儿，等情感稍平才说：“我已经是几个儿子的父亲了，但我始终感到我被父亲疼爱的时候太少了。”他说此并无怨恨，而更多的是赤诚。他知道了自己的身世，这是母亲孛儿贴亲口所讲，但他始终不曾见父皇对四个儿子有何异样。当然，在嗣皇位时，他曾一度想过许多，但冷静之后，他也发现三弟有比他与其他兄弟的过人之处。而他唯一忿满的是，察合台当众揭了他的伤疤。说他是异姓人而不能继承皇位。其后，在西征中，兄弟再次龃龉，现在弟兄俩的感情生涩得很。不过，父皇用心良苦，他是深深察觉到的。于是他由衷地向父皇陈述说：

“我到想与四弟对换一下位置。父皇已过六望七，即使上天赐父皇百岁也已所剩小半了。以往，连年征战，我很少尽为子之孝。万望父皇恩准，愿随父皇左右，以尽儿子之孝。再说，我更离不开我的母亲……”说着又唏嘘起来。

成吉思汗见儿子真动了情，不禁走过来，第一次紧紧抱住这位儿子。

“你的真心实意，并不是美好的语言，而是纯金般的感情。”成吉思汗携住术赤的手，慢慢踱出帐外。几位随帐侍卫想随后护卫，见成吉思汗挥了挥手，便立即退后。父子两人踏着柔嫩的青草，沐浴着纯洁无瑕的月光，心里更加透亮了。他感到自己在这位并非亲骨肉的儿子身上的恩泽并没有白费，他的心里感到无比充实。他们默默无语，走到了河边。感情随着潺潺的流水声逐渐冲淡了，平静了，成吉思汗抚摸着术赤的肩背，语重心长地说：

“有你今天赤诚的表露，我从心里感到欣慰。既是已定了的事，还是照办吧。何况，拖雷年尚幼小，支撑那样重的担子，未免嫩些。我看，有你刚才那番话，我已心满意足了。”他停了一会儿，说：“后天，你去辞别你的母亲，就上路吧。我让你的兄弟骑马送你到钦察地界。”成吉思汗解下自己的腰刀，递到术赤手中，满怀惜别之情说：“我将站在不儿罕山之巅，目送你——我的长子走马上任……”

十二

铁木真称汗前一年，就对西夏进行了第一次试探性的进攻。第二次是1207年，这是对西夏的屠城掠夺式的进攻。第三次是1209年，目的是掠夺与兼并为目的的。如不能立即攻下，也为事后正式灭夏作好战前的练兵。

西夏建国已有二百多年的历史了，它与南边的西番有很深的血缘关系，古代称为“党项”，后来被称为唐兀惕，以后叫白了成唐兀。这个部落从隋末到唐初一直很活跃，原来分散在乃蛮、畏兀儿与吐蕃之间，唐初，开始集聚在黄河之源的高山，成为一支新兴的力量，后建国曰夏。

西夏很早就受汉文化的影响，文化相当发达，曾印行佛典和儒学书籍，其中《番汉合时掌中珠》的西夏语与汉语对译的辞典，就是一本说明西夏文化的最好例证。无怪乎元世祖忽必烈曾感叹地说：“西夏子弟俊秀多。”在后来的元朝忽必烈时期，西夏不少优秀子弟成了元朝政治舞台上的活跃着的中坚力量。此是后话不提。

成吉思汗第三次进攻，受到了西夏的激烈抵抗。西夏的地理位置，恰好横在西征的要冲，就像原来的西辽横在进攻花剌子模的道路上一样，是必须搬开的石头。这样，西夏成了比金朝与南宋更使成吉思汗急于统一的对手了。

西夏的疆域“东尽黄河，西界玉门，南接萧关，北接大漠，地方几千里”。西夏尽管进行了抵抗，但终于没有抵住蒙古军的铁骑。最后西夏王只好投降求和。

李安全求和时说：“大汗，您如果征讨女真，我将作你的右手，如果征讨回回国，我将是你的左手。”云云。

西夏与金朝唇齿相依。成吉思汗见西夏已经臣服，同意所请，立即返兵。翌年转向中原，对金作战了。

但1218年，成吉思汗西征时，想起了李安全请降时的诺言，曾遣使前往，要求西夏出兵相助。在给使节的书信中，成吉思汗写到：“你们曾答应在我西征时，成为我的右手。现在，我要去缚住撒儿塔兀勒人，所以，伸出你的右手吧！”

这时，李安全已死，继位的是神宗李遵项还不曾答话，下臣阿夏干布抢先说道：“既然没有实力，就别去征讨撒儿塔兀勒，既然没有本事，也别当什么皇帝，还是安分些在你的草原上放牧吧！”

李遵项立即呵了阿夏干布，对来使说："请转告大汗，西夏一定能当他的右手。"

但等到成吉思汗西征开始临近西夏时，却迟迟不见李遵项发兵。紧接着，收到派来使节的信。信中措辞委婉，但实质是不发兵，而自食诺言，信是如此写的："大汗：唐兀惕部定当成为你的右手，给你车前马后助威呐喊……我们对您的天威惊恐不已。尔今，您御驾亲征撒儿塔兀勒，我们敬畏天威，愿受您驱使而尽我们的菲薄之力……不过，我们有定居的土地，坚固的城池非常想尽快出兵，参加西征，但是，不能紧急动员，所以，就不能立即赴战。若蒙你成吉思汗的恩准，我们唐兀惕人愿将骆驼、毛毡、布匹敬献给你，把驯化了的猎鹰挑选最好的敬献给你。

虽然约定好将成为你——成吉思汗的左手、右手，但作为一个定居的国家，实在爱莫能助，不能像你们那样海阔天空……"

这简直是出尔反尔。简直是文字游戏。简直是在字里行间的示威。简直是文明西夏古国对游牧民族的嘲笑。

这封侮辱性的信激怒了成吉思汗。但当他冷静下来之后，立即想到，唐兀惕比起花剌子模给予他的侮辱说到底仍归于其次的地位。西征既已作好准备，那么，不能因为半路上的西夏反叛而失掉重点进攻的对象。于是，他先放过了使他震怒的西夏王朝。

但是，当他大范围进行毁灭性打击之前，一定得先把这个与金国成犄角之势的西夏先消灭掉。西夏与金国唇齿相依，唇亡齿寒。而南宋是金国的世仇。那么，这次打击，无疑将降临到西夏的头上。

1227年秋，成吉思汗做好了南征西夏的准备。出师之前成吉思汗仍先礼而后兵。先诘其西征时不曾成为右手而食言。去年，已饬令西夏遣子入质，夏主又不从；又闻王罕部余众皆逃匿西夏，心中更愤，故不会南征。

伊绪皇后闻言前来劝阻：

"南方已设国王，为何还劳圣驾亲征？"

成吉思汗道："国王木华黎已故世，他的儿子赤鲁，虽袭封其父职，但与其父相差何止万里。更何况赤鲁现出讨叛贼，还有什么力量去再讨西夏呢！"

伊绪仍谏道："圣驾西征方归，又去南征，虽龙马精神怕也不支。何况您的年事已高，还应保重。再说，士卒亦恐疲气，应休养生息，才以利再战。"伊绪说得不无道理，但成吉思汗却说：

“我征战已二十载，西北一带总算平定，现已分封三子去管，唯西夏是我一块心病。依了你吧，今冬暂歇，明春定要征讨。”

伊绪见劝止不住，便进言道：“明岁圣驾亲征，须要派我同行方好。”

成吉思汗闻听，不胜欣喜。上次西征是忽兰皇后随军，这次伊绪又主动愿效忠诚，不禁喜形于色。“忽兰随我西征，尝自谓困乏不堪，似你这般身体，尚不如呼伦，何苦随我吃苦呢？”

伊绪道：“圣驾栉风沐雨，臣妾闲居殿帐，自问良心，深觉愧疚。若蒙慨充随行，就是涉关闯阵，亦在所不惜，还怕什么劳苦呢？”成吉思汗思忖片刻，才答应了伊绪。“好吧，明年南征，由你随驾便了。”

十三

成吉思汗虽然在体力上依旧可以驰马征战，但精神上已经开始感到老年的阴影在笼罩着他。和历史上的所有帝王一样，他开始想起长生不老的灵丹妙药来了。他虽然相信天地，但作为凡人，他只相信自己，相信自己的武力征服，相信自己可以统一中国，相信自己将有比历代中国王朝更大的疆土。他更相信他是真正上天派下来的儿子，只有他应该长生不老，否则，和凡人有什么区别呢。

成吉思汗就此事，不止一次请教过耶律楚材。耶律楚材的回答是否定的：“可以延年益寿，但绝无长生不老之理。同时举出自秦皇汉武以来，为求长生不老之术，引进方士妖道，充斥朝廷，弄得朝纲紊乱的例子，不下数十起。一席话，说得成吉思汗半晌无语。等了一段时间，才问道：“照贤卿的说法，我与凡人并无两样喽？”

“不，您是上天派来的儿子。”对这点，连耶律楚材也是深信不疑，并非阿谀之词。“但上天历来是严惩罪恶而超度众生的，这就是说，西征是惩罚，是天的旨意，而庶民何罪之有？看来忌太多的杀生，也是上天的懿旨。”

“那么，你善卜占术，看看我究竟能活到多少寿禄呢？”

这是个难题，耶律楚材避免了正面回答。“你是上天的儿子，收回天子，那是上天的旨意，非凡人可以占卜的。”

“除你之外，还有谁可以教我呢？”成吉思汗没有从这位无所不知的贤相嘴中得出结论，因此问楚材。楚材思忖：万松老人已经故世，他想起了万松老人曾提及的长春真人，说道：“臣知有一个长春真人，避居山东蓬莱仙境，可请他来为

主解忧。”

成吉思汗说道：“好。”

于是，耶律楚材立即修书一封，说明万松与自己的关系，请长春真人来此一晤。

信使乘驿马直送燕京，由燕京再换人去山东蓬莱仙岛请真人。为了显示隆重，成吉思汗下诏：为了表示对真人的虔诚，应派二十四骑去请。

长春真人接见了使者，看见耶律楚材的亲笔信后，要启行时，他的弟子们不放心地问道：“关山路遥，西域荒凉，恩师偌大高龄，恐不胜旅途鞍马之劳。”

长春真人却说：“成吉思汗是天之骄子，一代圣主；耶律楚材是我师兄之弟子。既有奉召，敢不成行。尔等放心，大约二年左右始返。”

同行者有十八弟子，其中有仲禄与镇海。长春真人行时已七十四岁高龄。一路上风餐露宿，看不尽北疆奇境，熬过了茫茫戈壁的暴风雪，行程万余里，历时四个月，把生活视若寒暑，把意志奉为支柱，日复一日赶到了乃蛮行宫。但成吉思汗已继续西征，他随后追赶，终于在清明后赶上设在达兴都府什山山麓成吉思汗行宫。

耶律楚材奉成吉思汗之命，率文武大臣到郊外远迎。成吉思汗立即在行宫里接见了长春真人一行十九人。

“由我帐下大臣耶律楚材的举荐，方知先生是通今博古的贤者，你不辞万里，远道而来，我心中甚是喜悦。”成吉思汗抚着胡须笑着说。

长春真人答道：“我奉诏拜见大汗，甚是欣慰。”

行宫里摆上了丰盛的酒宴，欢迎远道而来的真人。耶律楚材当然相陪左右，楚材原先对真人仅是闻名，尚未见过，今天也来不及单独晤面，所以，他与他也是陌生的。

酒过数巡，成吉思汗徐徐问道：“真人从遥远莱蓬仙境来到朔方，定会有长生不老之术教我！”

长春真人被问得一怔。耶律楚材信中原不曾谈此次召见的内容，真人也以为只是治国之道的学问。对此，他正拟趁此机会劝这位英主停止西进，他在中原听到这次西征是骇人听闻的。谁知这位天之骄子竟以这样的话题开始，长春真人沉吟了一会儿方说：

“我闻有长寿之道，却无长生之术。”

成吉思汗听后感到这位真人与耶律楚材所说一致，尽管他有所失望，但对耶律楚材与长春真人都能以诚事君，深感欣慰，问道：

“我听人说先生是天人，是自称的呢？还是人称颂的呢？”

长春真人道：“我山野村夫岂敢自称，乃人们这样称呼我，以讹传讹，实则我是一个凡人。”

宴罢，成吉思汗赐馆舍居住。耶律楚材开始与长春真人叙旧。时适酷暑炎热难当，成吉思汗移驾到雪山避暑。真人在耶律楚材的陪同下，饱览了雪山风光。楚材不觉诗兴大发，便在马上信口而赋曰：

“正是盛夏，但山峰雪花飞舞。冰冻三尺，帝命切冰开道，以便大军通过。阿尔泰山中，到处泉涌。松桧通天，满谷花草争艳，从山峰眺望，群峰竞美，谷川争流，真可谓雄伟壮观。”

又曰：“远离故乡，辞别亲朋故旧，朝朝暮暮居住在碧眼高鼻的异邦，胸中心潮起伏，感慨万千。”

耶律楚材并将从马背上草就的诗句，一一吟诵给长春真人听，并请他指教。

诗曰：**《过阴山和人韵》**

阴山千里横东西，
秋声浩浩鸣秋漠，
猿猱鸣鹄不能过，
天兵百万驰霜啼。

又曰：**《西域尝新瓜》**

西征军旅未还家，
六月攻城汗滴沙，
自愧不才还有幸，
干风凉处剖新瓜。

长春真人听后，赞不绝口。说：

“好，这些诗句自然天成，不事雕琢，气象宏大，慷慨深厚。然而……”真人转而对楚材说：“战则战，但你在大汗左右，对屠城灭口之举，听之任之，恐是不妥。”

“为人臣者只能谏君，不能阻。成吉思汗一代圣主，他远比唐宗宋祖要气派得多，他的功过自有后人评说。对花剌子模的征讨是复仇行动；征战中又遇顽强的抵抗，战争是打得极其残酷的。我德薄力单，尚请真人助我一臂之力。”

长春默然无语。他俩携手回营，又翻阅了楚材的马上诗句，见字里行间流露着对圣主的赞扬。

再用韵自叹行藏

箕裘家世忝先君，惭愧飘萧两鬓尘。
自古山河归圣主，从今廊庙弃愚民。
常思臣隐云乡行，肯效行吟泽国宾。
绎使不来人已老，江南谁寄一枝春。

其二

延寿丹青本诳君，和亲犹未敛胡臣。
穹庐自恨嫔戎主，泉壤相逢愧汉臣。
玉骨已消青冢底，香魂犹遶黑河滨。
愁云暗锁天山路，野草闲花也怨春。

又见诗前题跋曰："余作怀古诗百韵，非徒作已使世之人知我成败者可出世三人兴废之不常也。"因作偈以见意云：

历代兴亡数张纸，
千年胜负一盘棋。
因而识破人间梦，
始信空门一著奇。

长春真人翻了诗稿，发现耶律楚材虽过而立之年，但其志可嘉，然又有所犹豫。从这里可看出耶律楚材的郁闷，其志不舒之故。

长春真人在此逗留了些日子，征战不止，故辞行南归。临行，成吉思汗乃有些依依不舍。

长春真人临走时，已得知乙卯年夏降大雪，但耶律楚材曾说是宜战的先兆，于是打消了成吉思汗的疑狐导致了这场西征的灾祸。长春真人对耶律楚材的作法，感到愤懑但当时没有表示什么，一行辞别南归了。

但这次来哈剌和林，正逢来春南讨西夏，长春真人此行的目的当然是不言而喻的。尤其是并未通过耶律楚材，楚材心中也就明白了大半。

在耶律楚材的《湛然居士》中，曾不止一次提及长春真人之西行。然而在长春真人与镇海等人著的《西游记》里却只字未见提过耶律楚材。以后在楚材著的《西游录》中也有十余处，非难长春真人。其实，这并非个人之间的不和与争执，而是因为他俩卷入了当时道教与佛教斗争的漩涡里去了。

十四

宋末元初，道教、佛教、儒家思想并存，并各有其代表人物。其实，儒家与道家思想，由两家的创始人的言论而立的。儒家思想的创始人是孔子，名丘，字仲尼，鲁国曲阜人。他曾问道于老聃，学乐于苌弘，学琴于师襄。孔子设坛讲学，年五十，由鲁国中都卑升任司空，大司寇，后终因不得施展抱负，遂周游列国，先后到宋、魏、蔡、齐、楚、陈等国，并声称“如有用我者，吾其为东周乎！”又终不见用，老年则从事教育，弟子三千，其中著名的有七十余人。他曾把《春秋》加以修删，成为我国第一部编年体历史著作。

孔子曾提出仁爱学说和忠恕之道，政治上提出正名的主张，认为“君君，臣臣，父父，子子”都应实副其“名”；在维护统治阶级的基础上提倡德治与教化，反对苛政和任意刑杀，并提出“不患寡而患不均，不患贫而患不平”的论点。汉以来，各代一直将其尊为封建文化正统。

老聃姓李名耳，字伯阳，楚国人，做过周朝的“守藏室之吏”的小官，后隐居。老子书中用“道”来说明宇宙万物之演变，提出了“道生一、一生二、二生三，三生万物”的观点，说“人法地、地法天、天法道、道法自然”主张一切事物都有正反两方面的对立，并认识到对立的转化。“祸兮福之所倚，福兮祸之所伏”的哲学观点。所以说“天下万物生于有，有生于无。”又抉击统治者“天之道，损有余而补不足，人道则不然，损不足而益有余”；“民之饥，以其口税之多”。而道教是奉老子为其先祖的。

耶律楚材虽以儒教奉为宗旨，但其主张却受墨子的影响颇大。如墨家创始人墨子反对儒家的“天命”和“爱有善”等说，认为“执有命”是“天下之大害”，力主“兼相爱，交相利”，不应有亲疏贵贱之分。他的“非政”思想，体现了当时人民反对掠夺战争的意向，提出“尚贤”、“尚同”的政治主张。

因而，耶律楚材似乎是孔、孟、墨等儒家思想的综合体现者。

而长春真人是尊道反儒的。因而，从西域一别后他们始终不曾有过往来。

这次来访，目的在于阻止成吉思汗的南征。

成吉思汗以礼在殿帐里接待了长春真人。当然，这次会见是在单独在密室里，除他二人外，别人均回避了，成吉思汗开门见山地问：

“真人此来漠北哈剌和林，定有长生不老之术教我。”

长春真人也直露、坦率地说道：“夫长生之术，唯忌掠夺、兼并、忌杀生、忌狩猎。”长春看了一眼这位威震华夏的君主说：“听说，蒙古军已秣马厉兵，来春南征西夏，可有此说？”

成吉思汗没直接回答而笑了数声说：“我打仗，从来先下战表，让敌人败而无怨。突袭、偷袭我耻而不为。”

“这样一来，势必又有无辜生灵遭受涂炭。愿大汗三思而后行。”

“我们蒙古汗国的人，向以狩猎游牧为主，所以我既是蒙古汗国之主，当然要不忘其宗了。”成吉思汗认定长春真人是说客，所以直率地说：“至于灭西夏，那是他们叛而又降，降而又叛，出尔反尔，背信弃义。故此必灭此国。以惩那些言而无信的人。更何况西夏国君戏耍于我，当然不能容他！”

“大汗，长生不老之术，以忌杀生为戒，此是首要之道！”长春真人仍不放松以此为诱饵的试探。

“我的命既是上天赋予的，那么，上天要我们什么时候回去，当然不好违命，岂可以此术而违命。这怕是不能自圆其说。”

长春真人当然是白跑了一趟。

楚材虽知长春真人已来，但彼此既以学说之论而悖而忘友谊，再凑上去也没有必要。但毕竟是万松的老友。他闻知长春真人将要返鲁，便站在不儿罕山顶，目送长春真人，直到看不见了，才怏怏而回。

迎面碰到殿帐的侍卫长来找他，说大汗有请。楚材随侍卫长来到殿帐，只见除太祖坐在龙椅上闭目养神外，别无他人。楚材立即趋前拜奏道：

“臣耶律楚材奉诏前来拜见大汗。”

成吉思汗微启双目，对楚材一摆手。说：

“我的吾图撒合里”，成吉思汗自燕京会见耶律楚材以来，始终以此称呼他，“你随便坐吧。”成吉思汗示意楚材席地而坐，茶几上摆着丰盛的佳肴。

成吉思汗无限感慨地说：“你我君臣相处十年来，难得有这样的好机会。今冬无雪，气候奇冷，赐你美酒以暖身。”

楚材谢过成吉思汗，举杯饮下，他心中想到：此次仅仅是为了赐酒论天吗？

正寻思着，成吉思汗慢慢说道：

“长春真人突然来访，我并未诏你前来奉陪，你可知其故？”

“臣刚才站在不儿罕山已目送真人返回。真人单独晋见大汗，臣是知道的。”

“噢！你既已知晓，我就不多说了。你可知真人此行的目的？”

“来做说客。”楚材直言不讳。

“果然被你说中。”成吉思汗饮了一大杯酒，呵呵笑了，“他以长生之术诱我，避征战，少杀生。其实，我早已不信什么长生之术了。你和他都承认我是上天的儿子，那么我的寿命当然操之于上天，因此，我三言两语便打发走了他。”成吉思汗说完又随意问道：“听说你与长春真人之间见解不同而断了来往，不知到底为了什么？”

“真人闻知我说过夏降大雪是主战之瑞兆，西征必胜，因此怪罪于我。由此引起而并非他故。”于是他又讲了些佛、道、孔、墨的学说，并申明自己一贯的主张。“统一大业，必由贤主始能完成。纵观今日之华夏，仍有金、宋、西夏、吐蕃、大理诸国并立。金与宋世仇，金、西夏唇齿相依。欲图中原，故必先扫清右翼，此势在必行。况西夏言而无信，出尔反尔，为此而南下，则不觉会有后顾之虑。不过，大汗年事已高。何不派窝阔台与拖雷征讨。区区西夏弹丸之地，何劳大汗亲率远征呢？”

“你说的也是，但窝阔台已到封地去了。拖雷现执掌着兵权，我已决定只带拖雷去征西夏。我是个马上的皇帝，还坐不惯金銮殿。”成吉思汗语气随和，态度安详，对楚材说话，像是对一位生平知己一般。

殿帐中气氛和谐而安谧，炭火熊熊，温暖如春。自耶律楚材来到成吉思汗身边，似这般单独的赐见，还是第一次。楚材局促的思想逐渐消失，自斟自饮，也无甚顾忌。只见成吉思汗闭目静坐，似有所思虑，但又不变贸然发问，少顷，成吉思汗徐徐说道：

“昨夜，梦见一野猪突然从草密深处窜到我的马前。马受了一惊，我也随之醒来。”听成吉思汗语气，对梦中之事，似乎不详，所以才问楚材：“你卜占颇灵，何不为我卜占一卦，可主凶吉。”

楚材从容地从袖内取出几枚铜钱，掐算了一会儿，不觉面露难色，明年丁亥是猪年，主上马前遇猪，显然不是吉兆。他本想掩饰过去，但旋即直言而谏曰：“明年出师，依臣之见必胜无疑。但臣仍劝大汗保重龙体，只消派拖雷与部将去讨伐，何劳陛下御驾亲征呢？”楚材见成吉思汗并未被他言所动，不觉急语道：“臣愿随军出征，如出师不利，愿当军令！”

成吉思汗站起身子在殿内踱步，不一会儿，他面对楚材说道：“卿且退下，可做到燕京省亲的准备。”成吉思汗非常动情地说：“你随我西征以来，极少回燕京与妻团聚，现已进腊月，我将派人护送你回燕京过年。”成吉思汗又踱了几步后，说道：“我意已决，必须亲征，二月朔，你可由燕京取道德兴，从大同到阴山下的敕勒川来找我……”

十五

耶律楚材自随成吉思汗去到哈剌和林，随驾西征，一直未曾返回燕京。只是在元太祖十九年班师回哈剌和林时，成吉思汗恩准耶律楚材回燕京省亲。其实，燕京亦无亲可省。只是在这次回燕京途径威州时，娶了苏东坡四世孙苏宛如为妻。楚材之前妻已在战乱中失散，再无下落。他孤身一人已经是独居十一年了。

西征屡次战胜了敌方，总有不少战利品，其中包括对方的部将王公贵族的皇后妃女和宫女。成吉思汗每次赏赐均把耶律楚材放在很显著的地位。但他领了赏赐，赏赐是不能不领的，便转赏给他身边的部将、侍卫。成吉思汗当然是一代英主但他也是有些过失之处，君子之过如日月之蚀。仍无妨他继续成为一代英主。有一次成吉思汗知道了耶律楚材将赏赐的美女，珠宝等转赐了他人，心中十分不悦，招召来楚材问道：

“我待你如何？”

“大汗待臣优厚无以复加！”

“那么，为什么把我的赏赐转赠给别人呢？”语气中含有一些怒意。

楚材道：“臣心已领陛下的恩泽，可是我又以卜占事于陛下，而房事闺粉有失灵验，因此臣不敢故已而忘君。”耶律楚材显然编了一个谎话，但不如此，惹起大汗之怒，其后果不堪设想，于是补充了一句道：“臣为陛下帐下的摔跤勇士，不娶妻是为了养精蓄锐，这是同出一理。”

成吉思汗听后说他忠心可嘉。

但赏赐恩准回燕京时，临行，成吉思汗对耶律楚材说：“不孝有三，无后为大。此礼，我们蒙古人也是极推崇的。你自幼生活在中原，对漠北及异帮女子不习惯。这是我早已观察到的。因而，此次回燕，不妨娶一妻室。”成吉思汗笑了几声说：“以前你所说怕房事冲了占卜，这怕是你的遁词，但事已过去，我不怪罪于你。”他抚须笑道：“吾图撒合里，你的珠宝已一无所留，现在我赐你一份厚礼，为你迎娶妻子之用。这次可不准转让。”

耶律楚材这才在威州娶了苏氏。

苏氏才貌双全，为人贤淑文雅，娶后即返燕京故居。稍事安顿，耶律楚材立即返回哈剌和林。今日妻子捎书来漠北，言已生一个儿子，让楚材务必回燕京一次。但面对即刻要南征的备战情况，楚材实难张口。多亏成吉思汗嘱他回燕与妻子团聚。当然，楚材来奏请，讲明了太祖也会准假的。

回到家中，赶上小儿百日，妻苏氏让楚材起名。楚材三十三岁而得子，心中十分感激妻子为他生养了后代，执意让苏氏赋名。夫妻争执了数日，楚材才起名曰：“铸”。

隔了两日，妻子才拿出来一封封固的信。苏氏对丈夫说：“这是威州一位亲戚到燕京经营买卖，捎来的信，说老爷一看便知，没有留下话。”

楚材急忙拆开信一看，只见笔锋潇洒，措辞严谨，署名是元好问。

楚材原来就知道元好问其人，当时在燕京书馆曾晤过两次，但仅仅是因诗访友，没有过多往来。当时，战争气氛很浓，诗社也没有生气，便自消自灭了。以后金都南迁，元好问随即到汴，从此断了音讯。这次来信别无他言，无非是叙旧。但在信的末尾提到，君诚为俊杰之士。士在世，当择英主而事之，君捷足先登。燕京中像君一般的文人墨客等确实是寥若晨星，然略逊者则大有人在，望君在大汗前能为中原学士寻一条生路，免去苛税重力之苦……

信中提到“闻铁骑不日灭西夏，夏灭后宋焉能存？金与南宋均为苟安一隅。与蒙古国铁骑相比，犹如以卵击石，破城之日焉有完卵乎。就此拜托，拜托。”

楚材将信反复读了两遍，见苏氏正在注视自己神色的变化，随手将信交给了妻子，“你读了便知分晓。”

苏宛如匆匆读了一遍，知道元好问提出的事在眼下很难办理，但字里行间既无谀辞，亦无贬义，仅为士大夫阶层寻觅一条得以顺息的境遇而已。但就连这一点，丈夫也是无能为力的。

楚材见妻子看完了信也在发怔，随问道：

“如何答复元裕之？”

“依妾看来，此事能办即办，不能办缓办，是无须答复的。而且书信往来，易招群议，怕诸多不便吧。”于是，苏氏将燕京城内发生的事一五一十地向丈夫倾诉起来。

原来成吉思汗返回哈剌和林后，在燕京留有一位大臣叫威得卜，也算是一位开国元勋了，当时留他为“燕蓟留后长官”之衔。

蒙古汗国，一切典仪与朝仪均无定规，而成吉思汗忙于征战，很少顾及如何建立各种可行的城郭管理方法。基本沿袭了过去征战临时占领了敌方城池后所采用的管理方法。因而农桑不景，商业萧条，在人们连生命财产都得不到保证的情况下，是很难发展生产的。

威得卜是位战将，更不懂得如何经营偌大的城池。金朝的燕京在鼎盛时期，人口约一百五十万，是长城以里，黄河以北的重要贸易中心，商家云集，南北通衢。街市上也颇有一番景气的样子。蒙古军南下围城数月，有些人开始南逃，乃至金朝南迁，民走其半，街市上无过去那种摩肩接踵的繁华，冷清的街市很难听到叫卖声。只有少量的日用必需品的交换贸易。

威得卜对手下的军士管束不严，抢掠的事时有发生。因无法律约束，军士动辄可以在市井杀人，所以，一个七十多万人口的城市，几年之内，外迁，潜逃者已过其半。楚材闻之唏嘘泣下，就立刻去找威得卜。

他与威得卜只有极少的交往。威得卜知楚材来访，只得来到营门，侍立以礼而待。因为耶律楚材是成吉思汗身边的近臣，此次虽说是回燕省亲，毕竟是个大官，他也摆不得架子。

照样寒暄了一会儿，耶律楚材便开门见山地问：

“闻长官经营燕蓟，五年来无甚建树，唯纵军士掠抢、杀人盈市、商贾倒闭。民不聊生，治城仍以掠抢为主，恐非长久之策吧！”

威得卜知道楚材此来，定是责问，早已想好了对付的话：

“大汗定国以来，尚未定法，燕蓟除工匠外，以留遗民数十万之多，恩泽可谓宽厚。”

不对。有道是“民以食为天，社稷以民为重”。民不保生，还谈什么莅田桑梓之劳、商贾市场之茂！大汗远征无暇顾及庶政，望大人以社稷为重，爱民如子，方能得到百姓的爱戴。

“我受大汗重托，燕蓟治理得井然有序，不知丞相何出此言？必是恶人先告状吧！”

耶律楚材再谈下去已无必要，便告辞回到府中，连夜起草了一个奏章，命驿使日夜兼程递交哈剌和林的成吉思汗。他等不及明年面见成吉思汗时再奏，因为人民经战乱后的五年，仍处于水深火热之中。

奏折中说："帝自经营西土，未暇定制，州郡长吏生杀任性，奸人妻女，取货材，兼土田，仍有所闻。臣返燕后，闻知燕蓟留后长官威得卜尤贪暴、杀人盈市。楚材虽面责其咎，然咸得卜以上无定制抗之，故臣冒死奏请大汗治谕已占州郡县之长官，不奉玺书，不得擅自征伐，囚当大群者必呈报，详细条款容臣的拟报请圣上准奏后施行，百姓则幸，社稷则幸！"

成吉思汗闻奏后，立即出诏威得卜，命其收敛，并责其成立扎撒，按哈剌和林的法律治理燕蓟……

这条诏谕，无疑是耶律楚材上疏的结果，从此，威得卜与楚材之间生隙。耶律楚材以社稷为重，并没有把与威得卜的个人恩怨放在心上。但威得卜在其门客的纵容下，开始想方设法寻搜这位金朝遗臣的材料。他的主导思想是："一个异国、异族之臣，怎么会为蒙古汗国的利益考虑呢？

十六

话分两头。

再说成吉思汗在哈剌和林闻耶律楚材对燕蓟留后长官威得卜治理燕蓟中存在的弊端是深信不疑的。在成吉思汗的脑海里，眼下所急待付诸实施的是扩大领土的占领和管理问题。这从他敕封三位太子疆土一事，说明他已有所打算。目前南宋与金，均是一种苟安之态，尤其是金朝，献美女进贡品，俨然屈服于蒙，南宋远在大江之南，对自己构不成什么威胁。唯独西夏，外圆而内坚，口蜜腹剑。前次西征花剌子模时，已用言辞搪塞，把自己的诺言推得一干二净。本应立即征讨，但成吉思汗感到连年征战，军旅疲惫，因此，遣使令西夏立即用皇子为人质来蒙，但又被巧于辞令的回信谢绝，

成吉思汗感到，我已经先礼，现在是箭在弦上不得不发了。过了残腊，是丁亥年。这年正月十五，月亮恰亏，成吉思汗整点人马，带伊绪皇后，率军亲征了。成吉思汗骑着匹红鬃马，伊绪身着戎装骑匹乌骓马，与成吉思汗并肩而行。一红一黑在白雪的映衬下，煞是分明好看。

这次南征，不似西征。西征时，一则路途遥远，再则花剌子模兵多将广，百姓富有。这次挥师南下，踏平西夏，似乎不觉得是次硬仗。因此，正月启行，一

路上围猎，这样既振奋军心，又能养精蓄锐，真是一举两得之法。他们一路上走的是原西征的路线，即由哈剌和林出发，经乃蛮旧部的以东沿路南下：一路沿河西走廊逼近西夏的左翼兴中府，以及贺兰山的右翼临洮、西宁。现西夏原国王已逝，嗣位者是位乳臭未干的孩子。所以，成吉思汗预计，在秋天，马膘肥之际，摆开战场，等到大雪封山之前大约可以凯旋班师了。

这位自称“我受上天之命，统治一切国家，依靠的是永恒的天力，我是受天命而生的天子”。他之所以征服世界是他思维之敏捷，他管理军队的方法，作战的战术，他的勇敢和胆略。他既没劳神去批阅奏章，也不费力地遵循传统，他全凭自己的才智，一句话，是从他由小到大、由弱到强的征服的战争中领悟出来的结果。他终身奉行的信条是“报恩要及时，报仇要彻底”的两报思想。

他任人唯贤，不管是什么民族，哪怕是敌人的宿将、大臣，甚至是仇人的儿子，他均能量才适用，他手下有回纥、金、西夏、畏兀儿、塔塔尔、乃蛮、王罕各部落的人。顺便说一句，他的四位皇后，除了孛儿贴之外，均是其他部落女子，如伊绪曾随成吉思汗出征，对巩固他的统治起到了一定的积极作用。

耶律楚材除了在掠夺杀戮上与成吉思汗思想不合外，基本上是崇仰他的。尽管他随成吉思汗以来，主要是征战，但他相信，他自己的治帮之策，早晚会被成吉思汗重视的。

耶律楚材在正月月圆之后，即告别妻子，踏上了旅途。他要赶到成吉思汗之前在敕勒川迎候圣驾。

他去得早了些，因成吉思汗一路狩猎，一路进军，尚未到敕勒川。

敕勒川在现呼和浩特一带，北靠阴山，南临黄河，沃野千里。从堪舆学上讲，是块极佳的风水宝地。耶律楚材先到了敕勒川，自然要考察这里的风土人情。在他的文集中有大量的诗文是写这里的。如对阴山、昭君墓、大黑河、武川等地和生活在这里的人，都有精彩的描写。

狩猎是蒙古汗国军队补充给养的一个重要手段，成吉思汗常说，狩猎是训练军队的一种必要行动，是士兵们应尽的义务，军队的将领和十夫长至百夫长应该懂得如何狩猎。他认为狩猎与作战是并行不悖的。如猎人如何追赶猎物，如何摆开阵势，如何视人数多寡进行围猎，如何从蹄印、粪便识别野兽等等。

狩猎也是对意志的一种锻炼，所以，这支征讨的军队，在不开仗时，使用围猎而练兵。

每逢大汗要进行大猎时，就须发诏谕，命各队通过一定路线，形成合围局面，最后集中在一处，全歼猎物。狩猎一般在冬春两季。这是由于夏秋正是牧业上的黄金季节，一般说来是前方用于征战，后方用于生产的季节。

这次出征，就是以围猎开始，并发了诏谕，令各路按指定路线进行合围的。狩猎如同打仗一般，绝不可半点马虎。这次狩猎指定为三月时间，从各方驱撵猎物，不得随意杀害，而是像驱赶羊群一样驱赶着森林、草原上的野兽。围猎的队伍严密得不容许一头野兽突围出去。万一有不慎而漏掉的野兽，追查出来要处以严厉的惩罚，决不宽恕。

耶律楚材二月朔已赶到敕勒川，方得知成吉思汗正在围猎。于是他顾不上再欣赏敕勒川的美景吟哦诗文了，他立刻乘马北上，取道查干淖尔进入漠北，他赶到了哈剌和林，方知成吉思汗尚距此处不远的巴剌嘎森行宫处专等围猎的消息。他匆匆赶到了巴剌嘎森时，已是清明节了。

耶律楚材在行宫中拜见了成吉思汗，并让他看围猎时的壮观场面，成吉思汗道："在围猎包围圈缩小的时候，圈子中充满着各种兽类的哀号与骚乱，它们感到一次不可抗拒的大劫，感到自己的末日已经来临。这时的野兽会变性，狮子与野驴亲昵，老虎与狐狸友好，豺狼与野兔亲善，豹子与羚羊和睦……"

耶律楚材虽然听过合围狩猎，但亲自所睹，这却是第一次。

耶律楚材等太祖对狩猎的那种兴致勃勃地心情中逐渐转移到询问燕京以及中原情况时，楚材才将燕蓟留原形长官咸得卜的事又口述了一遍。当成吉思汗问到他下诏谕后的情景时，耶律楚材说：

"燕蓟冀鲁豫平原是盛产添稻的桑农基地，那里需要安定民心，否则，我们军队的粮食，军马的饲料从何而来呢？但由于我们尚无顾及中原一带，致使不少农民弃乡而逃。现农田荒芜，市场萧条……"他又讲了不止一次的有关发展中原农桑的重要性，最后说"这对进一步南下汴梁是必不可少的重要措施。"

"吾图撒合里"，成吉思汗道："你所说的无疑是治理中原的良策，本拟派你去接替咸得卜，但我身边又少不了你。再说西夏在年关便可攻下，那时再按你说的治理也不迟。今年一定要拔除掉这个两面三刀，言而无信的西夏！"

伟大的人物永远坚信自己是正确的。

十七

围猎的时刻到了。

成吉思汗登上了一个小山头，一览无余地观看这场奇景。

包围圈收缩到野兽已不能任意跑动的范围，它们聚集在一起颤抖着，吃肉的凶兽眼光发出软弱祈求的光，吃草的善兽已趴在地上站不起来，它们相互拥挤着依靠着发出不同的哀号。

成吉思汗恩赐耶律楚材可随带几名侍卫首先驰入圈内，用箭先射死几头猛兽。之后，又驰回高地，才让那颜、将领进入。接着是千夫长、百夫长、十夫长进入。围射已进行了三天，所以兵士均在原地安营扎寨，点起篝火，炙烤猎物。

这时大臣，将军们，纷纷向至高无上的成吉思汗献上最好的猎物，成吉思汗每样品尝一口，就赐给旁边的近臣。皇后伊绪与成吉思汗并肩而坐，耶律楚材在一旁陪坐，他们分享着这种荣誉和贡物。

第四天，圈内的野兽已所剩无几。这时，太祖又登上高地，见只有一些伤残的野兽在游荡，它们似乎感到它们的命运确实操纵在山顶上的那个人时，便聚集在一起，向山顶上发出哀号。

这时，有位随军的长者，卑恭地走近成吉思汗，为他的幸福长寿祈祷，也替余下的野兽乞命。

“请至高无上的可汗，饶了这些不该寿终的野兽吧，让它们回到森林和有水草的地方，繁衍生息，以供我主下次的驱使。”

成吉思汗恩准了长者所请，网开一面，让那些野兽遁去。并下令，从这时起，任何人不得再杀害它们。

在战争中，成吉思汗似乎也遵循了这条狩猎规律的。除因仇恨所驱使的屠城，甚至鸡犬不留者外，大抵是要留下一些人的。

这次狩猎成功使成吉思汗非常高兴，既锻炼了军队又增添了军粮。成吉思汗率军又拔营起程了。

突然，一头从圈中放出来的野猪，大约是被这场围猎吓晕了头，一时不曾逃遁，而是躲在一片茂密的草丛里。当成吉思汗与伊绪皇后的马经过时，突然窜跳了出来，似向这位赐它生还的圣主作拜叩状。然而，不幸的事发生了，成吉思汗毫无准备，野猪窜出时，红鬃马突然惊起，把成吉思汗掀下马来。

一丝阴影掠过耶律楚材的心头，莫非真的应了大汗去年梦中之事？

成吉思汗一跤摔得颇重，他感到一阵阵头晕目眩、神志不安，在众大臣的搀扶下又回到行宫的殿帐里。命令人马暂停前进。

当晚，伊绪皇后召集众大臣商议一宿，翌日早晨，向成吉思汗禀奏，耶律楚材说：

“昨日大汗从马生摔下，需要休息些时日，方可前行。皇后与臣等计议，南征之事能否暂缓？”

成吉思汗已恢复神智，他思考了一下，说：

“西夏闻我回师，必疑我是怕他，所以，我可在此将养，差人去西夏，责他，不守信用，看他如何回答再议。”

当即派使致夏，对夏主说道：

“你前时与我议款，情愿归降，我军西征，你们却袖手旁观，近又不遣子为质，并擅纳王罕众人，你可知罪？”

夏主尚未答话，从旁边闪出阿沙干布道：“这些都是我的主谋，要与我厮杀时，请你主到贺兰山来战，要金银绸缎，请到西凉来取，要皇子入质，无疑是白日做梦！”阿沙干布气势汹汹地说：“要杀要和，全凭你主，此处不必多说，留下你吃饭的家伙，滚回去告诉你的主子！”蒙古汗国的使者向成吉思汗禀报后，成吉思汗勃然大怒：

“他说这般大话，我怎好回师，就是死了，魂魄也要南下问他，更何况我还没有死！”

伊绪皇后与耶律楚材一并劝谏，成吉思汗更怒，命大军即日起程，他自己被皇后搀扶到马上，挥手直指贺兰山。

再说阿沙干布自打发走蒙古使者，知道将有一场恶战，必不可免，遂将西夏的西宁，临夏等城府的守将传来，命他们严守城池，自率一股兵马到宁夏府御敌。

成吉思汗兵分两路，一路过黄河、越六盘山直取临夏，一路则朝贺兰山压来，阿沙干布见尘烟蔽日，知道是蒙古骑兵来犯。他想以逸待劳，在蒙古军未站稳阵脚之际，冲杀过去，于是，阿沙干布亲率数万人马向蒙古军冲杀过来，蒙古军为首的是成吉思汗四子拖雷，只见他全然不像过去征战时的打法，而稳住阵脚，任凭阿沙干布横冲直闯，拖雷命令用弓箭压住阵脚。阿沙干布原想趁机冲杀，无奈对方按兵不动，速冲三次阵脚未乱，阿沙干布只好鸣金收兵，退回山麓去了。

翌日阿沙干布又用老法冲击，蒙古军的战术仍旧未变，阿沙干布两日来兵马损失惨重，急于邀敌一战。晌午时分，阿沙干布又发出第三次进攻，忽然见蒙古军的营门大开，号角齐鸣，千军万马犹如怒潮一般涌出营门，锐不可挡。而阿沙干布所率的夏军，已经是再而衰，三而竭，哪经得起这般摧枯拉朽的气势，任凭阿沙干布再调兵遣将，但为时已晚，阻不成，拦不住，只好逃回山寨，蒙古军乘胜追击，夏兵溃不成军，匆匆如惊弓之鸟，慌慌如漏网之鱼，只恨爹娘少生两条腿，十成逃出仅有一二成。阿沙干布见状，也夹杂在乱军之中落荒而逃，阿沙干布经营了数月的固若金汤的贺兰山寨顷刻之间，已荡然无存了。

蒙古军占据了贺兰山，宁夏府不战自克。蒙古军挥师南下又连拔数城。丁亥年酷暑难耐，成吉思汗遂令全军在六盘山避暑，待秋凉马肥后再战。

这一次对西夏的征战，一则因西夏不守信用，出尔反尔，并没有把威名赫赫的成吉思汗放在心中，拒绝纳贡称臣，再者凡一城一府，均是守攻抗争。楚材鉴于西征中的经验，知道西夏必要受到一次血洗，他自知言亦无用，只能在自己力所能及的范围内，尽量保护一些文物古迹和士大夫阶层的人了。

灵州之战，几战不下。耶律楚材素知西夏文化极为发达，国内各种文物和珍藏比比皆是，灵州乃西夏士大夫较为集中的地方。未攻下城之前，耶律楚材即奏请成吉思汗，要保护和收集文物，成吉思汗准奏，灵州攻下后，将士与兵丁们抢夺财物，独有耶律楚材亲领一部分兵丁，把凡认为有价值的文物、书籍一一搬出保护起来。有些保管文物和编撰文史的官员在耶律楚材的庇护下得以幸免。

灵州既下，九曲黄河西岸的西夏城，已不复存在，成吉思汗遂麾兵西征，直取西宁与德顺州。

耶律楚材因说明留在灵州清点文物书籍，遂留在灵州城内。他听说灵州城北有灵山，山上盛产大黄，此药是专治寒暑病的良药。楚材遂命一部分人整理文物书籍，另一部分人随他到灵山采药，共采回药有十车之多，储于库中备用。

且说西夏国王见诸城俱失，忙下令把黄河大桥折去，成吉思汗见不能南进，又派使臣去劝降，西夏国王与群臣商议：

“现隆冬将至，河上即将结冰，蒙古军定然踏冰南进。如不早降，破城之日，恐无完卵。”众臣无言，独有西夏节度使马飞龙愿领兵死守德顺府。西夏国王年尚幼小，不晓得什么利害，允许马飞龙率军屯德顺州。

但夏主拨给马飞龙均是老弱残兵，精锐之师留在京都以防不测，马飞龙见此情景，索性引颈自刎，省得他日受辱。

这时成吉思汗仍在六盘山避暑，只等天凉西夏便不战自破。耶律楚材赶到六盘山对成吉思汗说：

"大汗，现西夏所能凭借的天险，仅是一条黄河，现在如果再派使臣劝降，他们便不敢违抗您的话了。"成吉思汗同意派遣使者。这次西夏王一口应承，并将祖上传下金佛一尊，宫中的金银器皿等派使贡献蒙古军。但成吉思汗怕他反复，命令夏主亲自来降。夏主无奈，只好告辞宗庙，来到六盘山。夏主在蒙古军中，成吉思汗命人以礼相待，但夏主年幼，加上害怕，不日死在蒙古军中。

当时，成吉思汗拟班师，忽闻军士大部分得了寒热病，病情症状与西夏主相似，如此下去，蒙古军不需多日，便会有多人死去，成吉思汗非常着急，问耶律楚材该如何治军中流行的可怕疾病。耶律楚材即派人日夜兼程，把储备的大黄运回，军士们服后，病状日消。成吉思汗大喜。他说："吾图撒合里，你真是上天派来帮助我的。"

大家感到十分不解的是，大汗为什么对西夏国如此宽厚。殊不知，成吉思汗又梦见了那个惊他落马的野猪，醒后只觉胸中郁闷，病情发作时几乎难忍。但他始终不露声色，他要匆匆赶路，不要再半路上出了岔子，在他脑海里不断想到的是：还有金与南宋尚未归顺，大功未竟身先亡，作为一代天之骄子是死而有憾的。

十八

丁亥年夏日酷热，冬天也来得分外的早，白露刚过，六盘山即下了一场早雪，六盘山银装素裹，似乎预示着什么不祥。

成吉思汗乘一辆温车而行，伊绪也弃马从车，一路上服侍成吉思汗。

一天，伊绪与耶律楚材密商，拖雷也在旁参加。

"圣主的病日渐沉疴，恐不是一时能够复原的"。伊绪很清楚，成吉思汗有时处于昏迷状态，而且有时竟一日不复清醒，有时呓语不断。伊绪面带悲色说："现仅有拖雷随军，赤术，察合台、窝阔台均不在身边，我意可派人密语三位太子，立即到阴山下敕勒川处迎候圣驾，不知你们意下如何？"

楚材感到伊绪虽是一女流之辈，但所虑极是，于是颔首赞同，拖雷快人快语说："待我立即派人告知三位兄长，速来候驾便是。"

商量既定，军队仍旧日复一日朝北进发，眼看到了黄河岸边，这时，天已寒冷，但河尚未结冰，只好在伊克昭处守候。所幸，成吉思汗的病情略见起色，一天，他对伊绪道："你待我有年，无甚错处，又随我远征，灭了西夏。只望归国有朝，与你等再聚数年，共享荣华，不意我一病不起，恐来日不多了。”

伊绪道：“圣上洪福齐天，今见圣上面露红色，来日方长，何出此不吉之言！”

唉！很少叹息的成吉思汗这时也禁不住叹了声气：

“我已病入膏肓，非参茸等药能救，我死后，你回去告知各位皇后，需要节哀，不可过悲。”伊绪不待他说罢，早已扑簌泪下，成吉思汗抚摸她的手道：“人生若晨露，终有个散的时候，你去召集拖雷，耶律楚材及诸大臣部将进来，我有话说。”说罢又喘息不止。伊绪更慌了手脚，立即命侍者请众人进帐。

成吉思汗略定了定神，对诸人道：“我早已嗣位于三子窝阔台，但现在除拖雷在身边外，其他三子均不在身边，我想让拖雷监国，等窝阔台回来后，再继位不迟。”这是件最重要的事，成吉思汗讲完松了口气，看了看伊绪，对诸人道：“她随我征夏，又侍我病榻，诸皇后唯有她是我送终人……”伊绪此时已哭成泪人，众人唏嘘不止，只听成吉思汗继续说道：“西夏的属地将来要封册于她，这是我的懿旨。”成吉思汗对众人说：“我死后，暂不发丧，等窝阔台到来之后，再办丧事。记住，从我开始，所有子孙的墓均不起土、建碑，切记！”这时成吉思汗喘息得更厉害，耶律楚材上前把脉，脉已迟缓，乃至全无。少倾，脉又跳动起来，他睁开双眼，见耶律楚材在身边，他脸上露出一丝笑意，面色又升了红潮。楚材见此情景，不觉黯然泪下。他知道，这已是回光返照，但成吉思汗此时神智非常清楚，握着楚材的手道：“吾图撒合里，你随我西征南下，屡建奇功，但你不受封邑，不喜财宝，一心为我统一天下而竭尽全力，我虽死，但我的子孙一定能完成统一大业，你应辅佐窝阔台，让他完成我的未完之志。我早已告诫诸子，凡事无论巨细，均要先听你的良策而后行，遗憾的是你所提的谋策，我均未来得及实施，但是我相信，窝阔台会参照你的良策治国的。”

成吉思汗已数日不进食，这时，伊绪端来一碗参茸汤，他喝了几口，顿觉精神倍增，他对诸人道：“现今西夏虽降，但仍有精兵西集潼关，南据连山，北盘大河，兵力部署完全是防御我们的。木华黎在世时，也曾数次攻打潼关但均未攻下，所以今后我军南攻时，即使战胜敌兵，攻下潼关，但也不能速灭敌人；所以你们要假道南宋。宋金为世仇，肯定会允许我攻金。这样，我大军攻唐邓，直捣金国汴梁。金都被困，定要征兵潼关，那时潼关不攻自破。你们不要再蹈硬碰死拼潼关的覆辙。汴梁只需紧紧匝住，他们便不战而降，你们千万不要再干敌损两千，我损八百的买卖了。”

“金灭后，中原大地，均归我辖。原来议及用中原沃土牧放牛马，现在看来，实际上是饮鸩止渴。我死后，不论是哪位大臣或者我的部族，有议此者，杀无赦。皇位不得世袭，应在我的子孙中选优者嗣位，这样必能国祚长久，切记！”

成吉思汗说完，像完成了一件重大使命慢慢地合上眼，这位手握苏鲁锭出生的人，很平静地停止了呼吸，他离开了人间。

成吉思汗享年六十六岁，即汗位二十二年，南征北战，所向无敌，真可谓是一代天之骄子。

成吉思汗驾崩的当夜，耶律楚材彻夜未眠，他拿出随身携带的记事总册，上面写道：成吉思汗不只一次地说出了人间共有的弱点：“美人与名马，诚人皆喜欢之物，然而，如果谁醉心于此，必然一事无成，身败名裂。”

“若想治身，必先修心，责人之前，必先责己。”

“不要用金银珠宝装饰身体，而要以道德充实内心。”

关于喝酒，也作出过律令：

“酒，作为牧人的朋友，还是不要天天见面的好。天天见面就不感到亲切了。那么，一个月两三次为宜，见一次最好。”

“除了喜庆与庆功，不得狂饮！”

“凡饮酒不能自制者，不要说皇帝，连个统帅也不能当好。”

一次与邻国来使饮酒，他只饮三杯，“此物少喝兴奋，多喝则乱性”。

他对文武百官有训言：

“闲暇的时间，要像牛犊，嬉戏时要像婴孩，马驹。

攻击敌人的时候，要像雄鹰一样勇敢。

高兴的时候，要像三岁牛犊一样快乐！

同敌人对阵的时候，要像黄雀一样节节跃进，像饥饿的老虎，愤怒的鹫鸟一样！

在明亮的白昼，要像雄狼一样深沉细心！

在黑暗的夜里，要像乌鸦一样，有坚强的忍耐性！”

耶律楚材总结了成吉思汗之所以用兵如神，灭四十国，其原因有如下：“能人尽其才，无种族，肤色之分；二、西北系沙漠草原，适于驰骋。蒙古人自幼狩猎，习骑射，所以骑术益精。成吉思汗的骑兵，行军作战，每人有马三匹，可以终日驰驱，行动性极大；三、行军时，只用马奶干酪肉干为食，减少辎重的拖累；四、军旅编制以十递进直至万户，汗对隶下有绝对权威；五、有坚强的后方支援。战士出征，其妻守家完成税课。因此，蒙古女子与男人一样有自己的社会地位。”

耶律楚材写道：

一颗巨星陨落了。

他从马上统一部落，在马上称帝，在马上得天下，在马上终其一生。他身不在金碧辉煌的殿帐，不在山清水秀的斡难河畔，而是在金戈铁马中，在战尘的飞扬中结束了自己惊天动地的一生。

正如挽歌中唱的蒙古诗歌固定形式的四行珍品诗：

“成吉思汗挽歌成为遮天盖日的鹰羽，飞去了啊，我们的圣主！

你的伟大国土故乡，都在等待你，我们的君主！

你的福地故乡山水，还在那里，我们的可汗！

我们要把你珍宝般的灵柩护送回乡啊，我们的君王！”

十九

除了术赤之外——术赤比成吉思汗早卒。察合台、窝阔台都飞速赶到成吉思汗逝世后所在的行宫。儿子们先是大哭大恸了三天三宿，然后又大宴三天三宿，这才开始了丧葬仪式。

遵照成吉思汗遗嘱，并没有营造坟地与陵墓，而是在一块他们相中并请耶律楚材勘定了的风水宝地，打掘了墓地，并深葬于此。所有这一切，都是在儿子们和几位最知近的人参于下进行了这项工作。然后，让拖雷派一名万夫长率领所有骑兵，在埋葬处的周围，纵马驰骋了一宿，这块坟地已像战马踏过的大地一样，露出了黄褐色的土。之后又派兵丁，把这里包围起来，等春草发青时才能撤离。

所有蒙古王族与贵族都沿袭了这一方法。

几天过后，他们才打开商议朝政及成吉思汗遗嘱，还宣读了诸子立下的窝阔台为汗的文书。当时，众王公、兄弟一致对窝阔台说：

“遵照成吉思汗的懿旨，你应当成为天神护佑的汗。从此，众英豪可以忠心于你，为你献身，俯首帖耳地服从你的指挥。”

窝阔台则说：“成吉思汗的圣旨虽然如此，然而，先皇在世日也有一条律文，凡蒙古大汗新旧更替之际，诸王侯将帅，所属各酋长，那颜，必须开库里尔泰会议定嗣续，方得登汗位。我上有兄长、叔伯，他们比我更能胜任此位，再者，据蒙古的风俗，长室中的幼子应成为其父的继承人，术赤大哥虽去世，他的儿子尚在，一直随军在旅，日夜伺候我父，目睹耳闻我父的法令。既然这些人都健在，就在眼前，我何敢自称为汗呢?”

从这一天一直到四十天过去，窝阔台始终用巧妙语言表达这一心情，直到第四十一天的清晨。

所有的王公、那颜和诸大臣一起来到窝阔台的面前，召开了“库里尔泰会。”会由察合台统揽，他说：

“大哥已故去，我现在是成吉思汗最大的儿子。我们所有的王公商讨再三，觉得还是父皇在日所确定的嗣位，由三弟窝阔台继位。这个重任，是父皇和他的诸子，兄弟写好了文书，要将生杀的权杖委诸于窝阔台的才智，那么，我们焉敢任意改动他的谕旨。据耶律楚材观天，今天是黄道吉日，窝阔台，你应在天神的辅助下登上天下君王的宝座，以正义和仁慈美饰环宇。”

众人再三请求窝阔台，而他再三推诿，最后才按着蒙古的习俗，脱掉帽子，把腰带扔向肩后，察合台牵引着他的右手，斡尔斤牵引着他的左手，登上了君王——汗的宝座。

兀鲁里那颜首先举杯，宫廷内外的人三次跪拜，发出祈祷，高呼：“我汗登基，国家繁荣昌盛，我们尊称他为合罕。”

耶律楚材走进察合台耳语道：“你虽是兄长，实则人臣，应叩拜行礼。”

察合台领悟了这句话的内涵，于是率王公、贵族，众大臣再次跪拜。

窝阔台这才开始讲话：

“我父皇在日制定的法令和懿旨，应以维护，不得任意变动。遵父皇遗嘱，将西夏属地归伊绪皇后。”说罢，征求对西夏国的处理。

伊绪道：“圣皇成吉思汗已经赦免了西夏国人臣的死罪，我宣布，除国王的直系必须处死外，不许妄杀一人。”

窝阔台道：“谨遵母后懿旨，除三十六人外，一律赦免。”

窝阔台又道：“有人揭发诺言和异密的不法行为，但，在我登基之前，不管所告是真是假，一律免予追究，如果今后再犯法令，不管是谁，一律按札撒处理。”

最后，窝阔台郑重其事地宣布：“先皇在日对耶律楚材爱称为‘吾图撒合里’，先皇有命，事无巨细，即听公言。现在，我遵先皇遗训，封耶律楚材为中书令，请修订朝仪、法令。我将完成父皇之未完成事业——统一中国——先从灭金开始，我将统领这次征战。我不在哈剌和林的时候，敕令四弟拖雷监国。”

二十

话说汴梁自宋祖赵匡胤在此建都以来，把这个夏、商、周朝曾先后在此建成的古都修建了一番。尽管没有像纣那样奢侈地弄什么酒池肉林，但作为汉唐以来封建统治者营建的宫殿来说，却有过之而无不及。

自古以来，关中平原的古都长安、洛阳、汴梁都是帝王们看中的能使国祚长久的风水宝地。加之，黄河流域本来就是中华民族的发祥地，这里集着各种文人骚客，名流雅士，巨商大贾，青楼烟花，纨绔子弟；官位显赫的权贵，卖官鬻爵的衙门，卖国求荣的奸臣，忠奸并存的朝廷，无不在帝王荫庇的京城内，在自己的势力范围内表演着。加上七十二行，经营各种物品的商号，茶馆酒肆的闲客，赶庙进香的教徒，走巷窜镇的手艺人，卖药的，卖艺的，江湖骗子，牲口贩子，人口贩子，乞丐地痞，经纪掮客，亡命徒，无赖汉，也都在自己的地盘上尔虞我诈，买空卖空，划拳行令，吟诗作画，笙弦歌舞，行贿受贿，打架斗殴，偷鸡摸狗，插标卖女，朱门肉臭，风火道场，和尚尼姑，车水马龙，骑马坐轿，驾鹰牵狗，各种吆喝声，嘶鸣声，叫骂声，喧嚣声，丝竹声，诵经声，骂声浪语，混成一片。这些，使这座偏安汴梁呈现出一种粉饰的繁荣，一个病入膏肓的垂死者脸上抹了一层红粉而已。

金朝的完颜已经把九乘之尊让位于完颜守绪，他自己撒手到极乐世界去了。守绪定号哀宗，支撑着靠几条绳索维系的即将倾斜的大厦。

正兴三年，蒙古大军灭西夏的消息，传到汴京，从金主守绪到满朝文武，感到自己的末日即将来临，一种唇亡齿寒的压迫感，紧紧匝住他们的心，尤其是成吉思汗驾崩后，金主守绪派使臣吊丧，并赠规仪，但被窝阔台一阵抢白："你主父不归降，今我父已逝，我将兴师问罪，你主却派你来送区区礼仪，算什么？莫非欺我父皇去世，拿此来糊弄于我吗？"

金使返禀金主，金主闻听更感惧怕，又派使送金帛于哈剌和林庆贺新君。但窝阔台伐金之心已决，据不受贺，把来使遣回，并告诉他转告金主，只等决战罢了。

两次遣使，均被蒙古打发回来，这位金主也感到只有调集军马，严加防范，何况手中尚有人马百万，更何况有天险潼关，一夫当关，万夫莫过的险要去处，更有黄河天堑，料蒙古军也不是一日能攻得下来的。古都汴梁，城池坚厚，蒙古军只熟识骑兵的灵活战术，攻坚破城尚属陌生，只要同仇敌忾，文武一致，军民一心，谅亦无妨。所以，金主对潼关防守一线，延至风翔祁连山一线增派兵力，这暂且放下不说。

金朝官员元好问，早在蒙古军灭夏之举未动之前，已托人给耶律楚材暗通关节为在原燕京古都士大夫们寻找条出路，改变一下当时仍处于“驱口”一样的朝不保夕的境遇。然而，耶律楚材既未复信，闻知这些士大夫也未改变什么，有一些纷纷取道晋鲁关卡较松的地方，暗渡黄河，投奔他乡。有些则离燕都隐入深山老林古刹寺庙人迹罕见的地方暂求活命去了。

元好问见给耶律楚材去信后无消息，心想：楚材是成吉思汗的近臣，虽不能左右这位英主，但也能说些话吧！看来楚材只顾自己的乌纱帽了，对于以文会友的老朋友早置之脑后了。但他反复思索，又持了否定的态度，他知道耶律楚材绝非小人得志的平庸之辈，所以未能达到预期的目的，毕竟有其难言之苦衷，想到这些，他又以挚友的语气给耶律楚材写了封信，当然，仍然是托上次行商的那个人捎到楚材家中。

信到府中时，楚材正在家。回顾上次来信至今已有三载，元好问所托之事，现已初见眉目，但完全改变士大夫的命运，仍需不断努力。

信中对楚材的难处作了理解，复提出：“……夫生之难，成之亦难，乃今不死于兵，不死于饥寒，造物者而授这维新之朝，其亦有意乎？无意乎？诚以阁下之力，使脱其之辱，息奔走之役，聚养之，公处之，他日阁下，百执事之人左右而取之，衣冠礼乐，纲纪文章，尽在于斯，将不能少助阁下之功乎？假而不为世用，此诸人既可以立命亦可以立节，不能泯泯默默与草木同腐……”下面元好问写了五十四名士大夫的名字，其中有孔子的第五十代孙元措。接着又写到，“阁下辅佐王室，奋有四方，当灭草昧之时，报君子经纶之道，凡经造功业，考定制度者，本末次第，宜有成策。”

这两位同岁同时代的人，元好问书中提及的“衣冠礼乐纲纪文章”，乃是俩人所共有的信仰，耶律楚材初会成吉思汗的那番谈话，正是他孜孜追求、锲而不舍的目的。耶律楚材是作为中原封建文化的代表人物登上历史舞台的，所以，元好问要找的人是早已看出是有共同语言的。耶律楚材比元好问先走了一步，而元好问仅认识到这一步的重要性，而无行动。

元好问对楚材事蒙古汗国而自己仍为金朝臣子一事，并未持什么否定态度，也未以自己仍为金朝臣子而自誉。不过，元好问是个遇事瞻前顾后的角色，而无当机立断的决心，比如，他曾经对不少尚居汴梁的知识分子扬言："金亡不仕"的豪言壮语，然而别人在诋毁耶律楚材降蒙古国时，他又出面为楚材辩护。既为投降派崔立树碑立传，可始终效法"不食周粟 "的气概……元好问一生实际上是生于金亡蒙古汗国兴起的时代，前半生在金朝为官，后半生生活在蒙古汗国的统治之下，从他一系列的作法，他与楚材暗通关节之事，无论从哪方面，白纸黑字写得很清楚，如信中提到"衣冠礼乐纲纪文章尽在手里，"还是"他日阁下求百执事之人随左右而取之。"都说明元好问在金亡之前已是别有用心的。但又从他的文章中"遗山仕金，正当危机，尤不当有境外之遇交"看出，这点道理对一个士大夫的约束力量。这说明，元好问在没有任何威胁的情况下，可以不理会这点道理，而先"有境外之交，"一旦有了来自客观的压力时，他又学唱出"金亡不仕"的忠臣节烈的高调来。所以，元好问与耶律楚材绝非完全是志同道合的人。纵观其后半生的所为，他也曾为保存金亡后的士大夫命运而揪心，可是自己也未尝不想依靠英主作出一番事业。应该说元好问的一生是郁郁不得志的。到了忽必烈时期，这位元世祖已被他看出完全是可以接受而且能付诸实施的英明君主时，而他自己却感到老之将至，而无力出仕辅佐忽必烈去实现自己的宏图了。

二十一

其实，窝阔台继位的第二年，即开始议论南征之举。耶律楚材奏道：

"陛下，自蒙古建国以来，成吉思汗在位二十二年，一直处在征战之中，虽连克四十国，得金银珠宝无计其数，但已封赐将帅诸臣，近又得西夏，所得布绣驼马，也均分赐众臣，如今库府空虚。现南征，冀鲁陕晋等地，已属连年烽火不息，百姓苦于战乱，早处于水深火热之中，再依靠掠城劫富，已不复有潜力可挖。眼下的情况，必须在已占领的地方，安抚百姓，才能山有其景，地有其粮，通商贸易，发展盐铁，而国家从中征税，以稟库之虚，否则，数十万军马的粮草辎重，仅依靠狩猎补充是吃不饱的。何况，中原已无鹿可逐，而今后蒙古汗的统一江山之举，均在大江大河之南，还望陛下圣裁。"

楚材奏罢，忽有数大臣提出——中原人口稠密，都是张口吃饭的人，不如尽行杀戮，反可涂膏衅血，灌润草木，广沃平原，将变成草地，可养数十万、百万的牲畜，岂不是解决了军旅的给养。持这种观点的人，一时多了起来。但，这无疑是杀鸡取蛋。耶律楚材极力反对，请窝阔台圣裁。

窝阔台见持毁农养牧的意见尽量都充分得到表现后，才徐徐说道：

“我们蒙古部落，从来都是靠畜牧、狩猎来维持生计。千百年来，大地无私地抚育了我们这些草原人，休养生息，逐步壮大，以致在先皇的威严下，统一了西北诸部落。草原是我们的母亲，给予我们的恩泽，世世代代将铭刻不忘。”

窝阔台仍是心平气和地说：“成吉思汗在日，就对持把中原变为牧场的提法给予了必要的说服，原因在于，我们成吉思汗的子孙，要走出草原，进入中原，得到的是一个渺无人迹，城郭皆毁的地方，还有意义吗？另外，偌大一个中国，让我们蒙古人去占领，那我们世世代代聊以生存的草原又要给谁去管理呢？我们北面的各部落，包括塔塔尔，畏兀儿，契丹，女真等各部落在内的人数，和整个中原比起来，是不多的，也是管理不了诸多中原地区的。只有用汉治汉，我们只是做中国的皇帝，所以，只能按耶律楚材中书令所提出的奏本。”

“攻占中原的城郭之战，要骑步兵相助为战，要学会攻城攻坚，仅靠包围是不行的，对方会有兵增援，这样，我们不仅要打硬仗，而且要能让对方的军队成为我们的人，不然的话，我们的骑兵十几万人，是无法完成这一统一中国的宏愿的。”

“作战要军需辎重，刚才耶律楚材所奏，是根本大计，着中书令起草，并颁示燕蓟留守长官咸得卜遵照办理，中书令有权监督此奏请的执行。”

“我已申明在先，凡先祖制定的法令，不许再任意更改，提出已被否黜了的毁农养牧的说法，也是对先祖的不忠。忘卿等察之，勿再有违令。国法无情，请你们自爱。”

窝阔台的一席话，无疑是给耶律楚材的进一步实施用中原封建文化来统治中国的长久计划得到了强有力的保证。

窝阔台见群臣服伏，遂派耶律楚材立即赴燕都，查此诏书颁布后的情况，并带有窝阔台的亲笔信“中书令耶律楚材替朕巡视燕蓟，一切官将均听中书令之言，违令者可先斩后奏。钦此”。

咸得卜自上次成吉思汗下诏令后，对军士开始约束，但长久以来养成的积习，并非一声令下可以改变得了的。况且，他又不能令出法行，时间长了，又旧态萌发。不过，有一点他是清楚的，这位耶律楚材是万万惹不得的。听说中书令持窝阔台诏书亲临燕蓟，不免暗暗叫苦不迭。忙令部将约束军纪，都城内的恐怖气氛略见好转。

耶律楚材心里很清楚，事情必须一件件来办。现当务之急是先把十路课税所设置起来，颁布安民告示。“信赏罚，正名分，给俸禄，封功臣，考殿最，定物力，汰工匠，务农桑，定土贡，置水运”史称时务十策。窝阔台既已全权委派于他，他也当权不让，何况又无人掣肘，十路课税的正副使等二十名儒者已被他物色到。

燕京课税使陈时可、赵昉，宣德课税使刘用之、刘恒等等，这是蒙古汗国建国以来大批任用汉人儒者文臣的开始，也是一部分儒者的地位、生活处境有所改善的开始。

消息不胫而走，许多逃离乡下的儒者，纷纷回到燕京，寻找耶律楚材，申明个人特长，希望得到任用。但因这项工作仅仅是开始，楚材对这些儒士安抚了一番，先在燕京住下，并声明保证他们的人身安全。

和大批儒士返回燕京的还有耶律楚材的好友张崖云。张崖云是耶律楚材的同龄人，他拜万松老人为师，之后曾与耶律楚材会晤过几次，两人对中原形势的见解基本相同，楚材会见成吉思汗后，又不定期与张崖云见了几次面，当时楚材曾劝张崖云一起投到成吉思汗帐下，张崖云却说：“我散淡惯了，不愿受官职的约束，不管哪个朝的官，我都不愿做。反正，你在朝我在野见解相同，亦可相互提携，更何况金朝元好问与我颇有深交，当了蒙古汗国的官怕往来不自由，何妨让我继续散淡下去呢。”

楚材也不再深劝，遂与张崖云约好，凡不在军旅时，如在燕京，定请他来相会。

一别就是七年，但耶律楚材成亲的消息，他比别人知道的都早。那时，他们分手后，张崖云时而经商，南走汴梁，北回燕京，往返于两都之间；时而装扮成僧侣，远朝泰山，近至南山与万松会晤。当时，成吉思汗对商贾、僧侣、道人以及各种宗派的教徒给予免除各种赋役的优待，所以，张崖云尚不曾受到儒士的遭遇。

元好问的第一封信就是张崖云捎回来交给苏氏的，并告诉苏氏不要说出捎信人的姓氏。

这次，张崖云仍是从汴梁一路假装化缘而北上的。此时耶律楚材已到中原，他非常想立即见到他，要把汴京的一些事情告诉他。

他在路上就听说耶律楚材一回到燕京，便大刀阔斧地任选了一批儒者，心中大为振奋。一路上他向同行的儒者们做了不少疏导工作，说明楚材到今天才如此重视儒者的种种缘故。这种工作，他在金朝的汴梁也不时与交往的儒者们解释。因为，一旦能施展抱负的时候，他的好友耶律楚材会只争朝夕的。

张崖云一进燕京，见城内的景象果然与以前大不相同。当然，这和耶律楚材的钦差大臣的身份有直接关系。张崖云意识到：士大夫出头的日子在不久的将来会得到实现的。

耶律楚材往往是很晚才回到府中。一进门，苏氏总是亲自为丈夫宽衣。今天仍然如此，苏氏面露喜色，笑吟吟地问：

“老爷，您猜谁来了?”

从妻子喜悦的神色中，他猜中了。

“莫非崖云兄回来了?”

二十二

安民告示起到了意想不到的作用，原来遁入深山、远乡的城都居民和农民纷纷返回了故里。

耶律楚材让兵丁把告示在都城内外到处张贴，并且贴到四通八达的驿道上。百姓亲眼看到盖着“蒙古汗国中书令耶律楚材”鲜红的大印，告示写到：

一、公买公卖，不得抢掠，不准任意抬价、压价；

二、土地归原主所有，耕者须交纳课税；大片土地的占有，应由占有者交纳课税；

三、杀人者偿命，偷盗者处以重刑；

四、开放边市，各州县府的留守长官应是此告示的保护者；

五、违法者送监，大群者呈报告方得执行，任何长官无权任意杀人；

六、各十户长、百户长、直至万户长，要严加管束军队，不准骚扰百姓的经商和农桑，士兵违纪令条，各长官均应连座，视其情节判罪；

七、本告示从颁布之日起，立即生效，百姓、军兵、长官等一律周知！故意违犯此令者，严惩不贷。

中书令御授中原钦差大臣

耶律楚材之印

太宗二年庚寅十月朔。

很快，市井有了街市，农村的屋顶上冒起了炊烟。荒芜了数年的土地开始耕耘，一些返乡早的农户，开始抢播冬小麦。

翌年，冰雪融消的时节，蒿草没人的土地，泛出了绿油油的冬小麦，农民们烧荒育肥，地力很壮，庄稼长势喜人。

蒙古军各长官，都率领自己的军士在指定的昌平以北的丘陵山区练兵，城内除了巡逻的骑兵外，散兵游勇也基本绝迹了。

夏收之后，商人交税，农民纳粮，耶律楚材的安民告示大见成效。十路课税征收所得的税收，一齐归拢到燕蓟，新建起的仓库装满了运交来的粮食，府库自蒙古建国以来，第一次有了库存。

耶律楚材派专使回禀窝阔台，窝阔台听后大喜，嘉奖了耶律楚材的治国有方，并饬谕调中原的能工巧匠赴哈剌和林兴建都城。

耶律楚材上疏奏道：

"中原荒芜十年，今始得见绿苗，工匠诚有之，但当务之急是恢复生产。建都一事，臣思西域回回与畏兀儿中能工巧匠颇多，况先帝破城之日均已收工匠到哈剌和林，今天之所以缺工匠，皆因将掳来之俘作驱口赏赐给诺颜以及宗族所致，倘若能把这些人集中使用，何愁哈剌和林的建都，臣耶律楚材冒死申奏，望陛下恕罪。"

窝阔台见奏折言之有理，就责成两个诺颜开始在各个诺颜的驱口里登记工匠，共有二万多人。这些工匠一下从驱口变为自由民，无疑喜从天降。这些工匠描绘出了未来哈剌和林的城堡与宫殿，街市与校场，窝阔台十分满意，饬准照行。

楚材离开窝阔台已有一年之久，他上疏窝阔台，要回去述职，窝阔台御批到："朕在秋草发黄时，将南下狩猎，那时，一览卿治理中原的功绩。忘卿不负朕念。钦此。"

这样，燕都有了个相对稳定的发展生产的条件，城内秩序井然，人民的生命财产得到了保护，于是，把所有精力，投放到发展生产上，这样，继夏收之后，又是一个可喜的秋收。

耶律楚材省去了回哈剌和林述职的时间，不免要考虑窝阔台此次南巡时将要提出的几个重要问题。他把几个问题说于张崖云听。

首先是，在蒙古军要攻汴梁之前，能否疏散出一部分儒士，省得城下之日，玉石俱焚。

他请张崖云通过元好问把孔子第五十一代孙孔元措首先接到燕京定居。

经过考试，选录各地的儒生，可作当地留守长官的下属职务，分管法律、贸易、理财等事宜。使不少儒士能从这项措施中驱口的境遇中解救出来。还有不少儒士在兵荒马乱中即使不死，也流离失所，有混杂为杂役糊口，虽比驱口命运好些，但生存仍无基本保证，必须把这些人逐步解救出来。这样做的根本目的在于初步走上以儒治国的道路。

张崖云听后，对第一点认为，孔元措既为金朝翰林，让元好问去劝说，身份太低，怕不得效果。这样非耶律楚材亲往迎请而不能办事；其他儒士倒可以通过元好问进行密联。但元好问本人却无仕蒙古的打算，也应由楚材亲自劝说才行。

至于建立考试制度，此事非同小可，窝阔台能否照准而行，没有十分的把握。但无疑这是根本解决儒生的境遇的一条坦途，但愿能得到窝阔台的恩准。

耶律楚材与张崖云商讨后，决定等窝阔台来后面陈此事，尤其他本人去汴之事，须审慎从事。但迎请孔元措，诚如张崖云所说，必亲往而不可得。当即，让张崖云先回汴梁，探听虚实情况，返回之后，根据汴梁的情况，再作处理。

耶律楚材因政务缠身，有时宿于燕蓟留守官府，回府过夜的时间是极少的。即使回府，也要事先告之张崖云到府上作长夜细谈。他还有一个急待解决的夙愿，那是从先祖流传下来的一部出自一位和尚行均之手的汉字编撰的书稿。他原来想在金亡后一心从事此书的编纂与研究，后千里马遇伯乐，耶律楚材随成吉思汗去了。从这以后，戎马倥偬十余载，他已无时间对书稿进行撰阅了。自与苏氏结婚后，他觉得托负有人，便将书稿交给苏宛如，并对妻子说：

“你是宋词圣苏东坡的后代，我能娶你为妻，真是三生有幸。你出自书香门第，自幼吟诗赋词，专事文墨，年已二十五，尚未择婿，求亲者蜂拥而至，你却不闻不问，楚材不才，承蒙你青睐，不胜惶恐。你的诗词造诣均在我之上。因此，愚夫有一事相求，不知夫人能应允否？”

“相公过誉了，我盛名之下，其实难副！”苏宛如见丈夫对自己如此器重，感到由衷的高兴。她生长在名门之家，听到过祖上不少趣味轶事，深感自己生在兵荒马乱之年而自叹。但想到先祖苏轼一生坎坷，苏小妹择优选婿，更感到自己学习的重要。她打破了许多闺蜜不能阅读的书籍，博览了先祖留下来的各种书籍，从中获得了意想不到的充实。她是从《四书》、《五经》、《大学》、《中庸》开始，涉猎诸子百家之言，唐诗宋词以及唐人小说、宋代传奇等，当时她年仅十九岁。在那个时代，对于一位难寻觅得知音的她，文房四宝是她的亲朋密友。

年过二十有二，亲朋旧故多次为苏宛如的婚事着急，先后说了十几个，她虽未像苏小妹那样以诗择婿，但也只略闻一二，便摇头作罢。

乃至兵乱中出入威州后，经人介绍，方知耶律楚材此人。后来她详细地了解了楚材的情况，翻看了楚材的诗词后，才颔首而允。当时她已是二十五岁的大姑娘了。

婚后，楚材不在燕京，她有更多的时间，整理楚材的诗文，并尽力作了注解和编纂，她深感自己没有虚度年华，毕竟选中一位乘龙快婿、如意郎君。楚材也很详细地拜读了苏宛如的闺中之诗，他感到有此佳偶，真是天作之合。

所以，在他全部掌握了苏宛如的文墨素质后，才郑重其事地提出了让她为他这部汉文巨书校注编纂成书，以传后世。这时，只听宛如道："只要为妻力所能及，定要尽微薄之力。"

宛如编纂不负重托，没出两年，第一次编纂已完成。宛如编纂交书时说：

"此书，妻已看完，书中分平、上、去、入四声，分四卷，共计二万六千四百七十七字。字字有解，章章有注，确实是稀世之珍宝。妻拜读后，实感有续注的必要。然而，妻足不出户，所见颇陋。相公若能再阅，则为收关之幸事。如相公公务繁冗，何不求崖云兄参与二阅。此为妻之愚见，不知相公意下如何？"

正因为宛如编纂提到，不然，楚材一心只想到儒士的命运，而忽略了眼前的张崖云。所以，楚材才向张崖云提出自己的建议。

时过午夜，家人送上了莲子粥和米酒数升，二人谈兴正浓，谁也没有睡意。酒罢，耶律楚材打开一只楠木箱子，里面放着行均和尚的手迹，对张崖云郑重地说道：

"我祖得此书，适逢辽宣宗时，当时禁书很多，此书稿亦在禁例，但先祖是辽皇族，所以，才将此书保存下来。"楚材在灯烛光下，看着这位放浪不羁，桀骜不驯、风流倜傥的张崖云。

只见他已略有醉意，不修边幅地敞胸露怀，一任窗外的微风吹拂。楚材徐徐而言："我因忙于国事，已无暇在做此书案工作，该书已由拙荆初阅，能否请崖云兄二阅？"

崖云笑了几声，道："你又要我南下联络众儒，又要我校阅此书，难道我有分身法吗？"

"崖云兄，你不愿为官，我不便相强，然以老兄之力，双管齐下当易如反掌！"

楚材抚须笑道："实言相告，不是拙荆提及，险些埋没了人才。"于是，楚材便把苏宛如的一席话讲给张崖云听，"所以，这并非我个人之意，实为我夫妇相求。"

"既然如此，我且斗胆应承下来。"张崖云爽朗地说道："我仅是二校，终校的任务，你推脱不了，否则，岂能对得起你的列祖列宗！"

二十三

自从被耶律楚材奏了一本之后，燕蓟留守长官咸得卜似乎就一蹶不振了，及至耶律楚材以钦差的名义驻守燕蓟以后，他就干脆躺倒不理政事，一切均听耶律楚材行事。而后也曾打算奏上几本，但马上又想到那大概是徒劳无益的。万一圣上追究起来，他本人当政十年之中的一些拿不到桌面的事，是经不住推敲的。所以，他整日饮酒作乐，把个燕蓟留守长官府第变成了乌烟瘴气的酒肉之窟。

耶律楚材听到了不少关于咸得卜的事情，但，既然他并不碍手脚，现又有许多大事要自己承办，所以，一时也还顾不上他。何况，咸得卜采取了井水不犯河水的办法，到也暂时相安无事。再者，既然圣上大驾不久即将南临，有些事，还是由圣上出面更好些。耶律楚材倒不是怕招非议，而是和当务之急要处理的事相比，毕竟是属于次要的地位。

咸得卜戎马出身，在开国的征将中，他不失为成吉思汗手下的虎将。草原上的人粗犷、爽直，待人以诚，爱憎分明的性格在他身上保留了一个时期。但，自从到任燕蓟留守长官后，初时，只是对这个原金朝没有任何好感，对汉金等族存在着仇恨和报复思想，如此而已。他把一切积怨都用在对燕都与周围的县、郡中的老百姓了。尽管都城已为蒙古之地，但法规仍然用的是战争中的那一套。事后，他麾下又来了几位清客，食客，给他出谋划策。这些谋士为了捞取好处，蛊惑主人变本加厉地横征暴敛，这样一来，主人吃肉，他们也可以趁机啃啃骨头或者喝点汤。起初，只敢对留都的富户勒索，进而开始对金朝迁都时没来得及搬走的金银珠宝饰物窃为己有。上梁不正下梁歪，自己装满腰包，而下面的人没有好处，那当然不行。由此，军纪松弛，一支能征善战的军旅，变得斗志松懈，杀人如同儿戏。这样倒霉的当然是老百姓了。这就是耶律楚材奏本之前的燕京暴政的由来。

咸得卜门下的清客们一见自己的主子对耶律楚材犹如老鼠见了猫一样，不免怒从心中起，想蛊惑自己的主人挺起腰杆来和耶律楚材针锋相对地干一场。

咸得卜养了清客有八九个人，其中，赵忠与胡里是他最得力的清客。这俩人都是落魄文痞，对耶律楚材是早有耳闻，尽管都是文人儒士，但，赵忠也罢，胡里也罢，都是连秀才也不曾考中过的。燕京陷落后，他俩逃了出去。情况好转后，他俩也参加了考试，也想混出个名堂来，那时他们对耶律楚材尚有好感。但他俩都不曾好好读书，考不上是在情理之中的。他们不思自己之过，反而对耶律楚材不满起来。后来听说咸得卜甚好养鸟斗蟀，而赵忠是燕京一代养鸟的高手，胡里则是斗蟋蟀的状元，于是，他俩各抒己见，投到咸得卜门下。有一天，这两位，一位架着一只鹦鹉，一位捧着一对金银元帅的蟋蟀，来到咸得卜府上。这只鹦鹉是从印度进贡来的皇宫御用之物，赵忠用重金从太监手下买下来。咸得卜闻知有人献物，立召入见。这只鹦鹉是经过专门训练的，一见咸得卜就喊"王爷千岁！"这圆润剔透的鸟声，喊得咸得卜浑身爽快。再看一对元帅，一齐振翅高鸣，声音洪亮，二位元帅大战了几个回合，尚不分胜负，最后，当然还是金元帅占了上风。原来金元帅是乱尸坟坑里捉到的，他俩不管尸臭熏天，硬是在腐尸体骨中蹲了三宿，才逮住的。咸得卜问明价格——既是送上门来，咸得卜要给赏钱了。但善于逢迎的赵忠与胡里早就商量好，此作为进见之礼，于是说道：

"这些小玩意儿，是小民孝敬长官消愁解闷的，岂敢讨钱。"

咸得卜心中大悦，简单问明了二人的情况，便留下二人在府中养鸟斗蟀。这二人站稳脚跟，又推荐了几位与他俩臭味相投的狐朋狗友，寄垢在咸得卜的门下，办了不少伤天害理的事。

咸得卜知道耶律楚材的厉害，尽管有些清客蛊惑，但他晓得一旦再惹恼了这位钦差，怕是保不住这个官位了。所以，任凭清客们摇唇鼓舌，始终无动于衷，并不准他们招摇过市，惹是生非。

赵忠和胡里见说不动主子，便在小主子身上打主意。

咸得卜共生有七个儿子，最大的二十五岁，最小的才五岁。从老大到老三都已是成年人了，咸得卜把哥三个放到速不台的营中，学习骑射，不让他们忘了根本。自速不台撤军到昌平之北，三个儿子也随军在外，很少回府。

自从耶律楚材的安民告示张贴以后，贸易买卖都恢复了，市集也热闹起来。起初只是一些老翁老妪来赶集市，逐渐出现了些小伙子，偶尔也能见到出售鲜货和手织品的青年妇女。人们的生活基本恢复了常态。

有一天，赵忠和胡里窜到昌平，向咸得卜的大儿子霍林，讲述了燕京的街市如何热闹，如何好玩，霍林被他俩说活了心，便瞒着千夫长随他二人骑马进得城来。

街市果然热闹，霍林虽在燕京长大，却没见过如此繁华的景象。人们摩肩擦背，熙熙攘攘，只看得眼花缭乱。他骑着高头大马，东瞅西看地闯进了闹市，马蹄踏翻了一个卖煎饼豆腐脑的摊贩，赵忠看在眼里，不管不问，而是故意让这位大公子惹事，以制造和巡城军士的矛盾。他俩唯恐天下不乱，乱子闯得越大越好，这样就可以迫使爬在窝里的咸得卜与耶律楚材一斗，也让他们出口长气，从中得到些好处。

霍林正要策马飞奔，被巡城的官兵发现，一个十夫长装束的长官喝令霍林下马。霍林见是个十夫长，岂能放在眼里，他举起马鞭向那个十夫长抽去，然后，策马而去。

这位十夫长不成想，被他抽了一马鞭，他带领几个巡逻兵追了下去。只见十夫长靠近了霍林，轻舒猿臂，一下把霍林掀离马鞍，重重地摔在地上，喝道："捆起来！"

赵忠忙对十夫长说："使不得，使不得，你们知道他是何人？"

十夫长哪能听这一套，一挥手，有三四个兵卒立即举马鞭朝赵忠、胡里抽去。这两个蝇营狗苟之辈，那能吃得起这顿结实的鞭子，跪下求饶道："小的冒犯了大人，请高抬贵手！"

这时，兵丁们已把霍林捆了个结实，推到十夫长面前来。这个一贯横着走路的大公子，岂能把一个小小的十夫长放在眼里，他破口大骂。赵忠、胡里见小主子威风未减，趴在地上喊道：

"你知道你捆的是什么人？"

"什么人？"十夫长仍骑在马上喝问道："你俩是什么人？"

赵忠说了自己的身份后，指着霍林说："他是燕蓟留守长官的大公子，霍林便是，你们还不松绑！"

"松绑？"十夫长喝令道："快把这两个家伙也捆起来，一并送钦差官衙问罪！"

二十四

哈剌和林都城的兴建全面动工了。自耶律楚材建议由畏兀儿、回回、塔塔尔等部族俘虏过来的工匠，现在都由驱口变成自由民，从事各自擅长的技艺。开山凿石，立窑烧砖，伐木筑房，挖池生灰，铁匠烘炉，针毡刺绣等等行业样样齐全。这些昔日的奴隶一下变为自由民生活待遇提高了，生命得到了保障，生产的积极性也大大地调动起来。耶律楚材建议窝阔台任回回国的莫尔默德总管营建都城，窝阔台准奏。莫尔默德原是一个习文理财的能手，成吉思汗破花剌子模时，耶律楚材再三请求对莫尔默德赦免，留待后用，承蒙成吉思汗格外开恩，留下一条性命。

莫尔默德把都城的建造规划，需用土、石、木、灰、砖、瓦、铁、铜、锡、银、金等工料和平面图派驿送给耶律楚材过目。耶律楚材很满意这个设计，附了个奏折，呈窝阔台汗审览。

窝阔台登上皇帝的宝座后，把自己叶密立地区的驻地，赐给儿子贵由，他早就选中了哈剌和林这个诸山之间的一块平整的草原，作为以后的都城。该地几乎没有村落。当窝阔台登基后再骑马斟察这一地区时，从该堡遗址外找到一块碑石，蒙古人把它叫做卵危八里。这里距成吉思汗的斡难河营地的殿帐，有快马一鞭的路程。窝阔台见呈现在他面前的由莫尔默德绘制，耶律楚材审定的蓝图，深合他意，于是提起御笔批了“破土动工”几个大字。

动工前，窝阔台草诏耶律楚材必须驰回，主持这一都城兴建动工的盛典。耶律楚材乘马日夜不停的驰驱，比预定的日期提前了五天。

窝阔台召耶律楚材回哈剌和林，除让他主持动工庆典——他是中书令——还有一点是他发现了那块石碑，周围之人无法译出突厥文，碑文很长，除知道此城的兴建者是不可罕外，别的一无所知。

窝阔台思忖了一番，他想，没有搞清碑文之前不易破土，因而，诏耶律楚材北上。

连日的鞍马劳累，这对在西征中受过锻炼的耶律楚材已不当回事了，他习惯于马上赋诗，打盹，就餐，日夜兼程来到哈剌和林。窝阔台见他来了非常高兴，要他先休息几日后，再议别事，但耶律楚材说：“成吉思汗在日，已将臣练就了蒙古人骑马即是休息的习惯了，如果汗需要，我可以再乘马驰回，而无需休息。”楚材说道：“我来漠北，亲历西征南下，现在可以算作是一个骑兵了吧！”

窝阔台见楚材，虽连日奔波，但满面红光，长髯黑而发亮，虽已过不惑之年，但仍然精神勃勃。他心中想：有这样的中书令辅佐，何愁不得天下，我父成吉思汗真有眼力。这时，他说：“贤卿既然还有兴致，随我驰马去看一样东西。”于是吩咐备马，窝阔台带着楚材和侍卫们驰马到了那块石碑前。

对突厥文，楚材只是粗通，并未细致研究过，他反复读了碑文，初时不全理解，读了几遍之后，对窝阔台奏道：

“此城是不合罕建造于七百多年前。该城位于秃忽剌和薛灵河之间。当时，两河汇流处长出两棵合欢树，其中一棵，他们称为忽速黑，形状似松，树叶在冬天如柏，果实的外形和味道都与松仁相同；另一棵称之为脱思。前棵树实际上是杉木，后一棵是白桦。不知过了多少年，两树之间突然冒出一个土丘，有条光线自天而降，落在土丘上。土丘日益增大，看到这个奇迹，畏兀儿各族满怀惊异，他们敬畏而卑躬地接近土丘。”楚材用自己的语言讲着碑文上的奇妙故事。“这时，畏兀儿人听到如歌唱般美妙的声音，而且每天晚上都有光线照射在这个土丘周围。最后，只听一声巨响，丘陵裂开了一扇门，中间有了内室，内室坐着个男孩，这个男孩嘴上刚离开吸吮哺乳的管子，便开口说话：‘你应该在这里建造一座城镇，那么，你会给普天下降临福音。’不合罕当真开始营造了一个宽而长的城镇，那两棵合欢树被移到了他的宫殿的正中，之后，合欢树死去，畏兀儿兴旺发达的时期已过，他们逐渐被别的部落所驱赶，从而迁移到阿尔泰山西去了。”

耶律楚材说：“莫尔默德显然是知道这个故事的，不信，可看他们的都城营造图对证，可以发现，他们的设计中仍有这个故事中关于宫殿建造的缩影。”

窝阔台召莫尔默德前来，让他讲述城镇的蓝图。莫尔默德向窝阔台叩头后说：“我将为陛下建造的将比不合罕建造的宫殿美观、宏伟。我要为陛下建造一座有四扇门的花园，一门专为统治世界的可汗开放，一门专为他的诸子和族长开放，再一门专为后妃、公主开放，第四门为百姓进出之用。这座花园的中央，筑有一个城堡，有像花国一样的门，在这里边筑有一座分有三层的御殿，一层专为可汗用，一层供后妃用，一层供侍臣及奴仆用。这些屋内都有壁画，在这个城堡的四角与正中的顶楼上，设有御殿，这里是接见部属臣僚，为商讨国家大事和下臣启奏之用。正门的顶楼为朝殿，其它四座殿楼为召见皇族、僧侣、部将，庶民之用。整个花园占地一千二百顷又八十亩，预计三年完工，请陛下赐我动土之谕。”

莫尔默德说完，窝阔台征询楚材说：

“此事需择黄道吉日再宣吧！”

“臣星夜驰回正是为了不耽误这个难得的好日子。”楚材达到：“今天是四月末，明天是五月朔日。五月为万物生长的日子，也是塞上最美好的时节，宜沐浴、宜破土、宜出行，依臣之见，就择五月朔日破土动工吧！”

窝阔台把“破土动工”的御批递给楚材“就依卿所奏，五月朔日动工。”

楚材看了手中的御批，又奏道：

“还请陛下添注年月日，以入史册。”

一行人随窝阔台驰回营地殿帐，窝阔台又添写了“辛卯年五月朔日，窝阔台”的字样。

耶律楚材连夜书写了建城碑文交与莫尔默德，让工匠立即凿刻。

“哈剌和林，建都于辛卯年五月朔日，计四门三殿五楼，广以花木、饰以金、银、铜、铁和殿画，占地一千二百顷又八十亩，历时三年，甲午五月朔日峻，历时三年正。

今立此碑以正此名。”

二十五

汴梁的城隍庙是城内的一个热闹去处。

今天是庙会，比以往更加热闹，求神拜佛的善男信女们络绎不绝。原因是，今年开春以来，从未雨雪，麦苗的小叶刚刚在旱地上伸了个腰，就被一场蝗虫递了个光头。所以，这个汴都内的庙宇，就更加兴旺起来。

各种祈雨的把戏纷纷登场表演。那位高高在上的观世音菩萨，手捧着甘露水和杨柳枝，就是不向人间飘洒。那些善男信女们，唯恐自己的心不虔诚，便趴在地上一个劲磕响头。跳神的也动了真格的，一盆盆炭火在熊熊燃烧，火中插着几把烧红的铧犁和一些铁质的钎子，跳神的为了表示自己替百姓承受苦难，从火中把铧犁取出，把烧红的钎子擦嘴而过，但不知是什么巫术，烧红的铁犁犹如在冰水中淬火一般，并不灼手，甚至连一丝烟也没冒，那烧红的钎子从嘴中穿过，也不见一点血迹，无怪乎那些善男信女们对跳神者佩服得五体投地。那些颗粒不收的农民，为了显示自己的虔诚，不惜卖儿卖女，像卖一些隔季的衣服。烧香拜佛，盼望老天慈悲，丢了夏收，还有秋收。民以食为天，一年不打粮食，岂不又要饿殍遍地了。

常言说得好，穷先穷穷人，富先富富家，尽管旱蝗两灾弄得几乎赤地千里了，但汴梁城内依旧是灯红酒绿、莺歌燕舞，茶楼酒肆，高朋满座的局面，求神祈

雨反而增加了这种病态繁荣的假象。

城隍庙斜对过的“客来顺”酒楼，坐西朝东，是五间门面的豫菜饭馆，也是达官显贵，纨绔子弟出没，青楼歌妓活动的场所。早晨一开门，就来了一位衣冠楚楚的客人。他便是受耶律楚材委托，又一次到汴梁会见文人儒士，而且这次还有个特殊使命——要说服孔夫子的第五十代孙孔元措离汴梁赴燕京的重任。

每次，张崖云都是以不同的身份和与身份相符的打扮出现在汴梁。他除非不得已，是绝不上元好问等熟识人的府上去的。原因之一就是南北关系紧张，汴都对北来的客商颇为注意。金朝对外别看是个一打即溃的朝廷，但对百姓仍是个吹肿了的虚胖子。在汴京城内，专门缉拿一些有瓜葛的人。因此，他与元好问的会面地点有多处，客来顺酒楼便是一处。

张崖云这次是以药材商人的面目出现在汴都的，他从北边带来江南所缺的牛黄、鹿茸、麝香、熊胆以及草药中的黄芪、黄芩、甘草、麻黄等。他随身带着样品，谙熟行话、价格、货色，俨然是一个药材商人。即使缉拿注意了他，他三言二语也能对付过去，实在不行，他还有钱，有钱能使鬼推磨，更何况人。

昨晚通过当地药材货栈，找来经纪人，商谈药材出手事宜。他不能先找元好问，而等与药商混熟了，能遮人耳目后，再与元好问接触。他的大批货物都在河的对岸存放着。过黄河是个检查极严的卡子，但钱能通神，货物运过来只是价钱提高了些。羊毛出在羊身上，水涨船高，张崖云也是亏不了本的。

日上三竿，汴梁城内的药堂、药店、药栈的掌柜们陆续来了。经纪人介绍，什么这位是“鹤年堂”的老板，那位是“益寿斋”的掌柜，他是“松延店”的少东等等。药材商栈的老板，均是些品评药材的行家里手，都汇集在这“客来顺”二楼，堂倌早已把茶水、干鲜果品伺候周全，大家分宾主坐下，经纪人介绍说：“这位是燕蓟的著名药商云崖章先生，祖辈三代都是经营药材的。云先生专营北方的牛黄、人参、鹿茸、熊胆、麝香，兼营中草药黄芪、黄芩、甘草等以及北漠特产。现在把列位药掌柜请来一晤。”

张崖云扫了一眼来的人，仔细观察，其中都是药商，并无什么缉拿之辈混在其中。这说明衙府对他并未注意。他慢慢品了一口茶才开腔。“在下燕蓟云崖章，刚才经纪人已说过，我不再重复。今天来的诸位，是汴梁内药材方面的行家。那么，很好，货遇识家，哪位先看货色，后议价钱。”说着，从褡连里拿出参茸熊胆等样品，摆在桌上，然后又拿出芪芩甘麻一一排列在桌上。“请诸位鉴别货色。”说罢，起座，到另一边品茗。

这些药材商，自南北交战以来，几年未见过这种药材进来。只见麝香黑亮，熊胆还是半固，人参均是老参，鹿茸也是上品。他们心里乐开了花，但脸上不露声色，只稍微用眼的余光交换了一下他们心中的秘密。

这些药耗子看完后，虽爱不释手，但仍放在桌上，一副不屑一顾的样子，谁也不先张口，一时僵持了起来。这时经纪人发话了。

“各位都是药材的老行家了，过眼过鼻已知成色之好坏，更不用说已经亲手验看过了。我看卖主先开个价吧！”

张崖云早把这些药耗子的把戏看穿，经纪人让他先讲，理所当然地卖方要开价了。于是，他款款说道：“我是想卖，并不零售。货物的好坏，大家心里清楚。麝香、熊胆、金是赤对称，其它如草药黄芪上等品，每斤折银一两，黄芩二两，甘草二斤换一两。各位可自己做主，也可与人商量，好处人人都有，药价我已压了二成。要与不要，给个回话，此处不销，我打算到江南走走……”

其一位年纪最大的老板说道：“不知这么多药材现存何栈？还是河对岸？”

这分明是在告诉张崖云药是运不过河来的。

“我能过来，药就能过来，有鹿茸、麝香作腰牌，不但能过河，怕也能过江吧！”

“是了。”另一位发了话“但不知过河的卖路钱归谁出？”

“当然是货主，我打算一般好药各送逻拿一斤，其它草药每样以百斤奉送！”

听者无不咋舌，这么多贵重的药材，分明是个赚钱的买卖，但胃口太小，吃不动啊。张崖云看出这些眼馋肚子小的家伙，对药栈老板说：“你们商量一下，若要时，由你凑股，看各药店需要多少，你经手，至于你吃多少赚头，那你们去商量。”他停了一下，“各位中有与缉拿路熟的，给引见一下，兄弟亏待不了他。”

他朝堂倌使了个眼色，堂倌会意，立即摆下杯箸，酒菜陆续端上。张崖云笑道：“买卖不成仁义在，做不成还有下回。这回咱们先认识了，交个朋友。”

他指着另一张桌上的样品说“各位拿一样，算是见面礼吧！”

话音刚落，桌上的贵重药材早已一扫而光了。

二十六

耶律楚材由哈剌和林往回返时，是从从容容的。他顺着曾经走过的西征南下的战场，取道居延寨，经大同、宣德州、居庸关回燕京。

一路上，对西征战场的凭吊，对南征时采大黄和下灵州时对书籍文物的保护，士兵染疾时大黄起到的作用，成吉思汗的驾崩，一幕幕情景，使他浮想联翩。

漠北地区，牧草长势良好，漠南似也下透了雨，庄稼已是覆盖着大地，满目疮痍的景象已不复存在了。

路过居延寨关隘前，他发现黄尘冲天，显然是一支马队朝居廷寨驰来。这个地区是察合台的领地，他不曾有什么敌人来袭的想法，但这支军马何缘到此，也使他纳闷。随行的侍卫都弓上弦，刀出鞘，有所准备。

渐渐地，一杆绣着“察”字大杏黄旗展露出来。楚材猜到，这是察合台来此巡视的。

果然是察合台。

察合台让马队在远处停住，自己驰向楚材。见了中书令，察合台首先下马施礼。急得楚材滚鞍下马，还礼不迭。

“察合台王要折杀死楚材了，臣耶律楚材给千岁叩头！”

察合台急忙搀起楚材，笑呵呵地道：“听说你取道居延寨，我便急忙迎来，还是晚来了一步。”

耶律楚材与成吉思汗的几位儿子相处得极好，察合台一向敬重这位比自己还小两岁的丞相。“走，到我的居延寨一叙……”

一连住了三日，察合台才恋恋不舍地与楚材分手。察合台一直把楚材送到过去的丝绸古道，方才依依而别。三天中，两人又交换了燕都与钦察地区与天山南北领地的情况：“托三弟洪福……”楚材笑着打断他的话说：“那个三弟就免了吧，应称窝阔台汗——合罕。”

“对，托合罕洪福齐天，我的羊肥马壮，还学会了兀畏儿的石炮攻城术。南下汴梁时，可别忘了我呀！”

又乘马走了两天，方到了他的边界，察合台才告别而回。

六月末，楚材才回到燕都。摆在他面前棘手的问题是如何发落咸得卜儿子触犯禁令的问题。还没等他坐稳，就报：“燕蓟留守长官咸得卜来访。”

楚材说了声“有请！”脑子里开始盘算起来。霍林触犯刑律，按律当罚，但，一则属初犯，二则，有人纵容霍林犯令，三则，自己与咸得卜关系紧张，既然亲自登门，也得给个台阶下，以缓和二人的关系。想法已定，他走到大堂的门口。

“燕蓟留守长官咸得卜，特来拜谒中书令、钦差耶律公台。下官这厢有礼。”

耶律楚材急忙还礼，并搀扶起，并排入堂，分宾主坐定。

耶律楚材当然知道咸得卜的来意，但彼不说，自己也不便先讲，双方寒暄了一阵，当然，还是咸得卜先张嘴。

“公台有所不知，拙子霍林在街市纵马驰驱，撞翻了摊贩，公台的巡逻押送至衙，因公台北上谒见合罕，卑职未敢专擅，况涉及家人，自当回避。今公台刚回，等稍歇息后，再请做发落。”

“已有人向我禀告此事。长官亲临指教，本人不得不说几句。”楚材见对方一副谦恭之态，不觉亦感到事情棘手。但他已成竹在胸，不罚不足立法，过重罚则易节外生枝。于是他说：“霍林身为军旅，况已为十夫长，按理，应知法令之不许。念其长在军中，不熟悉街市的告示，本应从轻发落。”这一顿，咸得卜立刻感到事情不妙，但听楚材又说道：“不知告示，情有可原。只赔偿摊贩损失即可。但挥鞭抽打巡逻，实难宽恕，夺其十夫长的军衔，抽打十鞭，罚清扫马厩百日。”楚材这才向咸得卜询问道：“留守长官以为如何？”

咸得卜看出楚材给他留了面子，不觉心中宽慰，起身道：“公台发落，自有公断，卑职不敢插言！”

“既然如此，贵公子霍林就如此发落。”楚材顿了一下，请咸得卜饮茶。咸得卜不得不揣起盖碗，呷了一小口。只听楚材又道：“听说当时霍林随同贵府两名清客去闯街市的？不知可有此事。”

咸得卜道：“卑职不知他俩去霍林处，但一同闯街市则是有的事。”

“霍林在军中，自离燕都以来，怕不知新订的章法。可这两位清客整日在街上游荡，焉有不知之理！”

“当然他们是应该知道章法的。”

“那么说这事，是他俩纵主触法喽。”

“公台明断。”

“那么好，贵公子可以轻判，那两个必负重责。明知故犯，知法犯法，要严加惩处。来人！”耶律楚材换了另一种声调“把闯街市的一干人犯带上来！”随即对咸得卜说“请长官陪审，如何？”

这是要当着老子的面揍儿子，咸得卜忙起身告辞。

“公台明断，卑职因犬子触法，理应回避。”说罢行礼要下去。

“既然如此，贵公子的十鞭，请你回府代本钦差处理。不过，”楚材有意做了个人情，咸得卜当即又拜了两拜，他心里清楚，这是给他留的好大的面子。“你我身为朝廷命官，法即出，不管庶民百姓，还是食俸禄的命官，一律要遵照执行，望长官以社稷为重，对贵公子严加管教。”说罢，起身送客。

咸得卜诺诺连声，口中不断应承：“回去定重责，重责！”说着，匆匆离开钦差大堂。

霍林已在门外守候，被两名兵卒押着，见咸得卜出来，方才松绑，交给了咸得卜，一名十夫长向他禀道：“奉钦差大臣之命，将犯人霍林移交发落。卑职就此回去交差。”说完抱拳转身进入钦差府内。

咸得卜被弄得羞愤难当，一巴掌抡过去，打了霍林一个趔趄。“快给我滚回去！”说罢，自己骑马先走了。霍林才慢慢溜着路边，朝府上移去。

赵忠和胡里被各打一百大板，只打得这两个清客，一佛出世，二佛升天，昏了过去用水喷醒再打，最后的三十板子已是凑合其数了。因为，朝这两个脓包再狠狠打去，怕要一命归阴。

等了半晌，赵忠与胡里才慢慢醒过来。他二人被两名兵丁扶着，跪在堂前听审。

“你俩可知罪？”

“小的知罪。”赵忠觑了一眼坐在堂上的耶律楚材，马上低头不敢再言。

“所犯何罪？”

“纵容小主人霍林闯街市，触犯告示申明规定的街市不准驰骋的禁令。”

“就这些吗？”

赵忠刚要说，楚材喝道：“让胡里讲！”

“小人们还说过，这是长官咸得卜的公子，捆不得，要给他松绑。”胡里比赵忠还熊，此时已跪不住，而是趴在地上说话。

耶律楚材这才慢慢数落他俩。“你俩蝇营狗苟之辈，在咸得卜门下，玩鸟斗狗，不替主人献良策，专出馊主意。别当本钦差不知你二人的底细。此次触犯刑律，且念其及事态尚不严重，所以，从轻发落，各服苦役两年，清扫街市。夜归牢房，早晚扫街两次，听明白了吗？”

二人叩头如捣蒜，回答道：“听明白了。”

“带下去。”

二人被兵丁拖下。楚材一挥手，全部兵丁都退下堂去。他看了几页各路文书，感到一阵疲乏。又想到离家两月有余，该回去看看了。

宛如早已听说楚材已归，准备了几样可口的下酒菜，为丈夫接风。

家中虽有佣人，但楚材在家的衣、吃、住、饮始终由苏氏自己经营。这时，他替丈夫宽衣解带，换了身衣服，夫妻坐在桌前，她亲自给丈夫斟满了酒。说：“相公此次北行，诸事遂顺，妻我敬你一杯，一洗鞍马劳累！”说罢举觥齐眉。

楚材一连饮了三杯，为妻子满了一杯，离座双手递与妻子，说：“我一向以社稷为重，慢待了你，始终于心不安，请饮下这杯，为夫这里有礼了。”

苏宛如忙拜了两拜，把酒一饮而尽，苏氏见楚材吃得很可口，踌躇了一会儿说：“崖云已归多日。”

楚材立刻又振奋起来，问：“现在何处？”

苏氏羞答答地低头说道：“崖云讲，疏不间亲。他说今日定不打扰，明日来访。”

二十七

汴梁城的药商李贵堂大掌柜，在酒楼会了这位北来的药材巨头——自称云崖章的人后，心想，此次买卖大有赚头，于是，当夜又悄悄地来到“客来顺”饭店。

他独自来找云掌柜，是有目的的。他盘算了一下：如果独吞这批贵重药材，开价不高不低，基本上合乎行市。他看到云掌柜出手之大令人吃惊，把鹿茸等贵重药材如掷草履般简单。看来，这个云掌柜确实大有来头。唯一使他为难的是，他眼大肚子小，一时拿不出这么多金银来。他又想，就是借驴打滚的利也在所不惜。但他又怕别的药商知道后一律不买他的货，或这位药商又运来大批的货物，这样一来，他将偷鸡不成蚀把米。

眼下，他急于需要这位云崖章掌柜的默契，当然，更要摸摸他的底细。

李贵堂思前想后，一定要私晤一下云崖章，因此，一个堂堂威震汴梁的药魁，不惜屈尊来到客来顺看望云掌柜。

他掂量着，姓云，百家姓中没有，他想：此人非蒙古即契丹，一切都考虑停当，他在店东的陪同下，敲响了云掌柜的门。

张崖云正在思虑着他的一系列计划如何实现：暂且不急于去见元好问。元好问是个士大夫的儒士，成天和书本、笔墨打交道的人，如果去访他，肯定会很显眼，所以，先与药商们混熟再说。

张崖云通过上午与药商的晤见，看到那些药商们对他这些稀有的贵重药材馋涎欲滴，可以肯定铺路当然不成问题。可药在黄河以北，过河钱自然照出不误，可是还没有个搭桥的。他当晚哪里也不去，专门迎候来访者。他算计这位大药魁是定要做手脚的，因为，他是在此处药市的一霸，上午又显得不失身份的矜持，是唯一不曾抢那桌上药物的人。看来是个钓大鱼的老手。他想：那位李贵堂既然是此处的药霸，那与缉私衙门的人必定有所瓜葛。试想，大批药材都出自西北的山区，而南在宋手中，北在蒙古汗国手里，不走私，药是进不来的，要进药，必定要和缉拿衙门打交道，别的衙门都是“浑汤”衙门，那缉拿衙门也必不是“清水”衙门。

张崖云是闭门屋中坐，稳坐钓鱼台，专等大鱼上钩。于是，沏了一壶西湖龙井，翻出楚材交给他的书稿，校注起来。店东已试探了数次这位挥金如土的颇有来头的店客。晚饭是在饭店用的，只见他点了四样时蔬鲜菜，并不要酒。此处临近黄河，黄河鲤鱼是颇负盛名的。他点了“红烧鲤鱼”、“油烹大虾”、“清闷河蟹”、“炉吊金龟”。看来是位吃客，但却并不饮酒，店东一一看在心里。

饭中，店东凑上前来，试探地说：“小店虽说在汴都不能占魁，但也可算上数一数二的，来客非显官即大贾。岂可一人默然进食？别看什么‘风摆柳’、‘一枝花’、‘清菊梅’、‘艳桃李’等身价怎个高法，一般的叫局都给回了，可只要我‘客来顺’一声召唤，那是定来待客的。云掌柜客旅在外，不想叫个局子吗？”

张崖云双手一横，大拇指朝里弯了弯。说道：“小弟在理，不惹花寻柳，谢谢店东的一番情意。”

“失敬了”。店东见崖云在理，仍不死心，说道：“开局亦分荤素两种，老板无意下水摸鱼，何妨临池观鱼呢？”

崖云懂得这是妓的行话，他思忖了一会儿，心想：自古“车店船牙鸨”都是不太好惹的主。何况，现在正满天布云，还不知哪块云彩有雨，结交这个店东，何尝不是曲线结识缉拿衙门的好渠道，“店与衙通，古之常理”。想到这，他笑了一声，“只怕都是些陈词滥调，俚曲庸俗之辈吧！”

“客官差矣。想堂堂一个汴都，青楼中抚琴识律、弈棋吟诗不乏其人。若此，‘清菊梅’大约能合官人的胃口吧！”于是，店东把“青菊梅”如何高雅典淑大大吹捧了一番。

“既然店东雅念，就请成全了吧！”随手掷出十两纹银。

所以，李药霸来时，张崖云正襟危坐看书，那位“清菊梅”在拨弄琵琶。崖云听得出，这是一首《梅花三弄》曲子的意境可属上乘，无奈“清菊梅”把一首典雅的古典拨弄出一股脂粉味来。这是店东请来的名妓，不能怠慢了，但又无话可说，正在尴尬之际，救命的药霸敲响了门。

“清菊梅”看见店东引进一人，琴声戛止，起立奉茶。崖云取出十两银子，交付给清姑娘的跟班，对清姑娘道：“今晚领略姑娘琴艺，使在下脱凡超尘几欲飘仙，本应再听几曲，以旷心神，但有客来访，只能改日再去拜教。些许银两，送给姑娘购丝竹弦笛之用，不成礼仪，望笑纳。”

姑娘千恩万谢，终于给打发走了。店东也不再进来打扰。宾主坐定后，因已见过一面，不需过多寒暄，崖云开门见山地说：

“李掌柜深夜来此，定有指教。”

“也无甚重要急事。”李掌柜还在刺探，避实就虚地说：“午后曾与几位同行商议，都觉得要价过高，况现各家均有存货。”他喝了几口茶，又抛出几句。“现今汴梁都城，人心惶惶不可终日，达官显贵无心将养，所以，此等药物实是滞货。因而，云君如此挤压，急于出手，我倒是有一两全之策。”话罢，打住话头，看看反应如何。

“愿闻高见。”张崖云不动声色地说。

“在下因是药材货栈，倒想都先入我栈，先付半价，余下等出手后，全部归清，一年为期，不知君意下如何？”

张崖云脑子里想到两件事：

首先，未见到孔元措，若元措能随他过河北上，那问题就算达到目的的，现尚还不知是否要惊动耶律楚材。

其次，药为诱饵，要引出缉拿衙门的巡河节度使，方能事保万一，想到此，他说：“李掌柜此意全为在下着想，只不过这样大的事，需要禀明大掌柜，我只不过是个二掌柜而已。再说，价钱，我已让了不少，已吃亏一成，所以，全趸也罢，分售也罢，货卖识主。况且，货、银应是两清的事。也许，别人手中有现银可付，亦为可知。”

“不，不！”李掌柜有些着急，说“云君，那些药店怕是买不起吧！”

“万一有人要货呢。”张崖云见对方着急，反而稳住了。“买卖人的规矩，一手交钱，一手交货，这是天经地义的事。”

“话虽如此说，但这批货我不趸，怕别人也未见敢伸头吧！”

话里有话，得逼他说出来。

“这我就不明白了。”张崖云说“李掌柜既嫌价高，又先付半银，此等交易，怕是一厢情愿吧！”

李掌柜道：“实话相告，即使你我成交了，货恐怕也过不了河。”

这是症结所在。但崖云却不示弱"投下买路钱，长江尚挡不住，何况黄河！"

"实不相瞒，老弟！"连称呼都带有巴结的意思。"现今的官有几个是花现钱的。在下的拜把子兄弟正是巡河节度使，这批药实际是我们哥儿俩准备包下来。你无需化买路钱，只要成交，过河的事，包在愚兄的身上了。"

"噢！有这等关系，倒值得商量。"张崖云见对方的后台正是自己寻觅的巡河节度使，不觉喜出望外，但他反而欲擒故纵地说道：

"我也实话相告，做买卖的，最怕惊官，万一货运过河来，节度使翻脸不认人，我岂不是人财两空！这种事万万做不得。"

"嗳，你放心了。"李掌柜眼见鱼要脱钩，反而拽得更紧了。"买卖自古讲究信义二字，岂能做此伤天害理之事。当然，不交齐钱，你也不会撒手，既撒手，你必定吃了定心丸，感到万无一失才能成交。因此，你先提个条件，待我回去与兄弟商议，看看能否做到。"

"好！看出来，你是个爽快人。"张崖云把话打住，说："此事关系重大，待我几天后北去，禀报大掌柜，看他是什么意思。"说着，从褡裢里取出几样样品药材，都是上等货色，递与李掌柜，说："上午见唯独李掌柜不曾伸手，请你收下这些。"他冷静地观察着这位掌柜的神色，已待对方伸手，他又把物品放在桌上。"这些，比上午的样品还要略胜一筹。咱们买卖不成仁义在，请将这些东西收下，算做是对你老兄的一点敬礼，还请笑纳。"

张崖云心里清楚，这是货物没倒到手，大批的药材尚在河北，河北是蒙古军的天下，若是节度使伸手可及的话，怕自己的性命早已交代在这里了。

"见君如此破费，愚兄于心何忍。"李掌柜已把货物拢于袖内，口中客套了一番。"哪天愚兄领你去见见节度使，我给你们搭上桥吧！"

"承蒙老兄关照。我在汴梁，还有几件事办妥后，就过河去禀报大掌柜。当然，行前，自然要去辞别，更要去拜见一下节度使大人，万事还请多加关照。"

这里是耶律楚材的府中，张崖云一五一十地向楚材说着。说到关键的时候，张崖云把话打住，笑呵呵地说：

"我出使在外，滴酒不沾，莫非回来，你还不给我开戒！"

楚材还未开口，苏宛如笑盈盈地走了出来，随后有几个丫环放上盘盏杯箸，并将预备好的酒菜，陆续摆满一桌。苏氏对张崖云已不回避，这时插言道："闻你已在理，怕破了你的道行，因此，不敢相劝。"苏氏与丈夫会意地交换了一下目光，说道："既是前来讨酒吃，你修不成正果，休得埋怨于嫂。怎的，快落座吧，莫非还得再请入席。”

楚材笑道：“还是你嫂子想得周到，看来是早已备齐。”楚材捉住崖云的手，一块入席。苏氏亲自给他们倒满了酒，“来，你俩边吃边说。”

“今天开戒了！”苏氏又给他俩倒满一杯。

“可不是，楚材钦差有令，莫要贪杯误事，故而一直滴酒不沾，怕喝多了嘴上漏风啊！”

“今天你的嘴挺严，到时候就卖关子，讨酒喝。”苏氏打趣说：“要是不解渴，不妨改用大碗，不然你再卖下去不说，我可要撤席了。”

“我当然要说，”张崖云三杯已落肚，笑着说“拿人理短，吃人嘴软，焉有不说之理，我不过是借酒润润喉咙而已……”

二十八

照例还是那个“客来顺”的二楼雅座。张崖云来了一会儿，还不见元好问的影子。已是掌灯时分了，堂倌已送了两次水，见张崖云仍倚窗而座，知道是在等客，也不便多问，提壶走下楼去。

张崖云与元好问已接触过两次。当然，以前他去找元好问是以儒生的名义去询问一些学问方面的事。旋即辞去。

今晚，元好问如无极特殊的情况，那么，这个时候，就应该在客来顺聚会了。

元好问是耶律楚材的同龄人，金神宗兴定五年，他考中进士，后又作南阳令、尚书省椽，直到尚书令左司员外郎。他进仕途以来，已是金朝开始走下坡路了。燕京南撤时，他是随迁至汴梁的，他无疑是金朝臣子，而且是比较正统的。

他与孔元措同事金朝，二人交往甚密。彼此无所不谈。当然，对当前金灭城毁，岂有完卵也不止一次地感叹过，但一谈到出路，则讳莫如深。他俩的共同点是在立节上，立节对他俩的约束力尚起着作用。当然，从作学问来看，元好问是当今才子，而且是闻名遐迩，孔元措是儒师之后，朝内外在尊儒敬孔的环境中，孔元措官拜泰定军节度使，赐四品勋，官职不在元好问之下，但论其才气也平平。

元好问第一次与耶律楚材传书递简，未见复信，而身陷燕都的儒生，处境也未见有所改变，元好问不免失望，乃至从北方传来耶律楚材设十路课税，启用汉儒之后，心情勃然而动。想到，北方儒生今则得救了，他正想通函问候，不成想张崖云又来到汴梁。

俩人会面即是黄昏之后，在灯影的恍惚下，他俩回到元好问的府上。

张崖云详细讲了耶律楚材自窝阔台继位后，出任中书令又南巡执钦差事。燕京已今非昔比了，街市已恢复，秩序井然。官兵对百姓已是丝毫无犯。在耶律楚材整饬军纪和法制之后，百姓纷纷返回农田，去年年税收估计达近五十万两银子。自设儒生当课税使后，不少流落到山区老林的儒士，纷纷回到燕京。当然，这些儒生尚未安排到合适的位置上去。不过，生命已得到保证，生活已可温饱，最后，张崖云说："楚材公的打算是，设科举，征贤士，入选者可做各郡县府州的政事，直接可以参政，当然，这仅仅是开始。不过，已是一个开始重用汉儒以治天下的一个良好的开端。"

"听说蒙古军要变中原为牧场，尽驱平民，以事畜牧，可有此事？"元好问也道听途说了一些，他心中很矛盾，对北方的事极为关心。

"是有此事，但耶律公严词以驳，窝阔台汗已明谕，不准再提此事。"张崖云说："这不，窝阔台汗钦批先设十路课税以观后效。"张崖云喝了一口茶，不胜感叹地说："也是蒙古当兴，儒士当改变命运，去年风调雨顺，五谷丰登。朝内明智之士，对颇有远见卓识的耶律公更是崇敬。虽说有几个持个人己见的，但也成不了什么气候。依我看，窝阔台在日，耶律公当可施展抱负。"

"据君所知，西夏之后，蒙古是灭金，还是亡宋？"

"金横在宋，蒙古之间，灭金首当其冲。"张崖云直言不讳。"依我浅见，也是今明两年的事了。士当择明主而事之，君不想步楚材之后尘吗？"

"崖云兄，灭金只是早晚的问题，这是我早已看定的事。但我世代食金俸禄，弃之为不忠、不义。然我并不责难楚材事蒙古，各有其志，不可相强。我给他致函，仅为儒士们谋一条生路，岂有他哉！"元好问贯以名节立世，故而讲出这番话来。

"那么，君要以身殉城吗？"

"那倒未必。"元好问直言相告"破城之日，将入深山隐名。金朝二百余年有兴有衰，天下非一人之天下，有德者而居之。好问不才，愿以余生著书以传后世，足愿平生。才闻君言，楚材也有此宏愿。以后在朝在野，共修金史，当不虚度年华，以自慰。"元好问煞住话头，另开一话头说："你此次来汴，还负有什么使命？"

"实代耶律公请君与孔元措北渡。"

“元措与我，处境身价不等，他是孔子后裔，吾乃一介儒士。至于我，刚已言明，不过，元措去否，当可一试。”

历代朝廷，在稳定了朝政后，都要捧出至圣先师孔子的牌位，为的是稳定社会。所以，元措祖在金太宗完颜晟时已被从鲁地请到燕京，距今已有百年，传至元措，已经是第三代的事了。完颜晟是金朝的第二代皇帝，窝阔台是蒙古汗国的第二代皇帝，他想到那位至圣先师，不正是尊孔崇儒的良好开端吗？当然，这与耶律楚材的主导思想是分不开的。所以在攻金的前一年，已考虑到这步棋了。元好问并非不动心，而是在事金事蒙古两者之间犹豫徘徊而已。但张崖云不便相强，只好顺水推舟，循着元好问的思路往前探索。

“既是老兄玉成孔子后裔，不至从此断了香火，确实为儒者办了一件功德无量的大事。我这里静候佳音了。”他不宜在元好问家停留太久，于是辞了出来，临走约定好隔日在客来顺再晤。

张崖云注视着街市，第二天，在初上华灯的昏黄的光影中，他看见了元好问，和他同行的还有一个人——来者也许是孔元措。

果真如此的话，事情将会顺利地进行下去了。

堂倌撩起了帘子，过来对张崖云说：“你请的两位客到了。”随着话声，元好问领着一位陌生的人走了进来。

张崖云的推测是对的，来者果然是孔元措。

二十九

酒已半酣，张崖云和耶律楚材边饮边谈，苏氏在一边伺候着温酒添肴，并不插言。

“正如好问所说的那样，孔元措举止迟缓，谈吐俗不可耐，先问到燕给什么官爵，又问我在蒙古汗国官居何职，这可把我问住了。没想到至圣先师的后代竟是个官迷。”

楚材并不曾打断追问，他知道张崖云必定会讲下去的。

“我以实言相告，我是庶民布衣。孔元措听了之后一怔。想必好问只说耶律楚材派来人和他会晤。既是中书令所委派，至少也得是个三品的官位了吧。听我自报家门后，大失所望。”张崖云不胜感叹了一声，急干了一口酒，滑稽地笑了笑，说：“看来和老祖宗的正名是分不开的，名不正言不顺。”他换了另一种郑重的口吻说:“不过,去请孔圣人的嫡系后裔,还得劳中书令的大驾了。一则名正言顺,再者也似乎能抬高孔元措的身价。”

楚材沉吟了半晌才说:“此事当然应去一遭,等窝阔台汗巡幸燕都面奏诸行,大约也可准奏的。只是……”楚材捋了一下长髯,笑了笑说:“金朝内熟悉我的人太多了,尤其是我这一把谁都知道的长胡子,怕不能遮人耳目。”

“你若去时,倒不必为长髯发愁。”张崖云似乎胸有成竹,他已是一副醉态,但神智是清醒的。“我已替你想过了去时的安排。”他还要饮,但被楚材按住。

“先说完这件大事,让你一醉方休!”

“其实,并不碍这件正事。”但他仍不放下酒杯说:“好,不喝。官身不自由,可我并不曾食蒙古汗国的俸禄,倒受你的约束。”苏宛如递给他毛巾,他只好放下酒杯,接过苏氏让他清面的毛巾,揩拭了一把,笑着对苏氏说道:

“既是嫂子舍不得添,我也只好又在理了!”

“酒是楚材劝住的,我还能束约住你这位天老大你老二的半仙之体吗!”苏氏笑着还了一句。

“好,谈正事。我已为你作了安排。”他索性离席走进窗口边坐下,对楚材说:“你的胡子可用雄黄熏成黄色,我可以把你装扮成一位老者。至于你的身份,过河时,是我的药商老板,见到孔元措可以亮出真实身份,这样孔元措才会随你北上。我那边已打点好,疏通了关节。孔元措全家四十多口,可坐巡河使的官船过河,到河北岸后,那就是你的天下了,不扣他们的船就算是仁义了。南下汴梁与否,最后还是请你深思熟虑之后再下决心。”崖云结束了他的谈话。

楚材在屋中踱步,苏宛如让丫环撤下了残席,自己也随即退下。

“至于孔元措来此后要正名一事,你可以沿袭历朝对孔子后裔袭封的衍圣公即可,问题是怕窝阔台汗不准我前往。”

“此事也容易,只消说到河边迎接孔元措,谅窝阔台汗也不会见怪的。”崖云随口说出。

“但那样岂不是犯了欺君之罪?”

“好糊涂的中书令大人。君为臣纲,何况欲加之罪,何患无词。你现今正是主上言听计从之时,等事成之后,窝阔台汗是不会为难你的。问题在于南渡之后的成功与否,我也捏着一把汗呢!”

三十

深秋了。

雨停风住之后，群峰叠翠的西山，一夜之间，被霜染的五颜六色。着霜的树叶纷纷给自己换上了一身秋装。红、黄、白和绿色间杂在一起，煞像一幅浓墨重彩的水彩画。

天被雨水刷洗的格外蓝，白云飘得很高，云朵的边缘再不像春天那般柔和，而是棱棱角角、线条分明。

一抹夕阳，透过间隙给深秋的山林涂上一层亮色。夜莺在唱，子规在啼，“林间沙路净无泥，潇潇夜雨子规啼。”好一片萧条的秋景。

耶律楚材自那夜的偶发性昏迷的症状出现后，一片万籁俱灰的情绪笼罩着他。但苏宛如题的苏东坡诗句使他振奋了不少。“谁说人生无再少，门前流水尚能西”。他向宛如编纂和莲子讲述了一些她们并不知道的事情。

晚饭后，他独自到林间散步。空气被滤得纤尘不染，清冷之气，沁人心脾。循着林间沙路，他向树林的深处走去。

忽然，传来脚步声。这里极少有人问津，而脚步声很重，不像宛如编纂和莲子的脚步声。他不禁回首望去，只见一樵夫挑着木炭朝下走来。

由樵夫想到与万松法师的会面。再者，自哈剌和林南回燕京后，马上抽空去会万松法师。从谈话中，他已觉察到长春真人已先来过这里，因而，万松对他异常的淡漠。当晚，虽露宿于古刹，但已话不投机半句多了，使得楚材再无法向他陈述治燕与逐步使用儒士治国的大志。很晚他才昏昏睡去。第二天早晨起来时，已不知万松去向。

他循着小路朝烧木炭处走去，迎面碰到的就是这位童子。尔今，一晃十余年，童子已成一条壮汉。

童子告诉楚材，万松法师已云游去了。问到归期，童子答道：“看破红尘的人，四海为家，何谈归期。”

归期童子肯定是知道的，但现在已把楚材当外人看，行踪当然是不会告诉他的。

以后楚材又找他数次，不是碰到童子，便是连童子也碰不见。他只能怅然若失地驱马返回燕京。

这次与童子巧遇，楚材感触颇多。这位已长成青壮汉子的童子，使楚材如见故人一般。他情不自禁地拉住汉子的手，说："请歇肩到舍间一叙"他指着离此不远在昏暗的暮色中依稀可见的庙舍，说："寒舍距此不远，请驻足一叙，如何？"

壮汉勉强卸炭下肩，坐在篇担上歇气，说："山村陋夫与当代宰相，能有什么可以叙谈的！"

楚材便把他事蒙古以来的事，从救孔元措、重用儒生、编纂书册、挽救汴梁被屠、设科举等事一一列出。他说："至于西征之雪兆的卜算，是天命不可违的事，天下若非一人之天下，有能者居之。我所言与法师教诲并无相悖之处，你为何如此不能见容？"

"杀生，佛家所忌。"壮汉道："天下合久必分，分久必合，没有不散的宴席。万松法师与长春真人别无他责，但杀戮过重。君在其相位，当以死谏可汗！"

"万松法师今在何处？"楚材不能做答复，只好改口问道。

"早已圆寂作古了。"壮汉道："他去鲁看望长春真人。不幸客死旅途；长春真人也于是年病殁。至今已有十余载了。"

楚材嗟叹不已，又一次挽请壮汉留宿，但壮汉执意要行。

暮色的雾霭已浓，壮汉的身影已隐不见。独留耶律楚材兀立无语。忽然，一阵感奋之情从他心地升起。壮汉的话，像山洞中隐隐可见的灯火，点拨了他那颗迷惘的心境。他信步朝有灯火的山头走去，那是他寄居的玉泉祠。

三十一

第二年的春末夏初，窝阔台汗将对汴梁的金朝，发动一次总攻。按照惯例，窝阔台汗事先遣使赴金朝汴梁，命其对蒙古汗国称臣。否则将加之兵刀。蒙古汗国的条件，被金朝一口回绝。

一场大战，迫在眉睫。楚材在汴之日，已秋末冬初了。因为很快要开战，所以，黄河沿岸的缉拿加强了盘查巡逻。楚材因张崖云事先打通了黄河巡察使的关节，所以，一直受到这位已接受礼金的官吏的保护。今天要解决的将是北行的症结所在：如何把孔元措全家在众目睽睽的汴梁渡到漠北。

前两天，已与李掌柜谈好过黄河的路线，由于战端紧迫，过黄河，南渡北返的价格已今非昔比了。当然，不能言明要过去的将是孔元措，而只是讲了人数与安全问题。已来回折腾了几次，都因种种缘故卡住，而今天是与巡河使洽谈关键一环，所以，直接由张崖云的老板——耶律楚材出面。今天务必要拍板成交，时间愈拖，问题愈多。夜长梦多，已不能再延迟了。

约定的时间已过，但仍不见对方露面。甚至连李掌柜也爽约了。这时，帘子掀开，走进位彪形大汉，对耶律楚材和张崖云说："巡河使大人贵体欠安，让我领二位到府中一叙。"说罢侍立一侧，一抬手说："请！"

事态有变。

张崖云感到事态严重，耶律楚材的安全是件大事，万一出了问题，上对不起国家和窝阔台汗，下对不起苏宛如，更对不起老友耶律楚材，也无法向自己交代，但他不动声色地说："李掌柜约好了是在这里会面的，既是巡河使大人贵体有恙，可改日再聚，亦不为晚。深夜登府，怕是不大方便吧？"

坐在椅上的耶律楚材安然地说："既是来请，去去何妨。走吧。"

三十二

缉拿衙门巡河使张邦昌的府第在一条较为僻静的小巷。它是一座三进带有东西小跨院格式的庭府。按金例，巡河使相当于守备一类的六品武官，然而，他的府第，堪与三品以上官宦的府宅相比，可见巡河使是个肥差。

张邦昌原是一个船老大，在原开封府时，便是这一带的船霸。金都南迁，称开封为汴都，当时黄河南北都是金朝的管辖。那时，南北通往必须乘船。这一带原有四个渡口，但张邦昌为了牟利，将其余三个封了，只留官渡南口。南来北往的人每日何止数千，当然，如果递上买路钱，你晚来，亦可早渡，若不然，等上三五日也是常事。

这样，两岸的客店、饭馆便应运而生。饭馆和店家，看准了这些要过河的客人，任你克勤克俭，一顿饭也得三五十钱，一条能抖落出虱子来的被褥，一宿也要一二十钱。客人挺不过，宁愿出钱买路，也不愿在此遭罪。这样张邦昌的生意大发，更何况两岸的店商，也得向这位"河神"孝敬。这样，几头进款的张邦昌，突然从一船霸，买了缉拿衙门渡河的小头目的官职。

河北岸被蒙古占领后，河渡封了，但张邦昌毫无损失，而是更加肥了腰囊。明渡封了，暗渡常开，南来北往的人从未间断过。当然，再不是收渡银，而是真正的要缴过河的买路钱了。

张邦昌把勒索来的民财都用在自己的官阶晋升上。烟花柳巷是他常去的地方，汴梁的名妓数人，一个个被他赎出身来，转而孝敬他的上司，成为他升官的阶梯。五年不到，他已从一个校尉的头目摇身变为巡河使的六品官员了。

耶律楚材对这个性恶不悛的家伙早有两手准备，并把张邦昌的来龙去脉摸了个清清楚楚。

耶律楚材和张崖云坐在府宅第二进的东屋里。屋内陈设一色的楠木家什，张邦昌躺在有象牙雕饰的楠木床上，全不把来人放在眼里。屋内除了侍服他的一个着装妖艳的艳妇外，便是两个使唤的丫头了。

张崖云朝艳妇扫了一眼，便看出，此非别人，乃是自命高雅曾抚琴《梅花三弄》的"清菊梅"。原来，她已弃《梅花三弄》而改为专侍六品官的近人。

不愧是窑姐出身，当着生客的面，爬上床去连抱带扶地把张邦昌扶了起来，娇滴滴地说："老爷，这次生意谈成了，且莫忘记答应给奴家的祖母绿哟。"说着如嗔似媚，虚推实贴地挨近了张邦昌，耳语了两句，随后，又朝张崖云瞟了一眼，这才和两个粗使丫环进了内房。

张邦昌五十左右的年纪，满脸浮肿，眼睑下垂，皮肉松弛，表情迟滞。他盘腿坐在床上，开口问道："你们的药物现在何处？"

这是明知故问。耶律楚材和张崖云来时已商量好，见机按第二种方案进行。明面上还是张崖云搭腔："早已言明，巡河使大人何以健忘！莫非李掌柜不曾对大人说知？"

"这是一桩大买卖，再说说无妨。"

"已讲明去船载人，回船载药。可尽客船载，按人口如数付鹿茸、人参、熊胆、外带金元宝一个，银元宝十个为过河的买路钱。"

"哈，哈……"张邦昌一阵狂笑，但因底气不足，所以笑声前重后轻，似有物梗喉，以致大咳了一阵。清菊梅慌忙跑了过来，用小壶喂了一口参汤之类的东西，这才止住咳。但脸已憋得犹如猪肝色了。

"你是说，让我把你们要送的人送到北岸，回船时再捎上药材。"张邦昌的气喘稍平，"二位商客的如意算盘打得不错。你们是想把我张某当球耍吧。"张邦昌走下床来，坐在摇椅上恶狠狠地说："我看还是反个过儿，今晚提货，明晚渡人！"

"生意人最讲仁义二字，既是原先说好，为什么中途变卦？"张崖云说。

"那好。"张邦昌站了起来，说："今晚开船渡人，回载货物，怎么样？"他看了耶律楚材一眼，“但，这位大掌柜先留在这边，等人货交接完了再走，岂不双方都不吃亏。”

“也好。”崖云也站起来“你是要押个质吧？那我留下……”

“你怕值不了这许多钱吧！”张邦昌冷笑了一声。“你是什么人我不太感兴趣，可这位”他向楚材扫了一眼，说：“是堂堂蒙古汗国的中书令，你怕是代替不了吧！”

三十三

月亮在云中穿行，时明时暗，黄河的水，在月光下呈现出一种有如玉珠的亮色。一条悬着巡河使旗的大船，停靠在河北的渡口处。

天色微曦，一行二十多辆的驿车，已转过山脚，看不见了。驿车扬起的尘烟，溶入晨雾之中。

在北岸原为金朝官渡的客栈中，张崖云领着耶律楚材观看人参、黄芪、黄芩、甘草等中草药。张邦昌已失掉了原来的威风，脸上挂着一层死灰色。

“这些原来是应该属于你的，可现在……”

“不，不！小人诸多冒犯，只求能留我一命，就万分感激了，何敢再想别的。”张邦昌这时像一条狗似地摇尾乞怜。“要杀你何必领你看药材呢？我们是讲信义的。”

“是讲信义，是讲信义二字的。”虽然张邦昌此时还未察觉到至今尚无杀他的迹象，但仍不免惶惑。药材之事早已扔到九霄云外，他现在最主要的是保证吃饭的家伙。“我是背信弃义，听了小人谗言，把你们大掌柜误认是耶律楚材，想以此大敲一笔竹杠，全怨我头脑发昏，干出这桩蠢事，万请大人与大人的大人高抬贵手……”

“哈，哈……”张崖云被这个草包巡河使弄得啼笑皆非，“你当他是何人？”

张邦昌眨了眨眼，半晌才说：“北路大药商五爷杨东。”他观察了一下张崖云脸部的反应，以证实自己的看法。“不会错的，积我三十多年的船老大的经验，这一点是万万不会错的。”

“噢，店船茶鸨媒的眼睛都毒，唯独你并没有看对。我问你，你堂堂警戒森严的巡河使府第，何以在重兵把守的情况下，跑到河北来了，你不是知道这是蒙古汗国的天下吗？”

“那并不奇怪，”张邦昌仍然认定他的眼睛是绝对可靠的。“那天晚上是你们的镖客。这么大的巨富客商深入金朝的汴梁，那能不带镖客。说实在的，无论是大人你还是你的大人以及所有的镖客，都是坐我的船过河的。”

他想起了昨晚那场惊心动魄的场面。

李掌柜突然秘密地告诉张邦昌，云掌柜的老板不是别人，乃是大蒙古汗国的耶律楚材中书令。虽说他作了乔装，但金朝的人在街市上是认得出来的。

张邦昌半信半疑，有什么大事，值得耶律楚材亲躬汴梁？他认为可能性不大；可万一当真是耶律楚材，那他可就要发一次横财了。所以才在他的府第演出那场戏。

他自己并非金朝的臣子，所以，认不得，但他的手下有个小吏却是见过耶律楚材的。他得悉李老板的信息后，便派小吏去店里看了看，小吏向他禀报，正是耶律楚材无疑。

他并不想经官，那样，他也脱不了干系，仅把这位大蒙古汗国的中书令视为摇钱树而已。所以，他一不报官，二不在客来顺会见，而弄到府上，如此这般，不怕蒙古汗国拿重金来赎。

但当张邦昌指出长髯人是耶律楚材时，张崖云说：“咱们做买卖的讲究信义二字，至于我老板是谁，这并不重要，问题是我将按数付给你报酬，这就是了，请万勿节外生枝。”

“不行！你与我手下的人去河北把货物提到南岸来，那我自然放行！”

“可老板不去，货怕发不过来。”

“那我只好委屈这位——当然是耶律楚材中书令大人喽！”

耶律楚材一直不言声。这时，窗外有些异常的响动，但顷刻便消失了。张邦昌稳坐钓鱼台，不曾想到有人胆敢在他的府内做什么手脚，因而，并不介意。但楚材和崖云心中有数，这是他们带来的人——已经把，最少是二进客堂附近的兵丁干掉了。

这时，楚材缓缓说道：“我看张巡河使说的许也有一定的道理。”他与张崖云交换了一下会意的目光。“不过，药品贵重，大约得有劳巡河使亲自去提货才好。”

“不！”张邦昌奸笑着，“咱们幸会，我要好好款待款待你，否则，慢待了蒙古汗国的中书令，我怕吃罪不起呀！”

张崖云见时间紧迫，厉声说道：“你倒是去还是不去！”

张邦昌见状，朝外吼了一声“来人！”

人当真进来了，可是他并不认识这几位持剑操刀的大汉。只见为首的一个人向楚材道：“大人，有何吩咐！”

张邦昌吓得魂飞天外。楚材慢慢问道：“外面的都扫清了吗？”

“禀大人。二进已扫清，府内仍森严戒备。小的已探明，可从东跨院后门出去，便可到官渡。”

“好。你立刻告知要北行的人，火速登车去官渡。只带细软，粗重家什暂时封存府内无妨。”其中一人转身而走。楚材向张崖云使了个眼色。张崖云对张邦昌说：“看见了吧，现在你的性命在我们的手中。你是愿意自己去提货呢？还是派人去提呢？”

张邦昌已魂不附体，“悉听大人尊便。”

“那好。”张崖云说“你应该告诉府中的人切莫声张。如果我没看错的话，刚才侍候你的女人大概是清菊梅。”

“是她，是她。”张邦昌以为他要这女人，便爽快地答应道“大人喜欢，小的奉送。”

清菊梅被喊了出来。她在内房已听到外面有变，吓得缩做一团，闻听叫她，又不敢不出来，半晌才慢慢走出。

张崖云见清菊梅出来，语气并不严厉，但句句掷地有声。“刚才你在内房已听到我们的谈话。今晚要请巡河使大人亲赴北岸提货。小姐是个明白人，他不去，货是提不成的。故此，请你不要声张，声张的后果是不言而喻的。”张崖云见对方似乎听明白了他的话，又说“如果巡河使与我们配合，我们是讲信义的，一定放他回来。所以，一惊动什么，巡河使即使回来了，怕也诸多不便吧！”

清菊梅频频点头，表示听明白了。

“那么，请你把琵琶拿出来。”清菊梅一副不解的模样，取过了琵琶。这位青楼女子，见过的阵势多了，很快镇定下来。轻理云鬓，拂尘调弦，大胆地望着这位曾赐过十两银子的客官。

“请客人点曲。”

“《十面埋伏》。”

“久不弹此曲，各客官是极少点这支曲子的。”

张崖云从袖中摸出一锭银子，掷于桌上说：“今天我点，而且要一直弹下去，不得间断！你的琴声，应该让全院的人都能听到。”他转而对张邦昌说：“看看，你夫人的琴声，将为你送行。请吧！”

……

三十四

“你知道我是谁吗？”耶律楚材朝坐在一旁瑟缩发抖的张邦昌发问。张邦昌不敢正视，他知道，他的命操在这个长髯人的手中。

“小的有眼不识泰山，大人是北方大药商五爷，这一看便知。”

“你的探报还算准确，”楚材说：“我就是蒙古汗国中书令耶律楚材。不知巡河使有何见教！”

张邦昌纳地便拜，磕头如捣蒜，口中连连说道：“小人该死，小人该死！昨晚多多冒犯，万望大人高抬贵手……大人不见小人怪，宰相肚里能撑船。大人如还有用小人之处，尽管吩咐……”

“你鱼肉百姓、刁难渡客、伤天害理、坏事做尽。本应对你严惩不贷。不过，这次我们是做了一笔买卖。买卖人最讲信义二字，我们既然讲在前，决不过河拆桥。你的船可将看到的药材尽载装回。”他讲的话使张邦昌目瞪口呆，他简直不敢相信自己的耳朵，怎么会有这样的便宜事。只听楚材道：“笔砚伺候。”

随从把笔砚放在几上。楚材又问：“你可知你的渡船渡的客人是谁吗？”

张邦昌确实不知道。昨晚他早已吓得魂飞魄散，他只知道张崖云的话吩咐手下人，装满了人朝北岸渡过去，并一再吩咐手下人切莫声张。这时，闻听耶律楚材问及，实在说不上话来。

“你既然不清楚，那我告诉你吧！”耶律楚材对他说：“你的官船渡过的一船人，除了我们之外，就是金朝翰林院左御史孔元措的一家。听明白了吧？”

张邦昌目瞪口呆。

“那么，你写上：你张邦昌渡过孔元措一家五十余口，同渡者还有耶律楚材一干人等一十八名。收到蒙古汗国送来渡金药材一船。张邦昌画押。”

张邦昌照写不误。

张崖云对张邦昌说：“你站起来，我们付货，你们装船。只是昨晚孔家走得匆忙，一应家具物件，你必须装好后用船送到北岸来。”

张邦昌说：“感谢大人不杀之恩，已是三生九世也难报答，药材不敢要。”

张崖云喝道：“少啰嗦！既给你，你就快些装船。先警告你。明年要攻打汴梁，你的脑袋权且寄放在你的脖子上，以后还有用你之处。切记，如你再为非作歹，明年到日，定斩不饶，下去吧！”

……

耶律楚材从山上慢慢而下，一种若有所失——不，是大有所失之感，紧紧萦绕脑际。往事如烟，浮生若梦，二十多年前的时候，也是在这样一个明朗的月夜，他与窝阔台，拖雷正谈论着天下大事，指点江山。当时提到的事，看起来除了南宋之外，已经全是蒙古汗国的天下了。他——耶律楚材在窝阔台称汗时，做了多少有益的事情，从开放十路课税为开端，中原儒士的境遇也日益好转；金朝覆灭后，在南阳与燕京设立书院，整理和印制了多少册书籍；燕京的法治管理，朝政的日趋完善，救孔元措汴梁遇险，攻破汴都前屠城与护城的殊死争斗，该是多么使人振奋的慷慨激昂的日子啊。从那时，到现在才仅仅二十年呀。

楚材已不再是黑髯公，他年过半百，已是两鬓染霜。

他记得，那时赏月站在山坡上，观看篝火熊熊的庆功大会；他还记得拖雷下山时的情景；他记得他与窝阔台抚肩携手，语重心长的谈话，这些，仿佛是隔日的事，历历在目。

他不负成吉思汗临终所托，一直忠心耿耿扶持窝阔台汗统一中国的大业逐步实现。而正当他宏图大展的当儿，窝阔台突然驾崩，乃马真后称制。当然，在这之前，他已经因不断推行新政，惹恼了许多诺颜和重臣。所以，即使窝阔台仍然称帝，耶律楚材所推行的一整套新政，也会受到日益多的反对。尤其是当触犯到某些贵族的切身利益时，谗言加害、诬陷打击，罗置罪名，必预置他于死地而后快的也大有人在。

他与咸得卜之间的关系，就是个最好的例子。那是在太宗三年，燕蓟法制政策到了白热化程度后发生的连锁反应……

三十五

燕蓟的官员们，有不少人聚集在咸得卜的府上，喧然大哗“兵熊熊一个，将熊熊一窝。耶律楚材可要拿咱们的儿子们开刀问斩了……”

燕京城内的老百姓，行商、店铺、摊贩、游民也都歇业闭市，街空巷静。人们到哪里去了呢？

原来，前两天在中书令署府贴出告示，今天午时三刻，将对十六名竟敢执杖、持械杀人，公然在光天化日之下，动用牛车马队抢劫财宝的十六名罪大恶极的罪犯，开刀问斩。

这次斩的十六名罪犯里，就有咸得卜的儿子——霍林。其中除个别几个是一般官员的儿子外，十有七八是燕蓟留守官府的三四品以上官员的儿子。

去年，耶律楚材把咸得卜的儿子抓起来后，姑念霍林是受咸得卜府上的清客赵忠、胡里的蛊惑，加之又是初犯，同时，也考虑到咸得卜乃一方长官，从各方面考虑的结果，促使耶律楚材从顾全大局出发，以便以后更好地推行新政时，能得到咸得卜的协助。因而，从轻发落了霍林，就连那十棍杖责，也只是让咸得卜回府后再施刑，只是把赵忠与胡里狠狠揍了一顿。打狗固然要看主，然而也不妨杀鸡给猴看。

咸得卜回府后，憋了一肚子闷气，尽管在行辕署府；他在钦差大人的尚方宝剑的威慑下，暂时收敛了，但，一回到府上，也许是因为这里是他的王国，便又狂了起来。狂归狂，但也无可奈何，只是气得当真抽了霍林一顿鞭子。他并非想教训儿子，而是拿霍林作为他泄气的皮囊而已。

事后不久，窝阔台汗南巡到了燕京，对耶律楚材整治的燕京，尤其是十路课税使的设立，赞不绝口。窝阔台汗看到设立课税后，一年收入五十万两银子，赞许此举确实是富国强民的行之有效的措施。对整治街市、繁荣贸易等项，也给予了充分的肯定。

有一天，窝阔台汗兴致极好，对身旁侍立的耶律楚材道：

“吾图撒合里，听说燕京十里长街热闹非凡，可否让朕目睹这一盛况呢？”

“燕京臣民都是陛下的子民，有此荣幸，当是燕蓟百姓的极大荣耀。”楚材道：“只不知是让臣民们瞻仰您的龙颜，还是看看人们安居乐业的景象呢？”

“朕在哈剌和林，从来也不愿像金、宋的皇帝那样肃静、回避，我们没有那套陈规陋俗，朕是很随便地想在各地走走、看看，就像哈剌和林一样，你我骑上战马，驰骋一下，卿意下如何？”

耶律楚材闻言跪奏曰：“请陛下恕臣之罪，臣才敢奏。”

窝阔台汗不知何事如此严重，说：“吾图撒合里，有话便讲，起来，不必行此大礼。”

“陛下如要骑马驰骋，须待臣安顿一下。”耶律楚材说：“街市自开放以来，臣贴有告示：严禁任何人驰马过市。当然，陛下绝不在此例。但街市上的人，熙熙攘攘、摩肩擦背，恐龙驾受惊。”楚材接着说：“所以，待臣告谕商民，闪出一条路来，让百姓匍匐在地，然后，臣随驾过市。”

窝阔台汗听了，龙颜不悦，道：“那不又成了汉朝皇帝那一套了吗？我要看看治下真正的繁华街市，而不是让人们对我顶礼膜拜的。”

“如果陛下要看看街市的真正面貌，臣以为，请陛下微服出访，那你将看到的是真正的实情。当然，臣会安排人随驾过市，并给陛下备好御马，臣以为是万无一失的。不知陛下意下如何？”

窝阔台汗沉吟了一会儿，方说：“就依了你吧！你是朕派来的钦差大臣，朕也要听你的摆布了。”

楚材拜跪而礼。窝阔台汗道：“起来，随朕去看你治下的街市……”

窝阔台汗一行十余人，当真步行进入了街市。

街市被一种五颜六色的凉棚、幌子、招揽顾客的小旗，琳琅满目的货物装点着，也被一种难以名状的喧嚣声笼罩着。牲口市、马市、蔬菜瓜果市、土产织品、稀玩珍宝、盐铁茶柴、米面杂粮、丝绸锦缎，五光十色，应有尽有。人们买卖公平，个个笑逐颜开。渴有了茶摊、饿了有饭馆，一派繁荣升平景象。

看来，有不少人认识这位美髯公耶律楚材的，但并未因他是钦差大人而回避。

“你知道这位美须公是谁吗？”

“那不是钦差大臣耶律公么。”

“他是蒙古汗国的中书令。”

“中书令是什么官啊？”

“就是当朝的宰相，位极一品，文臣中排第一位的人啊。”

人们叽叽喳喳地议论着。

“听说当今的皇帝窝阔台汗爱民如子，所以才派耶律公治理燕京，不然，能有今天吗？”

“呀，你看，走在耶律公前面的是谁？”

“那还用问，当然是管钦差大人的喽。”

“对，有明君才能有贤臣，但愿窝阔台汗长命百岁。”

“胡说，应该山呼万岁才对……”

这些议论，毫无顾忌，当然也是发自肺腑的，坐在朝堂上是绝对听不到他的子民们的声音的。窝阔台汗走在街市，听到臣民们的议论，心中十分高兴。

当他们走过街市，刚要乘马时，有不少人似乎悟出，走在钦差大人前面的，一定是窝阔台汗时，都赶来向窝阔台汗叩礼。

人越聚越多，用参差不齐，各种发自内心的话呼喊着，跪拜着“万岁，万万岁”的喊声此起彼伏，窝阔台汗一一看在眼里，龙心大悦。耶律楚材看人潮如涌，忙禀奏道：“请陛下起驾回宫。”

“不，卿随我到北山驰骋一番。”窝阔台汗面露喜色，信口说了句戏言，“你刚才让朕当了一会儿马下皇帝，你不要忘了，朕还是位马上的皇帝哩。”

三十六

朦胧的月色下的居庸关，从山上望去，活像一只卧着的老虎。长城的烽火台和城墙依稀可辨，顺着山势蜿蜒逶迤而上下，像一条眨困了的苍龙。真是龙盘虎踞。

居庸关自从蒙古占领燕都以来，已变成一个只有少数人把守的关隘了。昔日里修建长城以防北部民族南下的长城，眼下，已失掉应有的屏障作用。过去，历朝重兵把守的居庸关，今天已是人们来回走动的大门。瓮城和城楼都笼罩在黑暗中，只有城门的出入口处，有人在盘查过往行人。

对于突然来到的蒙古大汗和中书令，把镇守居庸关的百夫长查干道依提弄得手忙脚乱，尽了最大的力量，才在山上打了几只黄羊和野兔，又派骑兵到南口千夫长那里弄来几坛酒才算勉强侍候了窝阔台一行。

近于午夜，窝阔台一行才驰到居庸关的南门，沿着山洞中的驿道驰下。

楚材紧扣马缰，生怕超越了位置。窝阔台不时想与楚材谈话，但总见他距他有一马之隔，便带住马头，耶律楚材也立即带住了马。窝阔台汗说：“你自管让马与朕同行。朕有话与你说。”

耶律楚材仍在原处不动地奏道：“臣觉得那样乱了君臣之纲。”

“这是朕的意思，况且，这也不是在朝堂之上，前来无妨。”说着策马缓行。楚材才随了上来。“吾图撒合里，你还记得否，当年我们攻打这个雄关时，遇到了金兵多么顽固的抵抗。想起来，好像还是昨天发生的事似的。”

“是啊，可汗，居庸关乃燕京北扼之门户，居庸关一破，一出南口，马踏川地便无险可守了。”

“朕是非常追念，当年随先帝戎马征讨的岁月的。可惜，朕当上大汗之后，那样的场面久已不为了。但今天策马驰骋，朕也是非常高兴的。”

窝阔台放开了马缰，打马飞奔，众人紧紧追随。一出南口，视野顿时开阔了。月色中的冀中平原，恬静地如同睡熟了的湖面一般。驿道越来越宽，愈来愈坦，只有马蹄的嗒嗒声打破了这里的宁静。窝阔台尽情地策马飞奔了一程，直到马身跑出汗来。

南口千夫长的营地也沐浴在一片月色中，月色把一切都罩上了一层柔和的调子。夜深人静，只有窝阔台的马队的蹄声和嘶鸣声，忽然远处也传来马的嘶鸣声，像是在回答对方驰来的马群。

窝阔台被这清明的月色迷住了，半晌没有说话。数十年来，在那戎马生活的征战中，该有多少个夜晚随着先帝开拓疆土，统一部落，骑着双马，一日驰地八百里的路程。饥餐肉干，渴饮马奶，困倦了可以贴在马鞍上打一个盹，但不管多么疲劳，只要听到马的嘶鸣，刀的铿锵声，他马上会振奋，激动起来，并立即投入战斗。

身旁随行的耶律楚材始终压住他的乘骑，不使马头探越半步。是啊，窝阔台想：曾事二代蒙古汗国的耶律楚材，确实是位忠心耿耿的老臣。尽管年龄与自己相仿，但他博学多才，先帝一直把他带到身边，并为有此贤臣而自豪，常当着臣下向外国使节们炫耀“你们国内可有此等贤臣？”他也不止一次向他的子孙们说：“吾图撒合里事我，是上天赐予我，以后军政庶务无论巨细，都应向他请教。”从自己登基以来，筑哈剌和林、饬整燕都、设十路课税使、深入虎穴迎孔元措等一系列事件，桩桩件件都是筑国安邦的大事，而且已看出较为明显的效果。如果说先帝是开疆斩土的大汗，自己却是继往开来的皇帝。自己的前面还有金、南宋两个王朝尚在，这是必须由他去消灭去统一的。

他想到，耶律楚材曾向他面陈过的事，蒙古汗国初定，十路课税已初见成效；对儒士的使用也势在必行。事实说明，仅现在已控制的地区，守城官员已经是缺员，而且不懂治城之法，难以服众，所以治城的武将们，实在需要配备一定的助手。打了就走，那是极遥远的事了，现在特别需要的是稳定，稳定才能发生产，生产发展了，人们才得安定，才能有更多的税收，才能供应自己越来越强大军队的补给。而且，面对中原的坚固城池，那种乘马快速偷袭的战略战术也不一定适合黄河流域，当然，更不适合长江水乡一带了。要让骑马的健儿学会水战，在此以前都是不曾涉及的新问题。

窝阔台汗在登基的第二年，就有攻打汴梁的打算，但在楚材看来，尽管金朝已是狂风中的残烛，可它仍占有那么多的地区，而且是富饶的黄河流域，粮草较充裕，手中尚有兵马百万，况有黄河天堑。所以，楚材阻止第二年攻汴梁，提出储备力量，充实府库的打算是极有远见的。

然而，耶律楚材的远见卓识并不是所有人都能理解和接受的。朝内外在窝阔台耳边进谗言的何止一个。就拿燕蓟留守长官咸得卜来说，和耶律楚材的关系已经到了水火不相容的地步。

咸得卜是先帝旧臣，在哈剌和林的诺颜群里，是有不少盘根错节，千丝万缕的关系。而对耶律楚材来说，乃是金朝遗臣，若无成吉思汗的宠爱，没有窝阔台授以钦差之权，授中书令之职，怕是难在蒙古汗国立足的！

从做太子时，窝阔台便与楚材之间建立了极融洽的关系，登基以来，并未因君臣之分而疏远了这种关系。倒是楚材君臣之礼分明，接触的机会少了，倾心交谈——像那次哈剌和林山上的推心置腹的谈话已久已不为了。窝阔台心里想：难道君臣之间隔着如此一条不可跨越的鸿沟吗？他试图打开这条不成文的界限。

“吾图撒合里，还记得斡难河边山顶上突厥碑旁的一席谈话吗？”

“陛下，臣时时想起，就像昨天的事一样。”

“公曾讲到统一中国大业，重用汉儒，巩固城地，发展农桑。今见燕蓟有了如此的安定，全仗公之谋略，呕心沥血才有今日。我今天，心中特别高兴。”窝阔台总得扭转身子说话，但尽管表示了可以让耶律楚材并马而行，但，楚材始终保持了距离，不逾越君臣之规。窝阔台看到楚材如此，便更加敬重这位贤相。他索性跳下马来，朝一条在月光下粼粼发光的小河走去。

随从见皇帝下马，都下马跟随。窝阔台朝侍从挥了挥手，侍从们便退到后边，只有楚材在旁边。这下总算可以面对面地讲话，不必拘泥于君臣之礼了。

“我当太子时，公曾教我，‘皎皎者易污，佼佼者易折。’不知公还记得吗？”

楚材不明其意，只是点了点头。

“公以为，南进汴梁，尚须何日？”

“半年可行。”

“兵如不足呢？”

“先帝遗言，联宋灭金。”

“此属先帝高见，兵力不足，亦可采用迂回的办法。”窝阔台语重心长地说。“治理朝政，何尝不可用此迂回的办法。公治国之策，何不也缓进迂回呢？须知，事愈急则必反，太显刚易招谤。你与咸得卜之间的关系已到了水火不相容的地步，何不缓冲一下。听说你仍扣押着他的两名清客，传闻还是儒雅之士呢。”

“此乃儒士中的败类。”

“我看你把他们放了吧！”窝阔台徐徐说道：“你既宽赦了霍林，何必在这两个清客身上大做文章呢。何况，他俩又受你杖责，吃了些苦头。打狗还须看主人，何况人呢。我愿以公教我之话教公，‘皎皎者易污，佼佼者易析’公宜察之。”

“我受先帝知遇之恩，受陛下重托，虽肝脑涂地，在所不惜。还请陛下指出臣之所误。今后当慎行谨语。”

“中原地带有句话说得好‘狗急了跳墙’何必逼到那种地步呢！”

“臣遵旨。”

三十七

窝阔台一行离燕蓟，入太行，到太原，两渡黄河，正欲循看征西夏的路线，取道阴山，巡视察合台等属地后，返哈剌和林时，耶律楚材派的驿差，日夜驰骋，终于在宁夏府赶上了窝阔台。

驿差递上了奏折。耶律楚材请求对十六名官宦之子处以斩决，其中就有咸得卜的儿子霍林在内。楚材在奏折上说：“……其中以霍林等十六名贵胄之子，明火执仗，掠市淫女，仗持官府势力，竟然以身试法。臣本可以钦差之威，杀之弃市。但陛下与臣在小河之畔的月夜面谈，到是昨日之事在耳边萦绕。故臣不敢专擅，万望陛下圣裁。留臣呢，还是杀此十六名恶行不改、罪大恶极的不法之徒呢？请陛下明示……”

窝阔台看了奏折，甚为不悦。但耶律楚材所言切是实话，此十六名贵胄子弟当杀不赦，罪有应得。近臣别迭见窝阔台举棋不定，乃进言道：“咸得卜是先帝委之为燕蓟留守长官。耶律楚材独断专行，飞扬跋扈，咸得卜念及他是钦差，凡事让他三分，但他得寸进尺，竟然要拿咸得卜之子试刀，今日如此，他日将轮到咸得卜的头上了。此为挟嫌报复，陛下万万批不得。”

窝阔台沉吟了半晌，问别迭道：“所谓挟嫌报复，挟什么嫌，报什么复？”

别迭信口开河，当问到真格时，却也哑了半日方说：“耶律楚材辽之后裔、金之旧臣，骨子里是反蒙的，此论在哈剌和林已广为流传，陛下莫非一点也没有听到吗？”

此论在哈剌和林的贵族上层，早已是一片哗然。比如对耶律楚材任用汉儒为课税使；大批任用了儒生；得不偿失地入汴营救孔元措；反对的大有人在。窝阔台闻知，明谕诸臣，说那些都是他自己的主意，这种流言蜚语才平息下去。

此时，窝阔台见别迭又说此话，便说道："耶律楚材是我派的钦差，你莫非不知？"

"臣以为这正是，挟天子以令诸侯……"

"放肆！"窝阔台拍案怒道"你把耶律楚材比曹操，那我成了什么？"

别迭虽为近臣，但一见太宗当真发怒，也吓得匍匐在地，不敢搭腔。窝阔台站起来，在宫中来回踱步，不再理会这个近臣。他脑际浮现出耶律楚材的身影。他知道，两个月前，他对楚材的暗示，说明了他对楚材的爱护和支持。两个月后，楚材又提出对十六名罪犯问斩，这绝不是赵忠和胡里那样的事件。他知道，这十六个人的背后是些跟随先帝打天下的重臣、战将，没他们的浴血奋战，不会有蒙古汗国的今天，他们有功于蒙古汗国。杀他们的儿子，确实难啊！但，他们教子无方，无视法度，抢人妻女、掠夺财宝、杀人于市，惹得民怨沸腾，不杀是难以平民愤的。他们的老子有功蒙古汗国，他们有罪于蒙古汗国，有功赏，有罪罚，我应该做一个赏罚分明的可汗。

其实，耶律楚材作为钦差，斩了也就斩了，先斩后奏，窝阔台也不会把楚材怎样。但楚材却先向窝阔台递上奏折，说明楚材也感到事件的棘手。

窝阔台走近案几，提起御笔，在奏折上批了个"斩"字，将奏折掷于跪在递上的别迭。

"送中书令耶律楚材处！"

别迭慌忙退了出来，窝阔台又叫住了他。

"明天起驾回燕蓟，手谕缓发……"

……

燕都的十里长街的繁荣已不复存在，窝阔台策马而过，只见街两旁尚有搭账的木桩和砖坯瓦块留在那里，给人一种败落的景象。窝阔台心想：才两个月的光景，竟变成这种样子。回到宫中，他对臣僚一一询问，连咸得卜也确认此事属实，但咸得卜奏道："臣等都是大汗的儿子，"咸得卜面对耶律楚材道："我的儿子触犯了经过御批颁发的法令，该罚该斩，悉听圣上裁决，臣无怨言。臣只想在百官都在的朝堂之上，当着无比圣明的陛下，问中书令大人几句话。"

窝阔台不知他要说什么，点了点头，准其所奏。

“按照我们蒙古人的习俗和祖宗先例，凡有珠宝、美女、稀世珍物，一经获得，当做臣下的获得时，应如何对待？”

“首先毫不保留奉献到至高无上的汗的面前，任凭汗的发落，此例自先帝成吉思汗在日已颁为明令，不知长官为何明知故问。”耶律楚材也摸不透咸得卜为何在百官面前提问此事，不管是什么用意，当咸得卜的儿子即当斩首时，来自咸得卜的追问，不会是毫无来头的。于是楚材对百官侃侃而言：“在哈剌和林流传着一件妇孺皆知的佳话……”

一日，窝阔台出猎，正当口渴难耐时，有个种瓜的老汉献给他三个西瓜。窝阔台身上一无所有，他的护从除了弓箭、弯刀之外也别无他物，不知该用什么赏赐这位献瓜的老者。他感到对这位在自己口渴时及时献来瓜不赏赐实在过意不去。他让随他狩猎的木格合敦把耳环卸下送给赠瓜者。木格合敦是他宠爱的一个妃子，见他慷慨地让以宝珠相赠，迟疑着不想割舍。说：“此人岂知道这珠子的价值，这好比把金饭碗给一个乞丐，他还会拿着金饭碗讨饭的。莫如让他明日到殿帐去，他将在那里取到他需要的巴里失（金、银币）和赏赐给他的衣服，岂不比这珠子移落他手里好得多。”

窝阔台听后笑了。道：“正因为他是个农人，拿到这宝珠很快转手他人，换回他需要的衣物或巴里失；而买到这宝珠的人，一定会用它在大臣中得到更多的金银；最后，大臣会感到此宝物在他们手中而没献给我而心中不安。所以要不了多久，这玉珠还会完好无损地回到你的耳朵上。而我正好通过这宝珠看看大臣对我的忠诚。此乃一石三鸟的好事情。望你暂时割爱吧！”

木格合敦听了将信将疑，但既是窝阔台已令她这样做了，于是她才勉强解下耳环交给献瓜的老者。老者叩谢而去，他回到家中，把耳环交给一个珠宝商人看。商人一看很惊异，不过，面部只表现出一种不屑一顾的神色。说这只不过是一对普通的珠子，但他愿意出两个金巴里失买下。老者一听能换两个金巴里失，真是喜出望外，思忖，能换两个银巴里失他已满足了。拍板成交，老者拿着两个金巴里失欢天喜地地走了。商人立即去找一位熟识的大臣透露他有稀世珍宝，并炫耀地让大臣看了看在夜间仍能放出异彩的宝珠。商人见宝珠吸引了这位大臣，忙说此宝物他要留存以传后世，作为一世经营珠宝玉石的镇宅之物不再出售。这位大臣哪肯罢休，纠缠住不放商人，一定出高价买下此宝。商人再三推诿，最后以一副忍痛割爱的姿态出让了，索价一千伍百金巴里失，结果，是一千金巴里失拍板成交。

大臣买了宝珠之后，立即将它给他最宠爱的夫人戴在耳朵上。他和夫人把玩了几乎一宿，天渐渐亮后，宝珠的光泽也消失了。他冷静的想到，这种稀世珍宝是应该献给可汗的，这是臣子向可汗表示忠诚的一种做法。他立即让夫人从耳朵上摘下宝珠，天一亮就到了皇宫，把宝珠献给可汗。

窝阔台有意让木格合敦坐在一旁，当珠子献上后，他把珠子递给她，问："你看看是不是你的那对宝珠？"

木格合敦接过，只用眼扫了一下便道："正是。"

从把耳珠赐给老者到回木格合敦的耳朵上，仅仅用了三天的时间。

窝阔台对献珠的大臣说："你是我最忠诚的大臣。"于是窝阔台对众大臣们讲了赐珠的经过，最后说："种瓜的要它无用，必定要用它换银子；而要珠子的必定是商人，但不出高价；商人一定要用它牟取高价，以我之见，你一定是付了最少是一千金巴里失从商人那里买到的。"

"可汗圣断，臣是用了一千金巴里失买的，而且此宝仅在臣手中过了一夜，今早便献给了可汗。"

窝阔台对木格合敦说："我原说不过七八日让你重获此宝，可才三天就又回到你手中。"于是，他让内臣取出二千金巴里失赏给这个大臣，并对他说："你是一个忠诚可信的人，你应该得到重赏，而且我要在百官中讲这件事……"

耶律楚材把这件事当做臣民对可汗的忠诚，对在场的人像故事一样地讲了出来。讲罢，他对咸得卜道："可汗的臣民都应该像这位大臣一样对可汗忠诚，否则，他就不是可汗的忠臣。我想，我们都应该对可汗无限忠诚才是，不知咸得卜燕蓟留守长官有何见教？"

"猫眼耳环，虽然是珠宝中的少见佳品，然而，世上并非绝无仅有，谈不上是世上的稀世珍宝。"咸得卜斜睨了一眼耶律楚材，以一种猫捉耗子一样自得心情，想玩够了之后，再吞进肚内。他不立即点破，而且闪烁其词地说："一对猫眼耳珠，献给陛下，除受到可汗二千金巴里失的赏赐外，并明谕朝臣此乃是对可汗最为忠诚的一个典范。如果是这样的，中书令倘若将你的那件稀世珍宝献给可汗的话，非但给全体臣僚作出了榜样，而且还一定会得到可汗更多的赏物。"他又扫了众臣一眼，见众人都目瞪口呆地聆耳倾听，又见耶律楚材完全是一种迷茫的神态，他认为这是楚材装出来的一副假象。于是进一步说道："不知中书令大人对下官所言以为然否？"

耶律楚材见咸得卜那副自鸣得意的表情，尽管对闪烁其词地暗示一无所知，但有一点是可以肯定的，这将是陷害与中伤。然而，楚材心里很坦然，他既没有什么稀世珍宝，除了他的俸禄之外，他把珍珠、古玩、金银，都一个不留地转赐给别人，对此，成吉思汗曾有过不悦。窝阔台也想：楚材把钱财视为身外之物，他仍像过去那样转赐了僚属。“君子坦荡荡，小人常戚戚”。但楚材也想到“明枪易躲，暗箭难防”，不过，毕竟没有什么见不得人的事，何怕别人中伤于他。想到这时，他也看了一下周围向他投来担心、惋惜、诧异和幸灾乐祸的目光。他微微一笑说：“我事蒙古汗国已两世，深知臣民对可汗竭尽忠诚之事。耶律楚材不才，但尚不曾有什么隐私更不用说有稀世珍宝藏觅而不献给可汗的，那样的话，我将是群臣可共诛之的蠡贼！”楚材振振有词，挑战似的迎着咸得卜洋洋自得的目光。“既是咸得卜留守长官得知一二，请当着可汗和群臣，揭露出来，何必这样吞吞吐吐闪烁其词呢？”

“哈、哈、哈！”咸得卜大笑道：“大家可曾记得，当年窝阔台汗寿辰，众大臣把最珍贵的宝贝献给可汗，而中书令大人却拿了个酿酒的锈铁槽献给可汗……”

想起来了，窝阔台想到，当时他也不认识耶律楚材所献何物，耶律楚材告之是酿酒的铁槽，并说，铁器常年泡在酒中也锈迹斑斑，何况人的五脏六腑岂能禁得起酒常年浸蚀！窝阔台汗知道耶律楚材用心良苦，意在规劝好酒的蒙古人，少饮。为此，窝阔台下谕，每次饮酒不可超过三杯。

咸得卜道：“破铁槽你献给可汗，稀世珍宝却留在你家中自己享用！”一席话说得在场的人目瞪口呆，“中书令大人，”咸得卜冷笑一声说：“卑职既然敢奏中书令大人一本，没有真凭实据岂不惹得钦差大人挥舞尚方宝剑，而卑职只有一个脑袋！”他朝上看了看可汗的神色，似乎已被他的言语打动了，一脸怒气。他心里想到：抛出来的硬货，必将置耶律楚材于死地，可汗一怒之下，杀了耶律楚材，而他儿子大约也能赦免。于是，他挑衅地说：“我只是提醒大人，无非是想让你自己讲出来，陛下动了恻隐之心，也许能赏你个完整的尸首。”说罢大笑不止。群臣甚至窝阔台不知他的葫芦里卖的什么药，被他搞得云山雾罩。

“既然如此，请长官指出，若我有欺君之罪，而我是执法者，执法犯法，罪加一等！”不过，耶律楚材也被这个挟私企图阴谋报复的人深恶痛绝起来。“长官可曾知道，捕风捉影，诬陷中伤，此罪也是欺君。不知长官可知此条？”

“到这种时候，你还想恐吓，你以为这样便能封住我的嘴吗！”咸得卜面向窝阔台振振有词地说出了一件使朝堂为之震惊的事。

三十八

张崖云在黄河岸与耶律楚材分手后，他大大松了一口气。孔元措毕竟全家北迁，并且在张邦昌的协助下，连同细软傢俱尽船而载，运过河来。后事由张邦昌去打点，他不但得了那么多贵重药材，生命也得到了保障。

耶律楚材要北上哈剌和林复命，并进一步对孔元措的使用做妥善的安排。虽一再邀张崖云同往，请他出任从政，但张崖云一口回绝了。他是个随意惯了的人，受不得什么章法的约束，并说："老兄，你为你的官，我为我的民。在你的治下，能使儒士们各得其所，你已经办了件功德无量的事。我懒散惯了，我将云游四方，黄河、长江挡不住我的去路；高山峻岭也阻不住我的行迹。哈剌和林我定要走一遭，听说那里的宫殿建筑颇有北方草原与中亚伊斯兰古教合璧的庄重与典雅。从那里，我将循着成吉思汗西征的路线直到黑海，用我这枝秃笔描绘一下成吉思汗拓疆的伟业。由南疆入吐蕃再进滇国，后循长江源头而下江南，去南京——如果能在临安看到窝阔台汗的大军，能看到阁下，能并肩一观钱塘之潮，吾愿足矣！如果还有年限给我，我将再循运河直达燕都，出山海关到女真的发祥地一游，并实地观察一下高丽国的风貌。"张崖云啜了一口酒，十分惬意地说："无官一身轻啊！你将以一位辅佐成吉思汗的贤相载入史册，我将以自己的游记流传给后世；你的名字将与汉萧何、张良、唐魏徵比美，我一介布衣，只望吾兄在我荒冢上的小小石碑上刻上'云游真人张崖云之墓'下面署上'蒙古汗国中书令耶律楚材立'的字样，如果条件许可，将我的游记刻写成册，则足慰平生。当然，我行踪很难预料，也许在蒙古汗国克汴梁或临安时，如吾兄能放行，我就从这里开始云游，少则三五年，多则十余载，你我兄弟还会见面的。"

耶律楚材见张崖云去意已决，知已不可挽留，但此一别，天各一方，不知何日再能会面。况蒙古汗国的文武大臣中，反对自己的人大有人在，幸得可汗是位明主。但自古道"伴君如伴虎"，稍有不慎，历代的贤相重臣身首异处的还少吗？自己原已确定了既成不变的宗旨，而自己事蒙古汗国二十余年来，忠心不二，一些大事，画龙点睛逐步实现，就此急流勇退，岂不前功尽弃，况也非自己本意。当然，道路上肯定荆棘丛生，障碍重重，可窝阔台的雄心伟略他还是吃得透的。

张崖云是他近几年来离不开的左右手，张崖云为人才华横溢、正直可靠，料事颇有见地，临危不惧，遇难不慌，然而，他人之志不可夺，分手在即，耶律楚材诚恳地提出："贤弟远游四方，愚兄不能相陪，已觉不安。人各有志，我不相阻。此别，晤期难卜，临别，还请贤弟明示一二。"

"我虽不曾为官，但我觉得为官者，应与主上分忧耳。你随蒙古汗国二十余年，前十年在征战中，你的才略不尽发挥，今乃创业守成并举，吾兄大展宏图之日在即，而且已经看到了成效。但我认为，从商鞅到王安石等变法之事都操之过急，使其走到了反面。所以，吾兄尽管才华横溢，用策宜缓不宜急，你乃宰相之位，官居一品、位极人臣，位高则巅，自古道'木秀于林风必摧之'"，他稍停顿一下，接着说："你是个有抱负的人，我并不劝你急流勇退，愿你善始善终，才能名留青史。不过，'水清难养鱼'，你要小事糊涂，大事明断，我想到的就是这些。"

"还请贤弟明示。"

"你慢慢思虑我的话吧。总之，有张有弛弦紧易折，何必事必親躬呢？以为小弟迂腐之言罢了。"

耶律楚材给张崖云斟满三大杯酒，说："祝贤弟一路安顺，倘有遇事阻难，可出示我的这道亲笔信，也许会有所裨益。来，'劝君更尽一杯酒，西出阳关无故人'，用王维的诗句为贤弟送行吧！"说罢，自己先饮了杯中的酒。

耶律楚材亲自执缰坠镫，送张崖云上马，目送张崖云的马驰向远方。

耶律楚材驱马驰上一个高坡，极目所望，张崖云人已不见，马驰骋扬起的尘烟遮住了他的身影。背后，是奔腾咆哮的黄河。现在正是汛期，它从黄土高原，挟带大量泥沙，经过晋陕峡谷的山区，一泻千里，通过龙山，风陵渡，直向豫北平原流淌而来。河上无一只渡船，南岸隐约可见兵丁在巡逻，北岸渡口曾繁荣过一阵子的痕迹依稀可见，除了荒落而外，呈现出一种颓败寥落的景象。拆去门窗的屋子，酷似一个个神秘莫测的魔窟。是啊，至迟明年这一河之隔的南北对峙的局面，即将消失、汴梁的占领，将有一大批儒士沦为"驱口"。这应该事先向窝阔台汗奏明；生命必须保护，城市必须保护。应设法让城池不攻自破。战争打得太残酷了，是难以控制军士们复仇的怒火的。

身后又响起了马蹄的嗒嗒声。耶律楚材回转身，看见驰向他的乃是张崖云。他不禁喜上心头，也许张崖云回心转意了。他迎了上去，张崖云跳下马来，对楚材道："险些把件大事忘了。"他喘了口气说道："我校勘的《龙龛手镜》，已近收尾，我将通盘校阅之后，交还吾兄手中，才免去我的一番心事。否则，我是云游不下去的。”

耶律楚材松了口气，崖云是为此而返，尽管没能勉留住他，但他毕竟在忙里偷闲中把《龙龛手镜》校勘完毕，这却了他的一桩夙愿。

“此事细微而浩繁，幸亏贤弟是大手笔。”不过，楚材笑道：“我倒想让你不曾脱手，这样，你牵挂了它，也许会舍不得撒手远游，现在你既无羁绊，恐怕见面也无日了。”

“不。”崖云道：“仍像以往那样，九九重阳节我到府上与令嫂共商此书的遗留之事，我要得你首肯并获得令嫂的通过，才能无牵无挂。”他笑了笑，是笑自己去而又返，也笑自己已实在离不开这位亲如手足般的兄弟，“嗐！看来只好随你回燕都，你直驰哈剌和林，我在燕都把收尾工作搞完，如果没有极特殊的情况，咱们九九重阳边赏菊边谈，如何？”

“那当然求之不得，此乃人不留人书留人。好，咱们上路吧！”

耶律楚材一行二十余骑，离开了黄河渡口，驰马北上。

他们的马队，第三天便赶上了孔元措的驿车。合在一处朝北迸发。

在燕京他们分手后，就发生了张崖云被咸得卜逮起来的事件。及至耶律楚材按期返回燕都重阳节时，并不见张崖云的影子。

三十九

赵忠与胡里被送回到了咸得卜处，主仆之间并未感激可汗的宽宏，反而认定可汗与耶律楚材之间意旨相悖。于是，他俩在咸得卜面前胡编了不少可汗和耶律楚材之间有隙的话，加之咸得卜的夫人那德木仁见自己的儿子遭到了耶律楚材的监禁，虽说释放了出来，但也觉得面上无光。前些日子，咸得卜好像很怕见耶律楚材，自放出赵忠、胡里后，他感到机会来了，真想寻衅报复一下，以雪前仇。可是几个人商量了好久，也找不出一条陷害耶律楚材的计策来。

一日，胡里、赵忠自外饮酒归来，一副机密不可外露的样子，直趋咸得卜的后院，通报有机密要事禀报主子。时咸得卜与夫人那德木仁正在饮酒，闻报，立刻让他俩进内厅，并邀同饮。

赵忠和胡里感到主子的厚爱，恨不能粉身碎骨以求相报。近日，他们打探来了一件耸人听闻的有关耶律楚材的隐私。等丫环与二人斟满了酒，主奴主间都亮了杯底之后，咸得卜才慢慢问起：“二位春风满面，看来定有佳音来报。何不快快说与我听，以分享二位之乐！”

“长官大人，我闻在成吉思汗时即有先例，凡臣下获得金银珠宝、美女良驹时，都应献给汗，以示对汗的忠诚，不知可有这种说法？”

“当然，”咸得卜见问得蹊跷，又勾起了他取悦于成吉思汗的一件逸闻，于是他接着说道：“我西征灭了塔塔尔部后，擒得塔塔尔部酋长之女——也速干时，见也速干虽已吓得缩作一团，但见她，流星似的双眸却滴溜溜地乱转。呀，这是一双能使人立即倾倒的眼睛。我相信，这个女人是我见到的世界上最美的女人了。我让人把她搀扶起来，她仍瑟瑟发抖，但她一旦站起来，更使我觉得她非但面貌绝伦，而身姿更加窈窕，紧身的上衣正好把丰腴的胸肩肘包住，而一对乳头实实在在是一种罪恶之渊。腹部到臀部之间是袒露着的，那像蛇一样扭动的腰肢和在裙裾里摆动的臀部，使我刹那间变得目瞪口呆。我让兵士拥入后帐。我已认定，她将是我的奴隶，当然，我将占有她。”

“我饮了许多酒，让她为我跳舞助兴。我愈看她愈美，愈就心荡神移，正在这当儿，塔塔尔旧部有股骑兵袭来，我立即出帐上马，率领部将击退了这支为数不多的塔塔尔人。因为厮杀，由于狂奔，我的酒早已醒了，头脑也清醒了。我进帐后对也速干说，你是我认为天下最美的女人，可我得把你献给成吉思汗，你会受到赏识的。苍天在上，我对你虽然起过邪念，但对你未动过一手指头。以后，你荣华富贵了，切莫忘了我是这样完好无损地献给可汗……这样，也速干成了成吉思汗的第三位妃子。所以，由此而见，我们蒙古人是忠实地遵循这一先例的。事后，成吉思汗嘉我之忠，特命我为燕蓟留守长官。当然，也速干后妃在成吉思汗面前一定是讲过我的好话的。这点我也是深深体察到的。”

“既是这样，何以如此怕耶律楚材这个人呢？”赵忠挑了一句。

“我为燕蓟长官以来，有不少人在成吉思汗面前也没少奏我的坏话，但直到今日，我仍然为这里的长官，可见成吉思汗是相信我的。”

“可惜现在是窝阔台汗而成吉思汗早已升入仙境了。”胡里又烫了一句。

“不然，”咸得卜说：“窝阔台汗继位后，仍以我为燕蓟留守长官，可见他也是看重我的呀。”

“可惜一个堂堂的长官，竟连自己的儿子也保不住。”那德木仁偏偏不买这个账，斜刺里向咸得卜杀出一句。“你忘了你如何在钦差殿堂里出丑，眼睁睁看着自己的人赵忠、胡里被打得死去活来，并忘了如何领回霍林。你不敢拿耶律楚材贼怎样，反而拿皮鞭抽打儿子出气的时候了！”

赵忠和胡里对夫人的话觉得太解渴了。只是见他拍案而起，在屋内像只囚困的狮子一样踱着步子。少顷，他转身朝胡里和赵忠没来由地撒起气来。

“你俩给我滚出去！混账东西，你们有什么资格教训我！”

赵忠和胡里并不害怕，两人相视一笑，起身朝咸得卜一揖。还是赵忠说道：“我俩何敢让大人怄气，更谈不上教训大人。”赵忠仍不急于使出他的杀手锏，还是兜着圈子道：“我俩已跟长官八九年了，蒙长官收留并看重了一眼，常思虽九死犹未能报长官的收留之恩。况，长官对我二人视为上宾，今延人内室，代之以酒食，这是何等高贵的待遇呀。自我俩被放出后，无时无刻不在挂记着被辱之仇。我二人之仇，小事一桩。俗话说打狗看主，耶律楚材的杀威板，虽打在小人们的屁股上，实是打在长官的脸上……”

胡里见赵忠此谕欠妥，但见咸得卜并未听出什么，忙接口说：“大人不是说找不到耶律老贼的把柄吗，今天，我二人千方百计总算给大人找来了一桩能置老贼死地的大事！”

咸得卜听到这里，喜悦代替了恼怒，立即对二人道：“既是如此，何不早讲！”

“君子报仇，十年不晚！”胡里也会卖关子“只是，我们还不晓得蒙古汗国的令律，因此，先头说了些题外话，但也不是题外话。请长官明示，向可汗献不献奇珍异宝，美女良驹是否是衡量臣下的忠诚的条例。”

“当然，这还用问，我不已经讲过了吗！”咸得卜急于知道，不耐烦地挥挥手“别啰嗦，快讲。”

“如果实是举世无双的珍宝而不献者，该如何处置？”

“罪大恶极，不献者，十恶不赦！”

“既如此，我们当真要尽报前仇了。”于是胡里把他与赵忠打探来的消息向主子和盘托出。

……

“但不知张崖云这个无所定踪的人，怎么才能逮住。”咸得卜听后如获至宝，一副急不可耐的样子。

“禀大人，张崖云已让我灌醉了，现卧燕蓟客栈内。”

“何不早说，来人！”几个护兵走进内室。咸得卜对胡里、赵忠说“你领些人，立即去客栈把张崖云捆来见我。”

“慢！”赵忠趋前说“这个张崖云一身侠骨，是个吃软不吃硬的家伙；况且，我俩与他是以文会友，这样一来，怕诸多不便，只能……”赵忠朝咸得卜密语数声，咸得卜道："嗯，你们俩不要露面，只需指出谁是张崖云，让别人捆来就是……"

四十

燕蓟客栈坐落在离闹市区较远的城内海子边上，巨商大贾是不会到这个偏僻处所来的，而燕都一些文人儒士却经常在这里雅聚。当时尚未恢复科举取士，这些儒客经常在闲时在此聚会。

这一天，燕都名流大抵聚集在这里。客栈食宿兼顾，也弄得一手燕蓟名菜。故招徕顾客并不比在闹市的几家客栈逊色。时刚过午，以杨鲁为首的一些儒士先后来到这里，他们都是张崖云的好友。这些儒士当中唯独张崖云并不看重功名，闻说，张崖云已完成一部巨著的编纂校勘后，拟去各地云游，故除杨鲁外，如张文谦、雷庸、赵良弼、刘渊、石壁、砚弥坚、安滔、徐文纲等先后到来，这些人除与张崖云为契友外，当然也是非常敬重耶律楚材的，是耶律楚材重用儒士的朝政始改变了他们的处境。但耶律楚材很忙，除了必要的大事，大家极少再去麻烦他，倒是张崖云一则闲散，二则与耶律楚材至交，有些事情往往能过张崖云传递过去。

赵忠、胡里虽算不上数，但在公开场合尚舞弄墨以儒士自居。有些人知其底细，并不愿与其交往。但既然也在儒士之中，又不便完全排斥。这天，他俩得知儒士们集聚的消息，不请自来。当然，他俩得知张崖云与耶律楚材之间的关系。此来，一则凑趣，再者想刺探一些消息，也好向主子咸得卜邀功请赏。他俩的嗅觉虽灵，但毕竟晚来一步。他们到时，只见二楼早已高朋满座。大家见他俩来到，并没有热情的表示，他俩朝上座的张崖云揖了一揖，便找一处坐了下来。

看来他们的谈话已有一些时间了，他俩只听到只言片语。

"《龙龛手镜》为何不能让我们先睹为快呢？"一个人说。

"《龙龛手镜》的主人是耶律公。"张崖云说："我不过是奶妈给别人抱孩子而已。没征得主人的同意，我是不会拿给诸位看的。"

"请张兄面禀耶律公，最好应该让我们这些儒士中的鸿儒名流们鉴赏一下才好。"一位儒士说。

"此为稀世珍宝，得之不易。岂能轻易出手于人。"另一位持不同见地的人说。

"老兄言犹太轻了吧,"另一位又说:"此乃前世无有,盖世无双的济世奇葩,岂仅仅是稀世珍宝,用'宝'喻之未免太俗了些。"

"正是,老兄言之有理。"前一位同意这个见解,补充说:"耶律公为了使这件盖世无双的奇葩,从其父耶律履到楚材之手,先后近百年,担了多少风险不说,能保存下来,确实是一件地动天惊的大事。"

大家你一言我一语,说得赵忠与胡里丈二和尚摸不着头脑。但有一点他们似乎听明白了,在耶律楚材手里,藏匿着一件盖世无双的珍宝,说是珍宝还犹未尽其意,可见来头不小。但大家一见赵忠和胡里坐在一旁,虽不是缄口不言,但谈兴已被他俩的出现冲淡了不少。

赵忠悄悄打探:"听列位所言,耶律公究竟有什么珍宝,我来晚了,似乎还不明白……"

有一位打趣地说:"无非是金元帅蛐蛐和金丝鸟之类的国宝吧!"

大家都知道这两位乃是以蛐蛐和笼鸟取悦于咸得卜的轶闻,因此听了上面的话,哄堂大笑。当然,作为儒士,这些在座的人感到这两位已失掉了文人儒士的品格。

"是呀,耶律公的珍藏要与你的金元帅比,那将是顿然失色。你那玩意儿是'活宝'呀,'活宝'是无价之宝,不知你得了咸得卜多少金银?"那位刚揶揄完,另一位又插科打诨地接上了口。

"你是个常胜将军,在燕京数一数二的霸道,谁都知道你'金元帅'一叫,是无可匹敌的呀……"

赵良弼见大伙取笑他俩已够,便收住大家的话头说:

"今日幸会,原是给崖云兄饯行的,话说远了,还是言归正传吧!祝崖云兄一路平安,满载而归吧,来,大家干了这杯酒。"

众人纷纷站起来举杯劝酒,张崖云饮了数杯。赵忠与胡里也凑上去,举杯以贺。张崖云真言忠告,说:"今日你二人来与我饯行把盏,是出乎意料的。我有一言相告,二位若肯听时,我将饮下这杯酒,否则,恕我无礼了。"

"愿听教诲,愿听教诲。"

"好。既是二位愿听,我就直言相劝。"

张崖云仍希望他二人能为儒士们争口气,少做些给儒士脸上抹黑的事。于是说道:"玩猫斗狗、捉雀放鹰,那是纨绔子弟所为,你们既头顶儒巾,想作儒士,那样做岂不有愧你们这身儒士的衣巾。耶律公宽宏大量,把你二人释放出狱,应痛改前非，改善从流，若恶习不改，下次锒铛入狱，不知二位还什么面目在儒林中处事。我直言相告，不知二位有何见教，不妨言明。”

赵忠和胡里嘴上满口应承，实则是想把张崖云灌醉，以便回府邀功请赏。

“崖云兄金玉良言，我俩铭记在心。”他俩知道张崖云是有些酒量的，所以要千方百计灌他。“崖云兄尽管放心，你再回到燕都，若我二人不做出点事业来，就辜负了老兄的诚心教诲，莫不说不够儒雅之士，甚至不齿于人类。我们真心实意痛改前非，请兄赏脸，连干三碗。”

“你二人若真有悔改之心，何惧三碗酒乎！”

四十一

“松绑！”咸得卜对兵丁们吼道。

兵丁们不敢怠慢，给张崖云松了绑。咸得卜趋向前来，道歉说：“这帮奴才有眼不识泰山，竟敢错抓赫赫有名的张崖云先生，谁不知道张公台乃是当今中书令耶律楚材钦差大臣的座上客。”他转身对兵丁们吼道：“还不跪下请罪！”

兵丁们叩拜施礼，一时不知所措。

“还不滚下去，惹张先生生气！”咸得卜忙向张崖云一揖，说：“张先生，多有冒犯，下官这里有礼了。”

张崖云不屑一顾地问：“我一不抢劫，二不偷窃，三不违犯禁律，何故将我绑捆到此？”张崖云心中思忖：咸得卜用这种方法把我弄到这儿，这里面必有阴谋。他冷眼看这场戏如何演下去。

“张先生有所不知，只因昨日从狱中逃走一名大盗，我派兵丁去抓，谁知错抓了张先生。”咸得卜辞令早已编好，说来并不费劲。“今日冒犯，请多海涵。”

张崖云大笑不止，隧道：“官法滥，刑法重，黎民怨，人吃人，官抢钱，纵逆子，扰治安，臣与民，都曾见，官做贼，贼做官，贤愚混，哀哉可叹！”

咸得卜见他揭了自己的伤疤，本想发作，但旋即想到，要从这个人的嘴里套出赵忠、胡里二人得到的耶律楚材的秘密，于是，压住怒火说：“张先生大名，在下早已如雷贯耳，今日幸会，果然是非同一般，先生真是难请到的贵客。来人！”兵丁们进来，咸得卜说：“摆筵席，去请赵忠、胡里二位相陪。”兵丁退去后，咸得卜殷勤地说：“我下请帖，怕也请不来先生，既来之、则安之。今晚务请赏脸，喝下官一杯薄酒。”

“我张崖云一介村夫，何德何能，承大人如此抬爱，实实不得其解。”

“张先生被错抓而来，我岂能这样放你出去。”咸得卜说：“这杯薄酒，一来给先生赔罪，二来听说张先生要远游，特此践行罢了。”

张崖云先是听到要请赵忠、胡里心中已揣摩出个七八，一听践行已有十成明白了。这时，赵、胡二人进来，装出一副吃惊意外的样子。咸得卜先发制人地说，“来，来，你们都是儒士，我乃一介武夫。今日多有冒犯，故备此薄酒，给张先生压惊。”

赵忠明知故问地：“崖云兄何故至此？”

胡里凑了一句：“早知崖云兄来拜见留守长官，何不让不才当个引见。”

咸得卜告诉他俩，有人说在酒店内有一大盗，他便派人去抓了来，谁知错抓了先生。接着对赵忠、胡里说：“你们看，中书令耶律钦差大人的座上客，被我们误抓为阶下囚，此罪如何担当得起。所以，这酒筵也是赔罪的意思，万望张先生莫在宰相面前提及才好。”

张崖云听这些人一抬一压地打乐凑趣，不愿多做纠缠。说道：“我张崖云堂堂正正大丈夫，伟伟烈烈奇男子，绝不煽耳边风。再则，我与耶律楚材乃是诗友，除去琴棋书画，绝不谈及政事。请你们放心就是。”

“张先生务必赏脸，吃完这桌酒筵。”咸得卜说并以目示意赵胡二人帮腔。

“是啊，是啊。”赵忠言道“崖云兄海量，既与宰相是诗友，也可与留守长官为醉中好友嘛！”

张崖云拍打拍打身上因捆绑留下的麻屑，冷笑一声。“酒已足矣，打扰了，现在告辞！”

胡里说：“崖云兄莫非怕瓜田李下之嫌吗？我想，你不吃酒，怕是要在宰相那里告我们大人的状喽！”

“请勿用小人之心度君子之腹。阴谋陷害、造谣中伤、无中生有、胡说八道乃小人所为，我不太熟悉这套学问。”

咸得卜见这两个饭桶已无法留住张崖云，索性直说：“我咸得卜算是一地之长，有些事还要请教，不妨边饮边谈，请吧。”

“没由来的酒，我是从来不喝的。”张崖云说得不留余地。“不过，长官要问子民什么话，子民是必须回答的，何以摆酒相待。”

“既如此，恕下官无礼了。”咸得卜见酒不喝，既问道：“今日要请教一事，请先生务必以实相告。”

“刚才讲过，回答父母官话句句皆实，”不过，张崖云诡秘地笑了笑说，“子民在回答问题之前，还必须先问一问。大人是故意抓错呢，还是无意捕人呢？”

“当然是误会、是抓错，刚才下官已经两次赔礼了。”

“既如此，大人要‘请教’一事，子民改日再回答，岂不合情合理吗？”

咸得卜见这条到手的大鱼要溜掉，忙不迭地说：“有事请教已非一日之愿，无奈怕请你不来，所以……”他尴尬地笑了笑。

“大人用心良苦，而且讲了真情，子民责无旁贷，愿回答大人的提问。”张崖云终于把咸得卜的真面目逼了出来。他心里明白，这绝不是小事，定然是与耶律公有关的事吧。黄鼠狼给鸡拜年，得防着点儿。

“下官听说，”咸得卜装作若无其事的样子，问，“辽宣宗时，有一名曰竹均的僧人，呕心沥血数十年如一日，精心制作一件宝物，名曰‘龙龛手镜’，先生对此必知其详”。

“知道个来龙去脉。”

“不知此物在谁手中？”

张崖云扫了一眼在座的赵忠和胡里，笑道：“远在天边，近在眼前。”

“噢，这么说来，是在先生手中。”咸得卜问：“我听说此物是耶律中书令大人的。”

“然也，”张崖云笑道：“我已将它归还了原主，交给耶律公了。”

“耶律公当真是物主？”

“当真。”

“可是宝物？”

“稀世无双之宝。”

“无双？难道天下仅此一件？”

“然也。”

“只有中书令一人独有？”

“正是。”

“先生讲得句句是真话？”

“子民焉敢对父母官戏言。”

“可敢画押？”

“哈、哈……”张崖云笑道：“这就是长官的不是了。刚才说请教，现在又让画押，不过一刻的光景，却变得如此快！”

“事关重大，不得不请先生作证。”

“这样说来，你是在审官司？”

“先生言重了。”

“那么你我在后厅的酒筵上，是个人的交往，画得什么押？如若画押，除非在公堂之上。”

“你又何必如此认真。”

“你说这是大事，不是儿戏，我当然要认真对待。”张崖云已完全掌握了事情的脉络，看来，又是这两个儒巾蠹虫所为。不觉对二人哂笑道：“今晚的戏，看来又是二位精心策划的喽！下午在酒楼谈及《龙龛手镜》，晚间咸得卜大人就把我捉来。其实，何必劳费此大力，只消升堂传讯小人，小人焉敢不说。不过是怕你二位刺探的军情徒劳无益耳！”

张崖云不屑再与这两个蠹虫费口舌，对咸得卜道：“留守长官大人，耶律公与我相交甚厚，他为人治事，一心为了蒙古汗国的江山。想咸大人，追随成吉思汗，也立下了汗马功劳，故为燕都之长。你与耶律公都是蒙古汗国重臣，愿长官以社稷为重，少听小人的谗言。否则，后患无穷。想贵公子今日获罪，罪在本人。然而，你所选中的这二位先生，怕是祸端的源头。若长此下去，子民怕长官丢掉的不仅是儿子，怕大人的前程也有所损。还望大人三思而行。”

咸得卜耐心地听完，哈哈一阵狂笑，说：“你不愧是耶律楚材的至交。事到临头，还想为耶律楚材开脱，并且还威吓于我，这就怪不得我要公事公办了。”

“要公事私办的并不是我呀！”

“放肆！”咸得卜撕下了面具，威严地说：“升堂！”

当时，张崖云把刚才的话都照录画押。咸得卜狞笑道：“并非下官不留情面，你既要公事公办，那么，只好委屈尊驾到狱中走走。事完之后，再放你不迟。”

张崖云笑道：“大人，我讲得句句是实，但你却把事的本身弄虚了。怕是要‘偷鸡不成蚀把米’，望大人悬崖勒马，少听信谗言。否则，要闹大笑话，那时，怕悔之晚矣！”

“好生款待张崖云，”咸得卜狞笑道：“你对我是个有用的人啊！”

“愿为阁下效劳，”张崖云也笑着回答：“只怕是适得其反耳！那件宝物并非你想象中的珍宝，乃是一种无价之宝……”

咸得卜一拍堂木：“狡辩！”他扬了扬那张画押的口供说：“现在你画押的口

供在此，还怕你抵赖不成！押下去！”

“哈、哈……”张崖云大笑着被押了下去。

四十二

金朝的殿堂与后宫，成了窝阔台汗的行宫。燕蓟从战国时期就形成的城郭，在辽金建都后，不断地修建扩建，虽比不上古都长安、洛阳和汴梁，但毕竟是两代天子居住的宫殿，着实也有些气派。

窝阔台登基后，虽有一度想在此建都。可是也许是受了成吉思汗遗训的影响吧，成吉思汗不止一次对几个儿子说：“咱们祖辈是马上长大的，我的天下是马上打出来的，如果在中国称帝，也不要忘了祖宗。我欲建都哈剌和林，退则可守、进则可攻。须知，天下没有不散的筵席，也没有永远不败的常胜将军，更没有国祚千年的朝代，纵观历史王朝兴衰多则五百多年，少则数十年。成吉思汗的子孙，若能称帝十代，则比上不足比下有余，望尔等善自为之……”

窝阔台继位后，遵从这一旨意，在哈剌和林建了都城。尽管哈剌和林建设着实体现出中西合璧的美，但窝阔台对燕京依旧非常留恋。从地理环境地上看，燕都比哈剌和林气候温和多了，而且，土地肥沃，也好像是控制中原的一个锁钥，北依燕山、万里长城。他曾不止一次想到：历代帝王劳民伤财不断加宽加固万里长城，以防匈奴和北方民族侵入，竟变成了汗国的内城。一旦退居漠北，这难道不是蒙古帝国防止异族入侵的万里长城吗？

其实，人们只知道秦汉修过万里长城，但比起来这两代修的万里长城外，较之毫不逊色的金界壕，从长度和工程的浩繁，却很少被人称道。但窝阔台随成吉思汗东征西讨时是领教过的。

以女真族为主和当时北方一些少数民族联合起来灭辽败宋，建立了一个和南宋、西夏成鼎足之势的金政权。这个政权在建立不久，在它的民族兴起故乡，很快成了叛乱不断的多事之地。从金熙宗开始就和最终成了劲敌的蒙古族不断发生兵事。新兴起的蒙古帝国以成吉思汗为首，在与金的几次较量中，逐渐消灭了金的不少精锐力量，从而使金处于守势，直到兵败议和允其自立的称臣地步。开初，金为了镇服北部属部的反抗，安定其后方的形势，从进攻转入防守，于是开始在沿边地区设置城堡屯驻兵马，继而连城堡而筑长城，形成一条条防线。作为这种安边措施，甚至金退兵燕京到了汴梁后才不得已作罢。

一般来说，金长城从天眷元年之前已开始部分地区的修筑，这与成吉思汗开始不再臣服金朝的时局变化是吻合的。当时，金与北部尤其蒙古族诸部不可调和的矛盾日益上升，形势日趋严重。而且已为了经常应付北部的战事而南兵北调的现象屡屡发生，为了防止后院的军火漫延，修筑长城已摆到了金政权的朝议中来。及至章宗明昌初，内族完颜襄亲督其事，连续达五年之久。与此同时，西北、西南两路也同时施工。这次所有各路工程因当时工程紧迫，均未修建女墙副堤，在承安三年仅此一项工程就耗资用工达七十五万人之多，可见全部工程所需工数是何等惊人了。

当时，成吉思汗对金的东北路发动驰袭，直接威胁女真人的上京，迫使金南兵北调，继而成吉思汗的快速马队又挥师而西攻夺长城西端。当时，长城确实起到了阻止作用。马队要逾越六七丈宽的壕，再越三丈高的城墙，显然是不可能的。但后因汪古部叛金投蒙，并为蒙古军作向导的情况下，成吉思汗才越过长城。由西京而转围金京都燕都。这样蒙古快速马队突然出现在燕都城郊，难怪吓得金章宗手足无措了。

这样的战术，让金朝的兵马疲于奔命地调来调去，首尾不能接应。

金长城比起秦汉以及北魏的长城来说，更趋于实用。它壕墙并列，有利于拦阻尤其是骑兵的进犯。掘壕除开拓了一条防线外，还有利于城边士卒的行动和隐蔽；墙外附有马面，“烽燧”，直接增强了长城自身防守作用，沿线密置城堡以利于就近驻防，左右呼应。这些都是总结了前代长城不足而过之的地方。

所以，金堑壕称之为金界壕而不名长城，大概是为了有别于先朝的长城而言。金界壕的优越之处也都是为了对付骑兵因事、因地制宜了。用挖壕的土筑城，是一举两得的好事。

窝阔台在随成吉思汗的征讨中，是吃过金界壕的苦头的。壕能减少骑兵之锐，更何况越过壕还要越城，实已是强弩之未了。但，现在看来，无论是长城也罢，界壕也罢，都成了蒙古汗国的内城、内壕了。

中都燕京，坐落在长城界壕之南，金朝耗巨资修过的界壕，仍未能阻止都城的陷落。现在，窝阔台正坐在金碧辉煌的宫殿里过问朝政，制定了彻底灭金的宏旨。

不过，在金覆灭之前，在燕都正进行了一场内部的殊死搏斗。

咸得卜发难，必欲置耶律楚材于死地。事情演变到要皇帝亲自来仲裁，可见已不是一般事件。在咸得卜斩钉截铁的所谓人证、物证具获的得意的态度中，窝阔台感到事情当真是棘手难办了。咸得卜此举也是给窝阔台一个出其不意的杀手锏。蒙古法律中规定，藏匿珍宝不献的欺君之罪是当诛无疑的。但一切真如咸得卜所说，难道真要拿中书令开刀吗？

当然，从耶律楚材的一贯为人来看，他是相当蔑视珍宝古玩的；但据咸得卜说，这又非同一般的珍宝。不，这和窝阔台长期对耶律楚材的观察毫无相似之处。“功社稷而不伐，位极人臣而不骄。轻财货、远声色，皆出本色。”莫非自己观察有误。窝阔台百思不得其解。而眼下，咸得卜剑拔弩张，又见楚材从容镇静，没有那种灭顶之灾的惶恐，这些窝阔台都看在眼里。他的判断是：事出必有因，回避是不可能的，何不一探虚实。于是，窝阔台从容说道：“咸得卜，你口口声声说耶律楚材怀有二心，究竟有何凭证？”

咸得卜见窝阔台发话，更是有恃无恐。说：“回合罕的话，我想直接和中书令大人对话！”

窝阔台颔首。

“耶律楚材，不！中书令大人。”咸得卜得意洋洋地说：“我来问你，你家可藏有一种叫‘龙龛手镜’的宝物？”

楚材被问的一怔，一时不知如何回答才好。这样一来，咸得卜更感到对方又被击中要害。不禁对窝阔台道：“看来中书令大人还是等合罕的话才回答吧！”

“嗯！”窝阔台朝楚材看了一眼，说：“楚材爱卿对咸得卜长官的问话有何话说？”

“是啊！”咸得卜在溜缝。“中书令大人一向口似悬河，舌如利剑而闻名朝内外，为何今日语迟呢？”他趋前走近耶律楚材，问道：“你家中可藏有龙龛手镜？”

“长官此言不谬，真有此事。”

半晌才开口的耶律楚材，正面肯定了咸得卜的问题。在朝的文武大臣均为之一惊，窝阔台也感到为耶律楚材的惋惜之情，从心底油然而生……

四十三

大家对耶律楚材承认这件事，也确实感到突然。当然，对耶律楚材恨之入骨的人是有的，起码以咸得卜为首的十六名被判斩首的犯人之父和亲友，自然站到了咸得卜的一方，但在众多大臣之中，这毕竟只占了极少部分。一些公正和正直的人，大都是钦佩耶律楚材的为人。当然，人难免有过失，但耶律楚材的过失在蒙古律中是欺君之罪。事情暴露出来，窝阔台也不便袒护。如若不然，以后如何约束群臣呢。

咸得卜与耶律楚材的对话在继续。

“我问你，‘龙龛手镜’可是辽代之物？”咸得卜问道。

“正是辽代之物。”楚材平静地回答。

“可是一个叫行均的和尚所做？”

“是。”

“可是你家独有？”

“世上无双。”

“别人可曾闻知此事？”

“我的好友张崖云知道此事。”

对于耶律楚材的供认不讳，咸得卜更是乐颠颠地手舞足蹈起来，问话的尾音挑得很高，拉声也更长了。

“张崖云既知此事，今现在何处？”

“张崖云他去游天下、四海为家。曾约定九九重阳来此一聚。但他这次还了‘龙龛手镜’后却不知下落。”

“好！你不愧为一堂堂男子汉，对事毫不避讳，可嘉可奖！”咸得卜进一步逼进。问：“我来问你，耶律公的祖上是否辽代之臣？”

“你说错了，吾乃辽君后裔，你似乎在为我开脱吧！”

“既是辽之后裔，又不交出‘龙龛手镜’岂不是‘司马昭之心路人皆知’了吗？”

“请长官进一步明示，我尚不知《龙龛手镜》与你所说有何关连？”

咸得卜抛开耶律楚材转向窝阔台说：“陛下，耶律楚材家中所藏的‘龙龛手镜’乃是异宝，用此镜可照出辽邦的列祖列宗。耶律楚材刚刚承认，他乃辽邦后裔，留此宝物，照看他的列祖列宗，念念不忘复辽之心岂不昭然若揭了吗？”咸得卜按照他的推理说下去，并蛊惑在朝的文武大臣。说：“刚才他也承认，每逢九九重阳节便拿出宝镜来祭奠一番，和其旧主团聚。他这种‘身在曹营心在汉’的伎俩，怎能瞒得了咱们的眼睛，更瞒不过合罕的英明！”所以，他郑重地向窝阔台说：“这不仅是欺君而且反象败露无疑，一旦时机成熟，耶律楚材将要灭我而兴辽……”

事情的变化急转直下，从欺君到了叛国，文武百官一个个目瞪口呆，相互之间都能听到急促的呼吸声。

忽然，耶律楚材放声大笑……

窝阔台见耶律楚材大笑朝堂，加上咸得卜说得有枝有叶的蛊惑之词，也抑制不住内心的愤怒。喝道："耶律楚材，你不谈正事，却大笑朝堂，你可知罪？"

"陛下，"楚材禀道："请陛下息怒，容臣与咸得卜对话，如臣当真犯有欺君罔上的叛国之罪，请陛下按汗国严刑发落，臣死而无憾！"

窝阔台颔首示意让耶律楚材说下去。

"咸得卜长官，你如何知道此事？"

"我听张崖云所讲。"

"张崖云现在何处？"

"嘿嘿！他是个重要人证，我岂能无的放矢！"咸得卜说："他已被我捕获，现在朝堂之外候旨进殿对质"。

"噢！真难为你了。看来你是早有预谋的了。"楚材镇静如初，语言平和地说："如果张崖云前来对质，此事可否能水落石出？"

"当然。"

楚材朝向窝阔台奏道："陛下，既如此，可否传张崖云进殿！"

张崖云被捆绑住双手，进殿跪拜窝阔台，道："小民张崖云拜见陛下！"

窝阔台看去，跪在丹墀前的是一个衣衫褴褛不修边幅的小民装束的人。但眉宇间透出了一股英气，虽然被绳索捆着，但仍看得出是一条汉子。窝阔台问道："张崖云，你如何被燕蓟留守长官咸得卜捉住的？"

"小民醉卧客店，突被咸得卜长官的兵丁缉拿到府。到府后，长官又亲自松绑，并赐酒食。小民前为囚后为客，不知其中缘故。今又把我捆绑到金殿面君，小民真如坠云里雾中。"

"我只问你，"窝阔台说："你可知'龙龛手镜'之事？"

"昨日咸得卜长官亦问此事，小民已一一如实相告。"

"此物物主何人？"

"中书令耶律楚材大人。"

"此物现在何处？"

"节前已物归原主。"

咸得卜急忙插话。

"请陛下传旨立即到耶律府把赃物查抄到殿!"

窝阔台刚要传旨,楚材抢先说了一句:

"容臣先说一句,陛下",楚材说,"咸得卜以此物相诬,说臣不忘旧主,常拿'手镜'思念辽邦列祖列宗。如此物拿到殿堂公之于众,于长官所言相悖,不知应如何处置?"

"我甘领欺君之罪!"咸得卜板上钉钉,唯恐耽误时间。

"一言既出,驷马难追呀!长官可不要受人愚弄,甘愿当此重责。"

"我与你击掌为凭,谁欺君谁受斩首之刑。"

"你二人休得争执,我自有公断。传旨,把耶律楚材府中的'龙龛手镜'抄来!"

不大一会工夫,有个侍从抱着一个木箱走进殿堂放下。

"'龙龛手镜'在箱内存放吗?耶律楚材?"窝阔台已感到事有蹊跷。

"正在箱内,陛下。"

"开箱!"窝阔台下旨。

箱子被打开了,箱子里放的是排列整齐的书籍。

咸得卜见状,心里已没底,走上前去,分开众人,要翻书取宝。楚材抢先一步挡住道:

"你要找宝吗?"

"正是,你书下定有藏有'龙龛手镜'!"

楚材正色道:"咸得卜,你这个不学无术的人,你听信小人拨弄是非,竟不分青红皂白,捉人陷害,该当何罪!"楚材转向窝阔台奏道:"这《龙龛手镜》实是一部汉字字书,分上、下、去、入四声,共四卷。第一卷七十九部,第二卷六十部,第三卷二十六部,第四卷五十九部共计二万六千四百多个汉字,每字均有注释。全书共计十六万三千多字。此书是辽太宗时一个叫行均的和尚存留,后被迫远走他乡。传到我这一代,因讳忌原名,故而改为《龙龛手镜》,并非什么宝镜,自然也不会照出什么辽邦列祖列宗。"耶律楚材一口气说到此,才对已经吓呆的咸得卜说:"你听信谗言,陷害于我,以图报你儿触刑被斩之仇,真可谓用心良苦,但又偷鸡不成反蚀一把米,只怕要身首异处了吧!"

刚才还耀武扬威的咸得卜,现在已缩做一团,不能做答了。满朝的官员也被这突如其来的变化改变了自己的判断和看法。窝阔台终于长吁了一口气,感到自己对耶律楚材的看法仍不失为知人善任的一位皇帝。这时向耶律楚材道:

"耶律公,可将此书呈来朕看。"

楚材将首卷呈与窝阔台:"请陛下过目。"

书面有《龙龛手镜》四字隶书,窝阔台看了看首卷的第一页后频频颔首,龙颜大悦,说:"此书当真是一件稀世之物,但并非什么讹传宝镜。但不知道为何将此书交与张崖云呢?"

窝阔台看了看跪在丹墀前的张崖云,道:"恕你无罪,来人松绑,站在一旁。"张崖云谢恩站在一旁。

咸得卜却"扑通"一声跪了下去。窝阔台并不理会他,只等耶律楚材回答他的问话。

"回陛下的话。臣因公务繁忙,无暇顾及此书的勘校,故委托好友张崖云过手编纂。他苦心校阅,先后历五载,九九登高节前还给我。臣以为,欲统一中原为帝,必将行文治世,以佛治心,已儒治国,而汉字的注释必定为儒学的入学之门。如大量刻印,必将有助于百官文治安邦必读之书。"

窝阔台沉吟良久,对跪在地上的咸得卜说:"咸得卜,你身为朝廷命官,诬陷宰相,罗织罪状,你可知罪?"

"臣知罪!"咸得卜已知死罪难免。

"耶律公,你是朕委派的钦差,朕并未收回成命,咸得卜仍由你发落吧!"窝阔台已不便对这位追随先帝的有功之臣作出斩首的旨令,故把处理的权限交给耶律楚材发落。

"陛下。"耶律楚材已知上意,况他也知此事又与赵忠、胡里一般文痞有关,逐奏道:"咸得卜为先朝重臣,只因心地狭窄,难以容人。前次因子被执。已怀恨在心。加上赵忠和胡里放出后,又受其蛊惑。这次,其子已判斩首,新恨旧怨,致使他听信谗言,加害于我。幸而遇到陛下圣裁,才使我免去不白之冤。臣以为,祸端实出自赵忠、胡里的无中生有,胡编乱造,臣以为应将这两个文痞抓捕问斩,既罪有应得,又代之受过。至于咸得卜,请陛下法外施恩,在攻打汴京之际,让其戴罪立功,如果再犯,再治不晚。不知陛下允臣奏否?"

窝阔台见耶律楚材以公为本,不计私怨,更加器重耶律的人品,对群臣道:"耶律公以朕之江山为重,不讲前嫌,堪称'宰相肚里能撑船'的美语了。望众卿应仿效之!"

文武百官从心里敬佩这位为国为民不计私仇的中书令,赞扬之声,充满殿堂。

窝阔台向耶律楚材道："既是耶律公求情，朕免他一死，但活罪难饶。施以杖责，也让彼有些记性，此其一。但赵忠、胡里与前判十六名罪犯一齐处决。不过……"他向耶律楚材以征询的口气说："死罪是定了，能否按我们蒙古上层处死的办法，对这些罪犯，以毡裹身、棍杖击死，让他们的血不致流到地上。望贤卿法外施恩，如何？"

"臣领旨。"

"另外，张崖云！"

张崖云忙跪下听旨。

"朕欲封你在朝为官，不知你可愿出仕？"

"陛下如此圣爱，小民又受宰相的知遇之恩，如蒙恩准，小民愿监印《龙龛手镜》一书，以慰生平之愿。"

"既如此，朕封你为监印官，愿此书以承前人之伟业，启后人之开来。退朝！"

四十四

耶律楚材从高坡上眺望沉浸在夜色灯光中的哈剌和林。这里已初具一个国都的规模。有金碧辉煌的宫殿，有巍峨肃穆的庙堂，有横纵经纬的街道，有鳞次栉比的王公、诺颜府第，有外国使节和商人的住宅，无疑是蒙古汗国的政治、经济和文化的中心。孔元措自随耶律楚材来到蒙古汗国之后，窝阔台立即亲自召见，并欢宴群臣为之洗尘。当即敕封孔元措为衍圣公之衔。并敕召去哈剌和林一处树木茂密的山脚下占地十顷之阔修筑孔庙。

孔庙就在山脚下，耶律楚材踱近孔庙围墙，又见大门紧闭，一股凄苦之情，从耶律楚材心底升起，久久不能平息。

是啊！为了救出这位孔子之后，耶律楚材曾冒了何等的风险。他作为中书令和儒教的推行者，是何等尊崇元措。当然，孔元措也做了不少有益于蒙古汗国的事。太宗五年癸巳，也就是攻取汴京的头年，曾口谕耶律楚材在哈剌和林修建孔庙，并要把鲁地的孔庙修葺一新。在耶律楚材竭力疏陈下，窝阔台对儒士的重视已达到空前开放的程度。在耶律楚材提出的"制器者必用良工，守成者必用儒臣"的主导思想下，加之窝阔台准许孔元措收太常礼乐生。在这种重儒的思潮下，耶律楚材奏请窝阔台恩准后，先后召名儒梁涉、王万庆、赵著等，释九经、著圣文。又命众大臣子孙，执经解义，学知圣人之道。接着，还在哈剌和林以冯志常为国子学总教，命近侍臣子入学。一时间，蒙古宫廷兴起了讲学之风。由于当时社会上儒生的境遇已今非昔比，不仅生命，生活有了保障，而且已从“驱口”的奴隶地位中解放出来，受到了免除赋役的优待，生活境况日益提高，因此，各地效法哈剌和林相继兴学，学风颇盛。

在燕京处理了怙恶不悛的那群恶犯后，燕市继开。窝阔台眼看要起驾回哈剌和林了，楚材曾向窝阔台申奏，要在燕京开设编纂史馆。靖康之变，金人占了燕京和汴梁后，便将汴梁的刻字工人全迁入平阳，在那里和燕京建立了刻书中心。因此，在整个金代，这二处成了全国最大的刻字中心。窝阔台闻奏后只说，汴梁之陷是时日之事，何不待金灭之后，集中平阳燕地刻字匠工，兴建此事。他说：“当务之急，是如何南渡黄河，西取潼关，拿下汴梁，卿宜替朕多思虑此事才好。”

是啊，休养生息了三年的蒙古汗国，又秣马厉兵，只待窝阔台一声令下，一场灭金的大战已迫在咫尺了。

那将又是一场惊天动地的殊死搏斗。尽管金朝连帝王到臣下都深知苟延残喘只是时间问题，可仍然凭借黄河天堑与重关要卡，控制着黄河南岸的大部分地区。潼关，就连成吉思汗这样的天之骄子也不曾拔下的钉子。

况且，金主还把幻想寄托在南宋王朝上。金主还曾遣完颜阿尔岱赴宋乞粮，临行时语阿尔岱曰：“你应面见宋主，禀陈利害。金与宋既为唇齿相依之邦，唇亡齿寒，毋庸多说。我自即位以来，常戍边将无犯南界，今若趁我疲乏与失好，你我必将被蒙古吞并。金与宋虽有世仇，但欲其亡于蒙古汗国的铁蹄下，莫如你我尽释前嫌，一致对付北来的威胁。焉能如此，则金宋两国尚有生机。须知蒙古灭国四十，每国灭后的惨景，谅亦耳闻充塞，还用我们饶舌吗？西夏之后，已临我金，金之后，宋也不可抗拒。我之守扼黄河，君之赖长江。倘若联防以对，况城池坚固，必能以逸待劳……”金主的这些话无疑是对的，但南宋听得进去吗？想昔日虏徽、钦二宗北去的惨景，还历历在目。所以，话虽好话，也言之有理，但恰恰被歪嘴和尚念歪了。

尽管金王朝似枯木朽竹，但潼关，凤翔、洛阳，郑州仍打了不少残酷的硬仗。汴梁硬是固守了近半年。蒙古灭金之后，本来要乘胜南下，但恰恰高丽反叛，又回师北上。之后，是一个相对稳定的景象，耶律楚材趁这个大好时光，把燕京与平阳的刻书中心筹建起来。这五年，耶律楚材感觉到是他一生的黄金时代。兴朝纲、制礼仪、印书史、重周礼。窝阔台对耶律楚材所奏，无不言听计从。在哈剌和林修建孔庙，是耶律楚材尊儒崇孔的一个高峰。

但曾几何时，孔元措南下曲阜，偌大一个孔庙，像断了香火的庙宇一样，给人一种颓残的感觉。不行，得把孔元措找回来，楚材想。乃马真后称制毕竟是暂时的事，他深信，成吉思汗的子孙会使这种局面改观的。眼下，应该尽快地把所有新兴的制度巩固下来，一些未竟的事业还须有人去抓，自己仍然是中书令，他想。趁自己还能干一番事业的时候，就此一蹶不振地颓废下去，这不是耶律楚材，必须振作起来，把这两年荒度的时间找回来，这是当务之急。先到鲁南去找孔元措……

四十五

耶律楚材乘驿马在驿道上奔驰着。他不愿乘坐驿车，尤其是一望无际的草原。草原那种常有的乳味的香甜，驿站那种马粪燃起的炊烟味，刺激着他的嗅觉，使他想起征战的日子，想起人不离鞍的戎马生涯，似乎又回到了二十年前跟随成吉思汗和窝阔台征战的岁月。

风飘起了他那已染霜的长髯，岁月确实在他身上打上了烙印。但他乘马奔驰之后，顿觉已流逝的岁月又返回到他的身上：长期不再骑马，髀骨已生，两腿无力而且磨得生疼。这使他想起西征中在马上受磕伤时，成吉思汗丝毫不怜悯他的磕伤，命他仍骑马随军，当时，他感到何以如此不近情理。第七天，当他的磕伤愈合、合后又破，几经反复，终于磨出一层老肉，终于熬过马上的第一关。成吉思汗才说，这是第一关，第二关还在等着他。

有一次在戈壁中穿行，遇上了龙卷风，顷刻间黄沙旋舞，犹如一条站立着的恶龙，从西北天际压过来。成吉思汗即命马队以最快的速度向西侧急驰，以企躲过风头。但这个活动的沙山，在戈壁滩上随着风势畅通无阻地横扫着一切活动的不活动的东西。一个千夫长的人马全部腾空而起，只有百十骑躲过了风头。另有几十人竟然被甩到百多里外的沙包上，其中除少数人死亡外，他们居然活了下来。风头所掠，把沙漠犁出一条深沟，但立刻又被流沙填平。风后，成吉思汗盘点人马，损失了近两千人马。风沙把戈壁上的路的痕迹扫平了，成吉思汗的大队人马在戈壁中走偏了方向。这样，随军的皮囊装的水早已消耗殆尽，他们开始宰马，甚至饮尿喝血。经过三天的周折，才走出戈壁。此乃第二关。

遇到追击或堵截敌人，马队充分发挥了快速进攻的优越性，但这必须要求骑着有日夜兼程、马歇人不歇的顽强毅力和高超的骑术。这需要能在颠簸的马背上安之泰然，人和马就像成了一个整体，任什么情况也分不开。须知在征途中落马就意味着掉队或牺牲。

多半年的马背生活，耶律楚材经过了各种考验，甚至意外的灾难，楚材横下一条心：既然要追随这位马背上的英主，如果不能适应马背上的生活，还谈什么与这位英主共事。因此，他经受了对他无疑是残酷的锻炼。

成吉思汗一直在冷眼旁观这位他选中的辅臣。从攻下燕京与耶律楚材第一次会见开始，他对这位和自己有着美髯的人颇有好感，尤其是耶律楚材的博学广闻更赢得了成吉思汗的礼遇。成吉思汗思忖，要打天下少不了这样辅佐的文臣。武将他是不缺的，文臣也不乏其人，木华黎文武奇才，便战事已于重托，很少能在自己身边。

有几件事也确实证实了耶律楚材不愧是一位好谋臣。他在尚武的蒙古汗国的众将中，不卑不亢，正气凛然。夏人常八斤，以善造弓箭闻名于蒙古汗国，以弓箭为主要进攻武器的蒙古骑兵对其尊之若骛。常八斤对不离成吉思汗左右的美髯人不以为然。有一次，常八斤竟在成吉思汗面前骄横自矜地说："国家方用武，耶律一儒者有什么用？"楚材抚着美髯笑道："制弓箭还需要工匠，治理天下岂能不用治国安邦的工匠？"成吉思汗听后大笑不已，连夸耶律楚材答得好。

庚辰冬有一天，天空忽然打雷，成吉思汗惊恐不已。蒙古人畏雷已近乎崇敬的程度。成吉思汗问耶律楚材这是为什么？楚材思谋片刻，说："回回国主当死于野。"不久，果然验证。由此，成吉思汗对耶律楚材更深信不疑。还有一次，西域历师算出五月望夜月蚀，楚材算的结果是：五月不蚀，明年十月月蚀。事情果然如此。壬午八月，长星见于西方，成吉思汗问楚材，楚材告诉他："女真将要易主。"第二年，金宣宗死。

经过近两年的戎马生涯，成吉思汗对楚材的依附渐渐加深。尤其见楚材能极快地适应马背上的生活，而且毫不叫苦，甘愿承受这样的磨炼，由衷地感动对自己民族的一片赤诚。于是在群臣与诸子中说："'吾图撒合里'成吉思汗从不称其名而是以此昵称耶律楚材。'吾图撒合里'，你真是我们的人了，你真正是我们的人了。你善骑善射，饮马奶，吃生肉，甚至能饮马尿和血，并不觉腥，所以，我说你是真正的蒙古人啦！”

楚材对成吉思汗说道：“臣随主以来，觉得圣上使我心悦诚服，我理当效力明主。不适应这样的征战戎马生活，是难以侍奉我主左右的。马尿马血虽然是秽物，但饮了它可以活下去，但活下去并不是为了饮此秽物。”

“吾图撒合里所言极是。”成吉思汗对群臣与诸子。道：“吾图撒合里可算是与诸葛孔明媲美的一代丞相。上天赐予我，蒙古汗国当兴。今后，无论军国庶政，应当委托与他……”

是啊，成吉思汗的知遇，窝阔台的信赖，想到这些，一种责任感鞭策着苦苦思忖的耶律楚材。他伏身马背，耳边的风呼呼灌耳，他还嫌马慢，又加了一鞭，坐骑在一望无垠的草原上踏着几乎于枯萎的碱草向南驰去。

四十六

孔元措全家突然在一夜之间从汴梁城内的府中消失了。这件事轰动了汴梁的朝野。

金主守绪对孔元措叛金的举动十分震怒。心想，朕对孔子后裔，确实作到了礼遇，官也封的不小了，竟不辞而别。须知，他的离去，对金朝臣子无疑是一个瓦解的先兆。他想，孔元措无非两个去处，一奔回故里，这好办，派人缉拿回来，不怕他不服服帖帖听从管教，我毕竟还是金朝的皇帝。另一个去处是南宋，他不由得想到：真是鼠目寸光，我金朝坐不稳江山，莫非南宋王朝能坐得稳吗？我南迁汴梁，而宋仅是偏安临安一隅，真乃大丘小丘之比。于是，他派人立即北上曲阜，南去淮阴、蔡州。

可金主守绪万万没有想到，孔元措渡河去哈剌和林了。

金主想的是，崇武尚兵的蒙古大汗是不会把孔夫子的后代弄走的。何况，黄河无船是渡不过去的，一次走五十几口，这在封锁了的河上渡过而又不被发现也是绝不可能的。

几路缉拿纷纷回报，并未见到孔元措及其家人的踪影，就在这时，金主也不曾想到孔元措会到蒙古汗国。而他的想法是：孔元措当然不敢逃归故里，曲阜仍在金朝的地盘内。既然不曾南下，那一定是藏匿到什么地方，什么人家了。

这样，与孔元措交往甚密的人，都成了甄别的对象。第一个被怀疑的是元好问，但元好问依旧如故，不曾见到什么异常，况元好问的府宅绝不是藏匿之处。元好问从燕京追随金朝来到汴梁后，不曾看到有什么反叛的征兆。

一时间与孔元措有交往的人，均惶惶不可终日。

张邦昌暗自庆幸，这个金主守绪真是昏君，孔元措一家都是自己偷渡过河的，除了他，又有谁能办成这件事情呢？

事过半年，孔元措失踪仍无下落，缉拿衙门见主上松了劲，也懈怠下来。这时却从哈剌和林传来孔元措已在蒙古汗国哈剌和林建立孔庙。金守绪还以为这是以讹传讹，又派人打探虚实，才得到准确消息。

孔元措被蒙古汗国的中书令耶律楚材接到蒙古汗国后，敕令立即建造孔庙。消息证实后，金守绪下诏书立即逮捕巡河使张邦昌。

张邦昌也是先喜后忧，寻思：天下没有不透风的墙，五十大几口活人，能插翅过河之嫌是怎么也脱不了干系的。看来，珍贵药材和一般黄芪，自己独吞是不行的。于是，他把知情的官兵，船工都给了好处，最后把半船黄芪拱手转给了京兆尹崔立。

京兆尹崔立原为西线征讨副元帅，曾守凤翔、潼关有功，升为京兆尹。金守绪感到有这员大将守卫京师，可万无一失。张邦昌见崔立荣升京兆尹，便从烟花柳巷认了个干妹妹，赎了身后献在崔立名下。崔立被懵住一时，但很快就知道并非什么张邦昌的妹妹或表妹，而是烟花女子。此女子花名春艳，长得确实沉鱼落雁、闭月羞花，尤其是两只眼睛，颇见功夫。长相既美，又善迎逢，虽被崔立诘出根底，但崔立架不住春艳哭笑怒嗔百般武艺一并施来，也就认可，亦不声张。寻思，此乃一代尤物，正好合我心思。他不以为怒，反而觉得张邦昌确是不错。把这样一个如花似玉的媚娘奉献给已，实乃忠心耿耿。所以，这个亲戚关系始终保持着。其实，春艳早已是张邦昌玩够的二手货，但崔立也不计较。

一天，张邦昌来到崔立府，把半船黄芪送来，崔立当然知道，礼下于人必有所求，何况如此重礼。但崔立拐弯抹角再三询问，张邦昌一口咬死了说是截私货得到的。自己对崔立一片赤诚，美女献上，珍宝不匿，对崔立奉若主子一般。半船药材，不是小件东西，张邦昌有意招摇过市，并不回避别人耳目。这样，一旦犯事，他好找个后台当替身。这些，崔立虽未吃准，但必有缘故就是了。本当不收，但见小利而忘大义的蝇营狗苟之辈，也顾不得许多。

事隔不久，张邦昌被缉拿进狱，而且是钦犯，一下就送到了死牢。此事是金主守绪直接抓的事，京兆尹崔立一时还蒙在鼓里。

头堂提审是锦衣卫大人，张邦昌矢口否认与孔元措逃跑有直接牵连。过堂时虽用了重刑，但张邦昌这个泼皮起家的无赖咬紧牙关，死去活来也不肯认账。当时，又怕张邦昌吃刑不过，当场毙命，便命收监再审。

张邦昌的爪牙，立刻把主子被下到死牢一事告知了崔立。并透露出孔元措出逃与耶律楚材有关，而药材是耶律楚材赎买孔元措家过河的过河钱。当然，如果张邦昌熬刑不过供了出来，崔立是脱不了干系的，这如同一根线拴俩蚂蚱，一个被抓住，另一个当然要挣扎。崔立思前想后，觉得闹不好是全家性命问题。他也知道，张邦昌是能挺过头堂的重刑，但二堂三堂能否挺住他也吃不准。于是，只有去面圣，要求把犯人引渡到他的名下，这样就不至于当场露马脚。主意已定，他先发制人地向金主发难。

“臣京兆尹崔立请陛下罢了犯官的职禄，万望陛下恩准！”

金主被崔立这一招弄得摸不着头脑，而崔立正是自己的汴梁卫戎主帅，城池固若金汤与否，与崔立有直接关系，今无缘无故提出谢职，必有缘故，于是问道：“贤卿有话直说。平身。”

崔立站起来奏道：“臣为京兆尹，主管汴京的安危。臣听说陛下下御旨抓了钦犯张邦昌，可我这个守汴京的官却浑然不知。”崔立故作玄虚地说：“看来臣治理汴京极不称职，故向陛下奏请，治臣治城不严之罪。臣愿退归故里，请陛下另选贤臣宿将当此重任吧！”

噢！金主这时才悟出崔立的弦外之音，是因为把崔立晾在一边，故而在此发难。可在发旨前，金主也费了一番踌躇。交锦衣卫也恐怕崔立多心，但如交给崔立，又耳闻崔张之间的亲属关系，当然，私下的往来，既为别人所知，皇帝的耳报神也没打瞌睡，况崔立潼关一役后，目空一切，文武大臣侧目而视者也不乏其人，但摄于崔立的权势，不得不让三分。今张邦昌肯定与放走孔元措有关，而张、崔又有些蛛丝马迹暴露于朝，何愁无人对皇上奏本呢。因而守绪私旨锦衣卫密捕，定要拿出孔元措外逃的口供。偏偏张邦昌又咬牙挺过了头堂刑讯，崔立便来殿发难。金主想：现既无证据，又不好对这位不可一世的京兆尹发作。只好好言安抚。

“此话从何说起。”守绪话一出口，就不像君对臣的对话。“既是贤卿愿揽此钦案，朕岂有不交付之理。只是朕听说你与张邦昌有些亲戚关系，回避些好，故而交锦衣卫过问此事，今卿要过问此事，朕交与你管便了，你提什么免官之事。朕调你回京，正是除卿外均未堪此重任者。”

皇帝既然点破了与张邦昌的关系。崔立想，何必再来一次欲擒故纵的伎俩。

“陛下,既是张邦昌与卑职有私,卑职更不敢贸然领旨。应还由锦衣卫授理,臣也实不称此要职。在我的治下,竟在光天化日之下逃走近六十口人,岂不说明卑职失职嘛,故卑职恳请陛下免官。”说罢又跪拜下去。

“贤卿请起。”金主绪明知要挟,也只好装作糊涂,说道:“朕意已决,卿不必再推,即日起就颁旨锦衣卫把犯人递解到你处,但须尽快把钦犯的口供问出。此干系金朝的内奸,内奸必除,此实朕心腹大患也。”

崔立听完这才叩谢皇恩,站起来说:“臣领旨。”

四十七

张邦昌被解到京兆尹衙门,心中暗暗庆幸自己这一着颇高,不然必死无疑。

解到崔立衙内,依然把张邦昌送到死牢。隔了几天,果然提审了张邦昌,堂上崔立横眉怒目呵斥道:“张邦昌,你身为朝廷命官,朝廷待你不薄,委你巡河使,不思报皇恩。反而里同耶律楚材。放走了孔元措全家,你知罪嘛!”

张邦昌寻思,你少狐假虎威,待我拿话敲打敲你这个京兆尹。于是叩头说道:“卑职一贯忠于职守,京兆尹一向重视卑职,犯臣一清二楚。别说放走孔元措全家,就是一只蚂蚁也休想从我的巡防区内过去,大人是一清二楚的。至于,孔元措外逃,有人诬告卑职,此事冤枉,实情是难瞒京兆尹青天大人的。万望大人明镜高悬……”

“住口!张邦昌,你来到本堂还想狡赖,不动大刑,谅你也不会招。来人,大刑伺候。讲不讲?免得皮肉受苦!”

两边衙役抬过刑具,掷地有声。来了两个彪形大汉,把张邦昌推翻在地,先要杖一百杀威棒。张邦昌见崔立要动真格的,不知崔立的葫芦里卖的什么药,于是,声嘶力竭地叫道:“请大人容禀,小人有话要与大人面禀,请在后堂私审……”

话犹未尽,又被崔立喝断。

“绞徒还想拖延时日,本堂只知正堂审犯,从不徇私情,别以为你是我的亲属,我便会心慈手软,这是痴心妄想。还不动刑!”

张邦昌刚想喊,大棒朝屁股打来,他寻思,崔立是要杀人灭口,此时不讲,更待何时,急喊:“我招,我愿招出实情。”

“泼皮无赖，咆哮公堂，掌嘴！”崔立重重拍了惊堂木，几个如狼似虎的衙役，已朝张邦昌挥动老拳。乱拳之下，张邦昌已分不清自己脸上哪是鼻，哪里是口，哪里是齿，哪里是舌，嘴巴已打得稀巴烂。崔立见张邦昌已无法说什么，才喝令停刑，说：“既愿从实招来，那就免再受皮肉之苦。谅你已知我的厉害，怕不会自讨苦吃了。”他朝摊在地上明明讲不出话的张邦昌吼道：“讲！”

张邦昌已被乱拳击昏，别说讲话，喘气也只有出气的份儿，哪能讲话。崔立见状，又说：“狡赖之徒，叫你讲，你又装死，烙刑！”

彤红的烙铁在张邦昌的前胸后背开始移动。昏迷中的张邦昌又吼了一声就复昏死过去。崔立见张邦昌并不招供，急拍惊堂木，衙役不断换新烧红的烙铁朝全身烙去，殿堂之上，一股烧肉烤骨的秽气使人掩鼻。有的地方已露出筋骨，崔立才喝住。衙役用凉水喷张邦昌，但张邦昌早已七魂出窍，一命归阴去了。崔立装腔作势地喝道：“狡赖之徒，今日便宜了你，改日再审，把犯人带回死牢，严加看押！退堂！”

拖出去的已是死尸，当晚狱吏向崔立禀。

翌日早朝，崔立向金主永绪奏道：“钦犯在过堂中，熬刑不过，昨晚在子时已死于牢中。”崔立又假惺惺补充了一句，“也怪臣对叛贼深恶痛绝，用刑重了些。其实，十二道大刑，只用了三样。”

“犯人可有口供？”

“起初狡赖，臣命杖责，继而喊招，想花言巧语与臣拉关系，要臣私堂审问，臣只有公堂而无私堂。这显然是对臣下的冒犯。臣一气之下，动了烙铁，谁知这个脓包，一碰烙铁便昏了过去，臣不便使用大刑，拖回死牢，谁知竟一命呜呼。”说着免冠而拜，道：“臣有负万岁重托，请治臣有违君命之罪！”

事到如今，事情清清楚楚。这是杀人灭口，看来事件必然与这位托付重任的京兆尹崔立有瓜葛。金主守绪虽料到以这一着，但已死无对证。何况，眼下正在用人之际，装个糊涂吧。

“爱卿平身。”守绪好言抚慰道：“乱臣贼子，人人得尔诛之，何况公堂乃审犯人之地，活活打死，乃罪有应得，卿何罪之有。贤卿疾恶如仇，朕有贤卿这样的臣僚主持京兆尹，朕可千秋无忧也。”

群臣嘿然。虽知其中大有蹊跷，但主上已如此讲了，哪个又甘愿冒天下之大不韪呢？

杀人灭口，崔立闹个死无对证，满朝文武连金主永绪也奈何不得，他满以为得逞，无人奈何他得，殊不知，一年后，找他后账的是蒙古汗国中书令——耶律楚材。

当合罕与楚材言及南下解决金王朝的时候，耶律楚材曾谈及救孔元措在汴梁留下张邦昌这个伏线的事。自然，他被崔立杀人灭口后，对除掉这一鱼肉乡里的恶棍来说，是罪有应得，也是彼方狗咬狗的争夺下的牺牲品。对蒙古汗国的耶律楚材来说，借别人之手，除掉这一坏蛋，原是一件大好事。但眼下涉及过河用船问题，张邦昌一死，这条线无疑也断了。因而，崔立这个吞并不义之财又杀人灭口的京兆尹立刻上升为耶律楚材心中开始掂量的人物。一是不能如此便宜了他，二是如何利用他。崔立的阴谋能瞒过或堵住金朝上下的嘴，但必须而且应该利用崔立掌握京兆尹防务的有利条件，为蒙古汗国所利用。

四十八

凤翔终于拿下来了。

局面如同当年木华黎南征时的情况大致相似。

凤翔原为岐山山口，凤翔一下，关中平原已再无能阻挡蒙古汗国铁骑的屏障了。

下一关面临着潼关。

潼关历来是控制关中豫西的关隘，历来是兵家必争之地。金朝凭借这一关隘，偏安汴梁才苟延了十余年。

话说窝阔台于春初，率皇弟拖雷和拖雷之子蒙哥等十万军马经原征西夏之路，过临兆、天水直逼关中原西部的咽喉凤翔，耶律楚材亦随军西下。一路上风餐露宿，不日即毫无阻拦地来到了凤翔的隘口——岐山。

金朝一向在此屯住重兵，并遣平亲政事完颜哈达及伊哈丰阿拉引军驰援，前锋报道，蒙古军号称十五万，已出岐山，欲攻凤翔。哈达及丰阿拉素知蒙古军之锐，遂放慢了驰援步子，一路走走停停，不愿与蒙古军交锋。后金主屡屡下诏，催促驰援，但哈达与丰阿拉借辞推诿，迟迟不前。

即使哈达与丰阿拉不援凤翔，凤翔金军也严阵以待，急切不能攻下。

合罕见凤翔难下，遂召拖雷和耶律楚材商议对策。同时，也接到了探马得来的消息——平亲政事哈达，丰阿拉出潼关驰援凤翔的消息。眼下，无援尚且攻不下，援军一到，更加难攻。耶律楚材道：“既是金兵驰援凤翔，潼关守兵必虚，何不分兵去攻潼关，这样声东击西，让金兵首尾不能相顾，凤翔无援军，只等城内粮草殆尽，城不攻则自破。”

合罕听后，深以为然。拖雷亦同意分兵去潼关，遂命儿子蒙哥率两名万夫长的骑兵，绕过凤翔，直奔武功。闻听金援军在渭南集聚，又听说蒙古军要攻潼关，必然不会迎战，而是退了回去。这样，蒙哥再回师凤翔，则凤翔可下。商议已定，蒙哥立即逼宝鸡，再顺渭河而下，直奔渭南而去。

完颜哈达和阿丰拉忽听说西边尘土蔽天，知是蒙古骑兵扬起的尘烟，立即下令东退。他们寻思，蒙古军必已攻克凤翔，看来驰援也毫无意义，正好有个借口回禀金主。这样，双方军队还未接触上，哈达与阿丰拉带金兵已缩进潼关天隘去扼守了。

耶律楚材曾授意蒙哥，敌强我弱，敌兵是蒙古军的三四倍，只可佯作声势，不必实战。因而蒙哥的骑兵自过了长安后，即让万夫长率部在渭河滩上，纵马驰骋。渭河正逢枯水季节，两岸河滩尽为细沙，两万余匹战马来回奔驰，少顷便黄尘蔽日，百里之内都能望到黄烟滚滚。真不知有多少人马。这一招果然灵验，惊弓之鸟的金兵，就在蒙古军的佯攻之下，迅速脱离接触，退进潼关去了。

百十里路，蒙古骑兵两个时辰即可驰到，但蒙哥先打探得知金军已退的消息，并不追赶，仍保持着一定的距离，直到把金兵“送”到潼关为止，才挥师西下，团团包围住凤翔。

凤翔守军早已得知平亲政事哈达率军来援，斗志正浓，盼来盼去，援军已无信息，守城士卒死伤日增，况蒙古军已有炮石矢弹，攻陷了城西北角。守将竭力截阻，才算守住了城池，但回观自己的士卒，已十伤过五，加之蒙古军轮番攻城，四面皆兵，防不胜防。

凤翔终于被攻破了，金守军予待突围，但两条腿岂能跑过四条腿，只能坐以待毙。

凤翔既下，此去潼关已无障碍，索性在凤翔屯兵休生，讨论如何能下潼关。潼关天险，是个自然长城，左有黄河，水流湍急，右有峻岭，悬崖绝壁，潼关城池坚固，守军雄厚，强攻实难奏效。蒙古军曾在此关吃过不少苦头。如硬攻伤亡必然加大，而城未必能下。自古以来，此关实有一夫当关万夫莫过之称。于是，窝阔台与众将计议。

凤翔城下两军打得很残酷，按照蒙哥的脾气，必须屠城，所降士卒，均要处死。但耶律楚材竭力反对，对合罕道：“今平定中原金朝，攻下的城池何止数十座，若要照此屠下去，子民尽失，谁来从事农桑之事！城池之所以难攻，说明守城军士知道城破必死，因而，必须死守。若从今日起，降卒不杀，放其生还，则以后攻城时，彼知城攻破未必被戮，则斗志不致如此坚定。请我主明鉴。”

凤翔降卒约数千，都集中在地隍庙前的广场上，只等一声令下，便要身首异处了。庙里正进行着激烈的争辩，须知，要一改过去攻下城后屠杀的惯例，一时是极难扭转这种做法的。

还因为凤翔再过两个月可下，众将军早已憋了一肚子的火，专等破城之日杀他个鸡犬不留，但在最后全攻之前，窝阔台已明令各万、千夫长约束蒙古兵，不许任意屠杀，等城下之后，有令再干。

这时庙里的万夫长、千夫长，拖雷、蒙哥、耶律楚材等在窝阔台前争得面红耳赤。窝阔台一语不发，只等大家都说完后，才决断杀与不杀。

看来耶律楚材是孤立的，但在耶律楚材坚持力争的情况下，拖雷这员虎将出于对中书令的尊重，先说了同意中书令的做法。但坚持伍长以上必须杀掉，而且只同意放生，不赞同留军待命征战。

蒙哥力主全杀，但被拖雷喝退。蒙哥的一员万夫长死于攻城之役，所以，力主全杀。畏于父帅的威严，气呼呼地不敢再说。

耶律楚材说：“士卒均非本乡本土人氏，让他们投奔何处为家，散兵游勇只会糟害老百姓。这些士卒作战勇敢，只因反正是死，一旦给他一条活路，他们未必效忠金主。”耶律楚材不管众武将都对他表示不满甚至鄙夷的眼光，仍坚持把道理讲完。他要说服窝阔台，如果能采用他的主张，那么他自信金兵的抵抗将大大减少。

耶律楚材接着说到：“这些大将，都熟知金朝的兵心和力量的配备，何城能智取，何城须强攻，守将的脾气秉性，谅亦知晓，若让他们献计献策是容易取胜的。敌军不愿做刀下鬼，誓死效忠金朝的毕竟是少数！因而，臣以为凤翔降卒，无论千夫长以上的将军和士卒，均赦之不死。愿随军的随军，愿投亲的投亲，即使有逃回潼关去的，也好替我们说出蒙古军不杀降卒的话。臣不知这样是否对，请大汗明鉴！”

窝阔台始终没讲什么，他用眼扫了一下列在两边的部将。见有些万、千夫长对楚材讲的并不完全反感。他自己曾不止一次听过耶律楚材关于不屠城的论述，心里当然感觉到这样做是减少敌对行动的一种好计策。但他也深知这在部将中是难以通过的。因而召集部将一起来议如何发落降卒，如果有半数能理解中书令的话，那么，他可以下决心了。

“自先帝成吉思汗创国以来，到今大小灭四十国，已征服到黑海，及其西北部之斡罗思和波兰已臣服我蒙古汗国。西南已平定西夏。”窝阔台徐徐说道：“原金、南宋、西夏、在蒙古汗国未立之前，为鼎足之势，现西夏亡，则金、宋慌，我们必须以西征中迅雷不及掩耳之势，催垮金和南宋。这两个朝廷必先破一个，剩下一个就好办多了。”

关中地区野味极少，庙外的侍卫兵们已拴好几只羊，酒准备了不少，且等庙内散朝后，宣布开了杀戒，便将士共饮，欢庆胜利。

庙内，大家都看着 ，似乎说：大汗呀，就等您一句话了。

窝阔台又扫了众大臣一眼道：“我们之所以先与金战，是因金不灭则无法取南宋，故而先金而后宋。我们的铁骑在中原地带威力显降，其原因是众所周知的。过去曾有不少人要驱民放荒以养畜牧。这些人都想到如何让汗国强盛，但他们恰恰只想到斡难河，不儿罕山，哈剌和林。如果只是这样，我们尽可以黄河为界，各不相扰了。可我们鞍马征战，不仅为了保住黄河以北的疆域，蒙古汗国要一改历朝旧制，称帝全中国。这是先帝之宏愿，我这一代也未必能完成，但成吉思汗的子孙将要完成这一大业。正因为如此，我们要重用汉儒，还要把愿意和我们完成这一大业的女真、契丹、塔塔尔、畏兀儿、西夏和更多的汉人共同来打破南宋与金朝的统治。”

“耶律楚材中书令是成吉思汗托孤的重臣，先帝在日已明确谕臣下，凡事应听从于耶律中书令。朕自登基以来，凡采用中书令的计议，均取得好的结果。现在看来，变中原沃土为草牧场的做法，那我们是过不了黄河的，更不要说长江了。此次征战，十路课税取得的财富，已使我们不需掠城劫财，事实上，这些曾经掠夺过的地方已无财可取，无粮可夺。十路课税改变了军需补给的办法，而且初见成效。现在怕是连反对中书令措施的将领们也尝到了甜头的。”

窝阔台又扫了两边部将一眼，只见大家低头不语，对中书令那种不以为然的神气好像收敛了许多，就连持反对见解最激烈的蒙哥也只好抚弄着弯刀上的饰物，不再说话。窝阔台见此，便接着说道：“说到降卒的处境，我们君臣共同来议，足以说明这是一场仅次于嗣位登基的大事。欲尽快灭金，中书令提出的安抚降卒的做法大可一试。须知，我们的人马，现已不足十个万夫长，前面面临的硬仗怕是少不了十次，若照此法打下去，金灭则我亦不存，那还说什么在全中国称帝。要完成这样的大业，当然只能由我们蒙古汗国来完成，但我们不能只顾杀而不顾后。只能是照上面说的，凡能与我弃敌为友的降卒，将官甚至名将，重臣都应视为我们的朋友。这就涉及了眼前处理降卒和将来处理降将的事。金朝的都城以下的城郭有百余座，如果我们都杀个鸡犬不留，未必办不到，可谁再为我们的争战提供补给呢？紧靠我们放一个留守长官，有的能管好，有的未必管得好，咸得卜在吗？”

咸得卜猛地听到窝阔台点自己的名字，不知所措地跪匍在地上，答道：“罪臣在。”

“不必行此大礼，我只是说个比方，咸得卜是深有体察的，光凭一夫之勇，怕未必称职。因而，我们除了派驻留守长官外，还要留用大部分官员，让他们去安抚百姓。除誓死与汗国为敌的人要消灭，大部将为我所用。我们灭金的这种作法，正好给南宋看看，蒙古汗国所要消灭的只是朝廷，而不是臣民。这样一来，我们受到的抵抗就会大大减少，这样做对我们蒙古汗国有什么不好呢？”

窝阔台说到这里，稍停了一下，随后让大家都说说，何得何失。问到最后，大家都推说听大汗的吩咐。

“既是这样，朕意已决。”窝阔台一改刚才商量的语气，颁旨道：“凤翔所降官兵，除誓死效忠金朝外，一律不杀。愿去者去，愿留者留。大家都看见，降卒中有须发皆白的老卒，放回故里，以终天年，青壮者，不愿留也放其走，即使有跑回潼关的人也不足为虑，正好为我们当了说客，说明蒙古汗国已不再杀戮降将士卒。所以，一会儿，我们君臣与降卒一起，共饮酒，同食肉。完后，各千夫长领一百降卒，个个询问，凡留者把马匹调整一下，补到你的军队中去，讲明我们赏罚的法规，一视同仁，有违旨者，按我们制定的条律无论职高职低一律循章法而行。”

广场上的降卒，被持刀的蒙古骑兵团团围住，不敢动弹，所有军官都捆绑，个个如待宰屠的羔羊。

金朝对士卒一向薄恩，有的兵丁入伍时还是乳臭未干的少年，现在都成了老卒，士气早已大泄，之所以拼死抵抗，无非认为不守住疆土，不但自己的性命难保，怕是连同家乡的父老也要为刀下鬼。这时的将卒，并非不想逃跑，而是一则重围不易突破，二则饿久元气大伤无力搏斗。只好坐以待毙了。

但这中有个叫李长林的，这时已与另几名军官相互用利器割磨，松开了捆绑。只见他与身边几个军官使眼色后，一个替一个松开了捆绑。有些士兵看见亦不声张。大家心里有数，只等蒙古军的屠杀开始，就要拼命夺马而逃。反正是死，拼个够本，拼两个有赚……

四十九

潼关守将在哈达与阿丰拉的督阵下，反复加固城池，只待蒙古军来攻。哈达与阿丰拉心中有数，蒙古骑兵碰到了潼关的坚固城池，那是一筹莫展的，只要让士卒日夜巡城墙之上，大可稳坐中军帐，不必出阵派兵了。

哈达专等攻来，但蒙古汗国的骑兵连影子也不见。哈达嘱咐手下的部将，在高处瞭望尘烟，但碧空万里，连云彩都不飘，极目所望，也不见什么尘烟，更看不到什么骑兵的影子。

半个月后，哈达稳坐的中军帐反而坐不稳了。心中想，莫非退了回去。他派出骑兵打探，沿渭河而上，查看蒙古汗国骑兵的去向。但打探的一直摸到凤翔，原来是座空城，除了一些百姓纷纷从山里回到这里外，连一个蒙古兵的影子都不见。

叫了百姓讯问，均不知蒙古军的下落。众说纷纭，说退回岐山去了，翻过秦岭去了，更多的是说上潼关去了。后来终于在百姓中发现有原凤翔的府军的士卒，一经查访，还不止这几个，而有十七八个。问他们时，也都模棱两可，有说回师的，有说上潼关的。问到他们何以幸存，说在城破时逃了出去，故而才得活命。

打探不由分说，把这几个士卒星夜带回潼关交哈达立即讯问。在严刑之下，要按临阵脱逃罪问斩，其中几个老卒才向哈达讲了实情。

原来这几个老卒都是豫西伏牛山中的老家，当时放了他们，几个老乡合计，先在凤翔城内躲着，等潼关攻下再回故里。不想被哈达派去的打探抓了回来，看来又不免成为刀下鬼。这几个士卒想：悔不该离开蒙古汗国的骑兵，不然，何以至此又死在潼关金朝哈达的手里。但见死到临头，便把蒙古汗国攻打凤翔，城破之后如何坐以待毙，又如何在一个大胡子的口谕中赦免一死等情况说了出来。降卒说："我们只见蒙古汗国的军队东去，所以，不敢尾追，只等他们败下阵来，我等再到潼关为金朝誓死效力。正当这个当儿，大人派的打探去了，把我们捉了回来。我等浴血奋战，却被生俘，我等不愿降蒙，故要求留在乡里，不愿从军征战，绝非临阵脱逃，不信可问大家。"

这一席话，说得哈达半晌没有言语，他忘了在讯问降卒，而是想：糟糕，这个降卒所说的大胡子必是耶律楚材无疑。不杀降卒，这条策略定是耶律出的，被窝阔台接纳后并付诸实施的。这样一来，蒙古汗国的军队就更不好对付了。此文武之道，有张有弛。这便使蒙古汗国的军力，无形中扩大了几倍。万万没有想到的是，窝阔台竟然敢不再采用蒙古汗国一贯屠城的办法。现在，几个降卒纷纷说道此事，谅必是真的，其次，蒙古汗国的十万骑兵，绝非少数人员，何以突然销声匿迹，毫无下落呢？

哈达吩咐把这几个降卒严加管束，与众隔离，并厉声说道："关于不杀降卒一事，不准讲给任何人听。你们忠于朝廷，朝廷绝不会亏待你们，暂时委屈，等以后予发落……"

几个降卒才从死亡的边缘上挣扎过来，不幸又落入哈达手中，说了蒙古汗国不杀降卒被关押起来，却未被杀掉。这几个人像丈二和尚摸不住头脑。

好死不如赖活着。既不杀，且有吃喝，比凤翔守战时生活尚好，反正填饱了肚子，也就落得个吃饱就睡，得过且过吧！

哈达本要立刻杀掉这几个老卒，免得露出蒙古汗国不杀降卒的口风，但旋即想到：且慢，过去金主薄恩，士卒不满，但现在朝廷感到危在旦夕，对潼关重镇充满希望，因而补给源源而来。兵士的吃粮不断改善，不时有猪羊酒肉犒劳，加之士卒均恐怕破城之日亦当刀下之鬼，因而士气大振。哈达想到的是：一旦知道了蒙古汗国军队的去处，再派这几个降卒回去诈降敌营，把原来降去的官兵再引回来，即使不能全部回来，起码也起到瓦解蒙古汗国铁骑的作用。这样，在蒙古汗国的铁骑中安插了坐探，岂不一举两得。因为得谋远虑，到必要的时候，定能把这几个活宝派上用场。而与众不隔离又怕他们泄露了秘密。他严厉告诫：凡说出不杀降卒者，立即处死。

五十

城隍庙门打开，随着窝阔台站在庙台上的是耶律楚材为首的一班文武官员。庙前广场旗杆上的大旗在风中烈烈舞动。庙四周的蒙古士兵，远处的蒙古士兵见到窝阔台后，一起高呼："合罕万岁，万万岁！"

凤翔城内的百姓，见合罕出现，亦匍匐在地，叩头不止，降卒听到喊声，也都跪在地上，向合罕叩头。只有那几个军官，虽然自己设法松了绑，但依旧蜷缩在那里不动弹，怕露了马脚。

蒙古汗国的军兵、众百姓向合罕施完叩拜礼，肃立在一边，那些降卒们仍然长跪不起，他们知道，他们的命运操纵在这个蒙古皇帝手里。

窝阔台朝耶律楚材示意，楚材向降卒说道："凤翔守军的金朝降军官兵听着，合罕格外开恩，不仅不杀你们，还让我告诉大家，愿随军的随军，愿投亲的投亲，不但士卒赦免，所有降将也一视同仁。你们不要害怕，我们蒙古汗国的合罕是令到必行的，言而有信的。你们不必下跪，起来！"

这些降卒真有些不相信自己的耳朵，一时都愣在那里没有反应，不知谁带头喊了一句。

"谢合罕不杀之恩！"紧接着人们又胡乱叩起头来，喊万岁声，谢恩声此起彼伏。

"合罕让你们起来，我还有话说。"耶律楚材见这些伤残不齐、衣服褴褛的降卒都站立起来，骚动也静下来之后，又说道："我们蒙古汗国有个习俗，每攻下一座城池，必犒劳全军，官兵同饮，现由千夫长，各率降卒一百人，不论青壮丁勇还是老弱病残，点足一百人，带走两名军官。分完之后，在各所在的队伍里犒赏酒肉，餐后，悉听尊便，去留已定。"

一个千夫长把李长林这个松了绑的军官押到庙台前。

"启禀合罕，这个军官趁机把绳索松开，并在他的带动下，有些军官也松了绑，要对抗我们，请合罕定夺。"

窝阔台宽厚地笑道："你要杀他，他当然要反抗，连杀鸡鸡还要挣扎，更何况人呢！放开！照中书令所说得去办。"

李长林"扑通"一声跪倒在地，说："都说蒙古汗国破城之后杀个鸡犬不留，今天才知所传是荒谬之言。我李长林乃凤翔守军守备副督察使，谢合罕皇帝不杀之恩，愿为蒙古汗国效力，并有一计献上。"

耶律楚材下到庙台之下，亲自搀起李长林。

"将军有话，请到庙内，此非谈事场所。"

千夫长见中书令对降官如此礼待，也都很快把广场的降卒均分后领入自己的营地，开始了胜利后的饮宴。

降卒们起先有些拘束，但见蒙古军兵真心实意，百夫长以下和兵丁在一处席地而坐，围着烤好的肥羊，用蒙古刀削肉吃。兵士们见降卒无刀，就把自己的刀递给降卒，毫无戒备。这时，降卒忐忑不安的心才稍定。何况他们已困在城内，别说酒肉，连饭也逐渐吃不饱，这些降卒此时便大口吃肉，大碗喝酒，就像是一家人。

李长林进入庙内，见窝阔台与部将都随便席地而坐，围着转烤的肥羊。楚材示意一个侍从把犀利的蒙古刀递给李长林。

窝阔台与楚材都离李长林近在咫尺，君臣共饮，毫无金主那种龙颜不可觑见的繁文缛节，不觉感动地流下泪来，说："我在金朝效力二十余载，尚未见过金主一面，今为阶下囚，受此礼遇，虽肝脑涂地也不足报合罕的赦免之恩。"

耶律楚材把酒碗递到李长林手中，李长林含泪把酒一饮而尽。李长林接着说："若蒙不弃，我愿效力军中，共下汴梁。"

"刚才以明谕列位，既是愿留军共伐金朝，愿闻将军之计。"

"哈达迟迟不援凤翔，现已缩回潼关凭险而守了。依末将愚见，潼关不可强攻，即使攻破，也两败俱伤。莫若取道宝鸡、兵出汉中，沿汉江进发，直达唐邓，则攻汴何难！"

窝阔台与拖雷均颔首表示赞许，拖雷向窝阔台道："先帝临终时也曾遗诏，灭金须联宋，宋金世仇，若遣使到宋，彼若假道于我，岂不绕到汴梁的背后，彼与我联军攻金，则汴梁指日可下，此计可行。"

蒙哥道："金怕也要联宋与我对抗，奈何？"

楚材说："我攻下凤翔，金主如惊弓之鸟，金去联宋，并非不可能，这就须要当机立断，立即派使遣宋，晓以利害。"

蒙哥道："怕是已晚了，不如直接攻潼关，下洛阳，汴梁可取，何必费此周折。等金宋联合抗我延误了时日，怕是潼关更不好取了。"

"我以为南宋定记钦、徽北掳之耻，怕无一能臣足以说动宋主联合反蒙。现攻潼关，有损实力。"耶律楚材向窝阔台道："机不可失，请合罕圣裁！"

合罕窝阔台沉吟了一会儿才道："依卿之见，派谁为使？"

"臣愿往！"楚材甘愿挑起这副担子。

"朕不愿卿离我左右，还是由你指派一名官员去做说客吧！"

楚材思虑一下，对合罕道："臣以为，随军参谋绰布干能文善武，又精通汉语，可当此重任。"

绰布干正在另一席上饮酒，被窝阔台召了过来。

"朕欲派你使宋，说服他们联合攻金，此上策，不知卿以为如何？"

绰布干道："此计可行，不知臣何日起程？"

"眼下战机火急，卿宴后可行。所带人马由你选定。由中书令写一个帖子，晓以利害，你再口陈要害，不怕宋主不依。”

绰布干行礼后退回原席，楚材对李长林说：“依将军之意，是蒙汉军杂编好呢？还是把汉兵让你统一带领好呢？”

李长林觑了一眼耶律楚材，似要看透这句话的诚意究竟有多少，但他立即坦率地说道：“末将之见，莫若分成步、骑兵两军。贵军不杀降卒，日后，步军定会更快地增多。步骑兵合军，行动不便，况金兵善骑者寥寥，降将也不堪言谋。中书令问我，只好照直禀告。”说罢又仔细地观察了窝阔台和耶律楚材的脸色，发现合罕与中书令并未觉得他的言论有何质疑之处。

“好，你的想法不无道理。现在我们还要在此休整，一待使宋之人返回后决定行动，将军的计谋，等我们商定后，再行定夺吧！”

别人都告退之后，只剩下窝阔台、拖雷、蒙哥、耶律楚材时，拖雷说：“我看李长林的话中有诈，试想，率降兵自成为伍，这与原金兵无异，况李长林再为长官一旦叛变了，怕要不好收拾。”

“父帅所虑极是，”蒙哥说：“李长林等军官被俘捆绑，尚且要挣扎拼命，现再授其兵权，又在我军阵内，况步骑行动颇不一致，我怕殆为后患，不可不虑。”

窝阔台以目示意，让楚材讲，但楚材半晌不语。楚材心中也忖度着，此事是一反蒙古征战中的先例，不杀降卒，做到这一点，已大出意料。不是合罕的英明的远见卓识，这个建议是通不过的。但任用降卒尤其是原来的长官统带原属的兵丁，究竟会是个什么后果，他心中也吃不准。不过忖度时势，金亡是必然的趋势，此等官员，受金的皇恩并不使彼感到浩荡，况金主原对军队亦薄情寡恩，只知实用而少体恤。像哈达、阿丰拉等也许境遇好些，这些中下级尤其是下级武将，忠君思想并不严重。之所以拼命效力，是因为不战死被俘也死。耶律楚材还了解到，李长林的家乡并不在豫地，而是天水郡人，他降蒙古，当无后顾之忧。楚材反复想了想，说：“拖雷王，蒙哥帅，我只想，让马儿飞驰，你人不松缰绳，试想马还能快跑吗？”楚材颇动真情地说：“我受蒙古两世之恩，虽万死犹恐不能报之万一。按说，我是契丹辽室后裔，之所以报效蒙古汗国，是因应择明主而事之。我之先事金主后事蒙古，是感到金之国祚已哀，而蒙古自成吉思汗的崛起，雄韬大略非金，辽之主可比，故而降蒙。以此推理，金、宋两朝的有识之士，步臣后尘者何止万计。若都不敢用时，我们一时又到那里去找官吏。西夏即是例证，留用官吏，效忠蒙古汗国。西夏国土治理的并不比西夏主统领时差。故臣以为，既要马儿跑，又要马儿不吃草，是活不长久的。”

窝阔台一直细细听着大家的议论：不杀降卒和重用降卒确是件北方民族包括蒙古汗国有反先例的大事。诚如耶律楚材所言，西夏灭后原官吏与蒙古汗国派驻的留守长官配合得很好，个别地方诸如咸得卜类的留守长官也有过几处，但更换之后，效果都较好。但钦察地区和原称汗之前自己的领地，百姓与蒙古汗国之间的仇恨加深，追其缘由，当然是杀戮过度而引起的。看来，整个中原到手后，任用汉儒、汉使是势在必行的。当然，个别叛逆者亦屡有发生，不过，随着宋、金朝廷的易手，蒙古汗国统一了中原，这种现象则不会再出现的。主意即定，是下决心的时候了。

"咱们蒙古人有句话说得好，'除了影子没有伴，去掉尾巴没有鞭子。'先帝和母后在日，是经常用来教诲我们的话。现今，我们在完成先帝未竟事业的宏愿中，一定要牢记这句格言。契丹人、女真、塔塔尔、回纥、畏兀儿等北方民族，现已都归顺蒙古，汉人比我们蒙古人不知多多少。我们既要称帝中原，把汉人排除在外是不行的。朕登基以来，中书令的广用儒士的做法，已证实是切实可行的大计。现今更改原来征战中的惯例不杀降卒，除派留守长官外，不易原吏，当然，百姓反对的官吏除外，当成我们一个新律定下来。中书令刚才的话，我觉得是发自肺腑的使蒙古汗国国祚长久的大计。朕经思虑之后，深感是朋友愈多愈好，敌人愈少愈好。松开缰绳，让马快跑吧！"

五十一

事情进展得很顺利，但偏偏出使南宋的绰布干一行，在沔州，被都统张宣杀了，消息传到了凤翔窝阔台处。

一时间，群情激愤，部将纷纷向窝阔台要求严处南宋。并不止一人提出：先灭南宋，回师再灭金。一时间，这种论调，似乎要占领统治一切的地位，据活着回来跟随绰布干的随从回报，绰布干一到沔州，即出示信函，并讲明来意，请沔州都统张宣提供舟楫，去南宋说服朝廷，联合灭宋，允许借道。

张都统听说绰布干的话后竟当面回绝。绰布干又晓以利害，说明金与宋乃世仇，钦、徽二宗北擒之仇不可不报，蒙古汗国此举实为南宋报仇，希望南宋朝廷予以配合，但张宣却说："报仇和复国哪个轻，哪个重？"

绰布干一时思虑不透张宣话中之话，便问道："此话怎讲？"

"连这还不明白吗？试想，报靖康之耻，那是我们宋天朝的事，此仇必报，只是早晚，何劳蒙古汗国插手。目前看来，宋与金相安无事，各自偏安一隅。就这样，蒙古汗国还不放手，我若假道于你，岂不自讨灭亡?”

绰布干反讥道:“依你之见，你劝朝廷联金抗蒙，岂不更好!”

张宣道:“我早有此见地，已上表朝廷，只待圣旨到后与你们开战呢!”

绰布干道:“蒙古汗国现今并未侵犯南宋边境，倘若那样，我们早过秦岭，掠蜀地，顺江而下，何必遣我为使，到此相求?”

张宣针锋相对，颇有深谋远虑地道:“金不灭，你深入腹地，将腹背受敌，此兵家之忌也，我以为，你们的合罕未必会如此做的。”

绰布干也强硬起来，说道:“我是蒙古汗国的使臣，与你无话可说。你身为南宋命官，对使者应提供方便。有话，我与你朝廷对话，你我不必争执，况你朝廷并未授权于你和我商谈两国之事，请立即派舟楫，我还得赶路，以便尽早回去复命。”

张宣哈哈大笑，摆出一副骄横的姿态道:“你要去朝廷不难，待我禀报之后，若朝廷愿见你，再备舟楫不晚。”

“我军务在身，由不得你再往返请命，请都统立即放行才是。”

“我为此镇都统，没有圣命，绝不放你过境。若要过时，请派军队打败了金朝，那时悉听尊便。如要急灭金，凤翔取道潼关，是至汴梁的近路，你何必舍近求远呢?”张宣挖苦、嘲讽地笑道:“我恐怕蒙古铁骑也奈何不得潼关，要不名震中外的蒙古铁骑，何须派阁下到此苦苦说求呢?”

忍耐是有限度的，这是有意挑衅，蓄意破坏并不存在交战状态的两国关系。绰布干的口气也强硬起来。“我奉蒙古汗国合罕之命出使贵邦，你一个边防都统所言的言辞，也不符合你得身份，蒙古汗国与南宋王朝并不是战端的先例，你如此对待另一国的使者，是不符合礼仪的。”绰布干振振有词，有理有据地说:“请你立即给予方便，提供舟楫，这才是你应该办的事，其他话还是少讲为好。本使也拒绝回答你有失身份的无理取闹……”

“你这个北方胡儿休在此发狂言，本朝廷并不承认你们这个汗国。”张宣开始恶语相对，而且是不可一世、盛气凌人。绰布干在忍无可忍的情况下反唇相讥道:“你承认不承认我们蒙古汗国，这不要紧，看来你们倒是承认曾经掳去钦、徽二宗北上的金朝皇帝的。”绰布干有理有节地说。“蒙古汗国的江山是打出来的，西至钦察、斡罗思、东至高丽，金朝也臣服我汗国，至于你们偏安一隅苟且偷生的宋王朝，不思雪洗靖康之耻，反对外国使节无理侮辱。你这样一个都统官员本使不再与你对话。我只问你，你是否放行。”

张宣露出一丝狞笑。“放行？除非你们蒙古汗国的铁骑来开路！”

绰布干见无理可讲，于是示意随从部员“我们连夜驰回凤翔复命。”说罢。即离席欲走。张宣冷笑一声说：“只怕你来得去不得吧！”说着以目示意，两厢埋伏的刀斧手一齐杀出。绰布干与随从部将一齐抽出腰刀对杀起来。一则在室内不得施展，二来突然袭击，措手不及。绰布干终于被乱刀砍伤，但杀出一条血路。张宣又率众将追杀上来，绰布干对随从说：“你们火速驰回报告合罕……”几名随员夺马而逃，绰布干因寡不敌众，被张宣乱刀杀死。

庙堂内的空气沉闷的像暴风雨前那样令人憋气，只需一声炸雷，暴雨便会倾盆而下。

“看来对汉人不能施行仁义，仁义的结果是让绰布干一命呜呼！”蒙哥首先开腔。

拖雷对儿子的说法深有同感。“依我看咱们西征时尽管有点儿过分，但对待这些顽固的人就须用铁蹄去踏平才行。”

窝阔台怒气冲冲地说：“看来不给南宋一些颜色看看，怕是不会乖乖臣服的！中书令如何想？”

“两国交兵尚不斩来使，先帝与合罕攻其国，均先宣战，绝不搞突然袭击。”耶律楚材说：“现南宋已失礼又斩来使，尽管不是南宋朝廷指使的。张宣反蒙必有其他原故，但这毕竟是南宋官员所为。我意越秦岭、入蜀地，顺江而下直取唐邓。等南宋闻知我至，将代步遣使者告罪，我再将锋芒转向金朝。那时，我们已抄到它的背后，已无潼关、黄河之险可阻，则一股可下。”

窝阔台见众人意见一致，遂立派拖雷率三万骑兵，经宝鸡，破风州、入潼关出武威东南；又遣蒙哥大安路军，撤屋木檩为筏强渡嘉陵江，至此，蜀地已大部落入蒙古军手中。宋成都制置使逃离，凡蜀地攻下城四十四处。告急信像雪片一般向南宋临安报去。追根求源，始知张宣捅了娄子。南宋朝廷立即召开御前会议商讨对策。并派钦差到沔州，捉拿张宣，又派使臣带着张宣等一干要犯，逆江而上，到嘉陵江的万郡会见元帅拖雷。宋使除携带南宋朝廷的谢罪书外，又献上金帛玉玩稀世珍品和杀掉蒙使的原都统张宣等。拖雷见此情形，不敢专擅，暂歇兵万郡，呈书给合罕与中书令，请令定夺。

南宋使一再求见，拖雷始终不予见面，只得口信说：“你朝廷擅杀我使，故奉命率兵攻打，别的不知，请合罕定夺。你等在此先委屈些日子，饭有你们吃的，别的勿问!"

窝阔台接报后与耶律楚材连夜计议。认为张宣所为,并不是南宋朝廷所指使,现又认罪求和,况人已押到,还是先金而后灭宋为宜。如兵力分散,况狗急跳墙,逼得宋金联合起来,则腹背受敌。莫如同意所请,并要南宋朝廷遣使来我处,共商破金事宜。"我看此时的南宋会乖乖地听我们摆布了。"耶律楚材纵观了局势的利弊,向合罕说出了自己的看法。

其实,下蜀夺江,只为了取道而达到唐邓,现目的虽未达到,但已逼使南宋做出一种就范的姿态,于是诏令拖雷:"允其和解,让他们遣使来商议共破金朝的大事。"合罕强调说:"要派一名能主事的宰相或相等的这一类官员,立即前来,以显诚意,否则,蒙古军的锋芒,随时都可改变征讨的对象……"

诏书还说:"我们不能除了影子没有朋友,可也不能见人就是朋友……雀儿被鹰赶进草丛,连草丛都要掩护它,被穷追的鸟儿飞进猎人的怀里,猎人也不杀它,这是我们草原人的美德……"

窝阔台还说:"南宋杀我使者,我们绝不斩来使,但战斗中不要仁慈,不打则已,打必让你尝到蒙古铁骑的厉害,直到匍地受降为止。"

五十二

南宋自迁临安之后,三十余载,不思报康靖之耻,就心安理得地偏安一隅,又纵情声色犬马。尤其是,地处苏杭的临安,山光水色,烟雾浩渺,湖上泛舟,莺歌燕舞,昼夜不歇。南宋见金由燕败到汴梁,不思乘机图报,反而遵循金主以江为界,各不相扰的条件,得过且过。宰相贾似道,朋党结权,只知搜刮民脂民膏,全不把社稷大事放在心里。

金国自不必虑,金已不能与钦徽二宗北去的时代同日而语了。虽然听说北漠崛起一个蒙古汗国,已占了燕京,也感到是个潜在的威胁,但退一步想,蒙古骑兵毕竟不曾生翼,可以从黄河北岸一跃而到长江南岸来攻打临安。鉴于此,所以对金朝反倒亲善起来。不仅不再制造疆界的骚扰,还相互派遣官员互通礼仪。这样做,从南宋来看,金虽是世仇,但已是历史了,现在金是阻挡蒙古汗国南下的屏障,天塌下来,有高个子撑着,从金朝来看,蒙古铁骑一河之隔威胁着朝廷的命运,全力以赴对付蒙古兵已感捉襟见肘了,再惹反了南宋,岂不腹背受敌。

这也就是两个都偏安而又不相安的两个朝廷的微妙心理。

自从金主两次纳贡而合罕不受，金主已感到战争迫在眉睫。金主守绪尚思竭力备战，加强河防与潼关、凤翔的备军。但南宋朝廷，全然不当回事，依旧“商女不知亡国恨，隔江犹唱后庭花”。乃至听到蒙古骑兵越过“蜀道难，难于上青天”的秦岭，劫掠了蜀地四十四城，告急如雪片般飞向临安，南宋朝廷才慌了手脚，忙派人探听究竟，知道是沔州都统杀了蒙古汗国来使的结果，便立即派使执张宣入蜀谢罪。后闻知要派丞相一级的官员去凤翔议事，这才使贾似道这个奸相感到此去凶多吉少，他便转动脑筋，让别人去当替死鬼。想来想去，知道京湖制置使史嵩之正在临安面君，即入奏宋主，说他应责无旁贷，出使蒙古，但身染重病，不能远行，推荐史嵩之出使蒙古，史嵩之德高望重，堪为使者，倘他出使蒙古汗国，蒙古汗国也不至怪罪，史嵩之有能息兵转安。嗣后，陛下便封史嵩之为一品丞相员外郎也就是了。

宋主平时也是让贾似道牵着鼻子走的一位昏君，闻奏即召史嵩之面君。史嵩之本拟不去，但又恐胳膊拗不过大腿，况史嵩之还多少有忠君思想，对社稷安危当以己任，也就勉强应承下来。打点多种国礼以献窝阔台。第二天，史嵩之取道长江，逆流而上，到了万昌，见到元帅拖雷。

拖雷见南宋御笔亲书史嵩之为宰相，特出使凤翔，觐见蒙古汗国窝阔台皇帝，立即派马队护送史嵩之登程了。

送走了史嵩之，拖雷才将囚禁的原使解禁，尽收礼物后放回南宋去了。

史嵩之星夜驰骋，半个月后来到凤翔大汗行宫，觐了窝阔台，递上宋主的亲笔信，信中除再三致歉外，尚说及“南宋再次向蒙古汗国合罕致意，先派史嵩之一并带去钦犯张宣，听凭贵国发落，宋之世仇，金也。贵国发兵伐金，与我宋报仇，除可在我境内假道伐金，蔽国尚可出兵协助，一切事宜，可由史嵩之代朕行事……”

南宋朝廷态度诚恳，耶律楚材当即奉合罕之命与史嵩之商定，蒙古军取唐邓之道，北上豫地，直取汴梁，如兵力不足时，南宋两湖制置使之兵可袭蔡州。但现在还是由蒙古军自己单独作战，商定之后，史嵩之辞别合罕回去复命不提。

合罕召集了耶律楚材等人御前会议，商讨了下一步的安排，合罕决定：“所有凤翔军骑，除移师蜀地外，蒙哥帅三万骑兵步军，包括新编步军李长林千夫营，进商雒，取道上竹，入鄂地，沿汉江南下，在襄阳待命。”合罕对蒙哥特别叮嘱说明对降将的态度，要一视同仁勿使降卒有身在异邦之感，合罕语重心长对蒙哥道:“你是吾弟拖雷之子,猛勇过人,谋略不足,应多多向中书令请教,朕诸子孙中,胜过你的几乎没有,我已选中你做我的继承人,此事虽未与你父说及,但等汴梁下后,则与众王确定。你应勿负朕望,今后在独立作战时,拿出谋略来,独当一面,才能使你受到锻炼。先帝在日,曾不止一次晓谕我军。我的子孙后代,定会有比较好的,制定了并非世袭制的诏命。我谨遵父命,观察了你数年,万望你善自为之,勿负朕望。”

蒙哥见合罕突然说出了让自己当未来的皇帝,主宰整个蒙古汗国的国事,不禁感到惶恐。蒙哥极像其父,毫无称帝夺王的欲望,他心里想的只是如何使蒙古汗国日益强大起来,作为一个武将,他一定竭尽全力扶植帝王开拓疆土,虽马革裹尸,亦万死不辞。但听说让自己当皇帝,确出乎自己的意料。于是向合罕急急说道:“合罕皇帝,臣只知沙场拼搏,从不知也不想当什么皇帝,合罕还是另选他人吧。不管谁当皇帝,我惟忠于汗国,为汗国效力,足慰平生。”

“此事尚需从长计议,但朕意已决,成吉思汗之后,当择优而之,这是先帝的旨懿。今后,你遇事当多动动脑子,孰是孰非,可否可行,当从汗国的根本出发,而不要从一个大将的处境去想。这是我叮嘱你得一句话。”合罕向蒙哥说,他对蒙哥在长期征战中表现出的英勇善战相当赏识,但觉得蒙哥遇事则怒,此实作为一名大将也是应禁讳的缺点。因此,他决定让耶律楚材这位两代贤相,在蒙哥身边多加指点。蒙哥性起,别人是不易驾驭的,而中书令蒙哥颇为敬重。因此,对蒙哥说:“中书令随你同往,凡事不要擅自做主,先听中书令的话而后办,此事你能做到吗?”

“臣定不忘陛下的旨懿!”蒙哥说:“我一向敬重中书令如同父辈。”

“好!”合罕说:“中书令,你为蒙古汗国两代贤相,现将第三代的事业委托与你,万望勿辞!”

耶律楚材跪倒奏道:“臣受太祖、太宗两世之恩,随肝脑涂地,尚未报之万一。今陛下语之事,臣当竭尽全力而为之。”

五十三

警报如雪片般飞入汴都。盖问蒙古铁骑已破凤翔,大掠向东而来。金主急召殿前会议,群臣文武,各抒己见。都认为北军远来,旷日需时,辎重不济,劳苦已极,我不如在河南州郡,屯兵坚守,而由汴京备粮,分道供应,坚壁清野,固守城池，北军惯以骑兵掠而过，攻坚不催、欲战不能，自然非退兵不可。群臣你一言我一语，无一敢提出迎兵抗敌之策。似这般各城各自为守，那么京都汴梁岂不已暴露在北军的铁蹄下吗？想到这里，金主不觉长叹一声，喟然半晌无语。群臣见主上长吁短叹，亦嗫嗫嗫嗫，不敢再奏，半晌，金主才启齿道：“满朝文武，岂止百员，所奏皆龟缩城内，苟且延命，试问，各城即是固守无虞，奈我京城亦效此法吗？”

群臣闻之，亦惶恐不安，面面相觑，无言以对，金主见状，不觉愤然道：“朕南渡二十余载，各处百姓，破田宅，鬻妻子，供养朝廷和军士，实指望敌寇压境，大将之帅率兵迎敌，保卫家邦。今敌致而不敢应战，闻风丧胆，直至京城告急。你等长期高官厚禄，朕不曾亏待你们，何以如此无用！尚予以守为战，如此怯弱，何以为国？”这个金主平日以为有河关为障，在汴梁偏安度日，不思励精图治，卧薪尝胆，效越王勾践十年生聚，十年教训，亲率臣民奋发图强，而是修殿选女，灯红酒绿，整日花天酒地，何时想到百姓。今用此言斥责群臣，尚有何服人。金主自叹自息，见大家无甚反应，不觉想到，如此下去，金国将何以为国。不挣扎一下，国将亡矣！前两次遣使哈喇和林，均被合罕驳回，所以，感到唯有拼死力争，才能保国。于是对群臣道：“朕焦思竭虑，不能战者何能守，退后守城，闭门不战，等兵退乃自欺欺人之谈，今后不要再聒噪！”金主守绪所虑极是，然而不战而败，何以对我数千万百姓。更何况朕仍有精兵百万，尚可御敌于京城之遥，何必专等蒙古军兵临城下，坐以待毙呢！说罢，御笔亲点诸将，收复襄樊、陈兵唐邓；并促哈达、阿丰拉两帅，速回师还京，潼关已无再守之必要，更何况，蒙古兵又抄到背后来了。

金主颁发了旨令，才稍觉安稳，吩咐散朝，又回后宫作乐去了。宫禁虽然森严，但没有不透风的墙。群臣见国势如此衰竭，金主仍夜夜后宫安歇，有急报呈上，还需由宦官转入内宫，久久不见批复，时时延迟到次日早晨才见龙颜。上怠下慢，所以，也总是吵吵的凶，行动的慢。

且说哈达与阿丰拉接旨后，尽倾守关军士约三五万人，沿潼、洛官道，东行而来。

前已讲过，蒙哥已率三万精兵入商雒，翻山越岭，直奔襄樊而来。到了江边上，楚材与蒙哥计议，何不分兵两线，一线似要夺取襄樊之举而不动，是以牵制襄樊兵力不敢轻易出击；另派一师兵马，入伏牛山，出新野而攻洛阳。

这是，哈达与阿丰拉到了邓州，见杨沃衍、祥华善、武仙等大将俱率兵向自己靠拢，亦觉人多势众，麾军前进，屯驻顺阳。哈达寻思，我去汴梁守城，无疑被蒙古军瓮中捉鳖，莫如驻顺阳与蒙古军主力拖雷一战。进则可将蒙古军战败，退则可守郑州，这样，与汴梁尚可成为掎角之势，相互有个照应。于是，本着“将在外君命有所不受”的不成文的规定，一边报于朝廷，一边在顺阳驻扎下来。一边修补城墙，一边派人进驻禹山，占据有利地势，专等蒙古军渡完双江，列开阵势，以决雌雄。并晓谕士卒，敌军远来，疲惫不堪，我等久食俸禄，金朝国祚能否保全，成败在此一举，阵前必须勇猛作战，有功者赏，有罪者罚。哈达说：“我军合力在一处有三十万之众，粮草充足，士气旺盛，正好阵前杀敌，为国立功。蒙古军充其量不过五万人，我们是六对一。何况我军以逸待劳，若再不胜，何以对朝廷的重托。”军士们听罢，亦觉胜利在望，况连日犒劳，百姓也纷纷举旗送酒肉已慰军士。霎时间，军心大振，摩拳擦掌，只等一番厮杀。

但蒙古军到了阵前，一矢不发，相持以待，旋即天黑，蒙古军退出。哈达亦鸣金收兵，诸将欲追蒙古军，阿丰拉怕诈，不准追赶。

翌日，蒙古军又不战朝北退去。诸将又要追赶，哈达说：“蒙古军不战自走，定有诡谋，我若追去，正中他计。”遂不追，而尾随其后，伺机再战。岂知蒙古军日复一日，并不远遁，每日北退百十里，便找一较好地势安营扎寨。既不出战，亦不派兵，向南骚扰，如此三日，已将哈达、阿丰拉军牵出几近三五百里。是夜，哈达与阿丰拉计谋，认为蒙古军北退，诡计已露。是为了奔袭汴都，阿丰拉则说不然，他认为其中必有奥妙，现尚未解开，仍是一个谜，应寻战机。

是夜，哈达派军马卸铃、人噤声，悄然将两万军士绕道至北路，前后把蒙古军包围起来。翌日，哈达率诸将阵前挑战，蒙古军果出战，双方厮杀了一番，哈达忽见蒙古军阵后尘土蔽天，蒙古军亦不战已败，哈达乘机反扑过去，但蒙古军且战且退，朝山边窜去，哈达穷追不舍，忽听阿丰拉鸣金，哈达正要发火，此时不追，更待何时。忽见自己阵后乱了阵脚，放眼望去，原来蒙古军亦抄了哈达的后路。这抄金兵后路的不是别人，正是蒙哥与耶律楚材率领三万骑步军从斜刺里杀将过去。

原来，蒙哥兵出竹山之后，耶律楚材派人前往南路，寻找拖雷。渡江前，双方已约定：敌众我寡，暂不正面冲突，退避三舍后，再与哈达开战。蒙哥率军隐蔽在山谷里，伺机反扑金兵，使金兵腹背受敌，可打击金朝的有生力量。这样除哈达、阿丰拉的三十万兵马外，只剩下崔立所率的京师御林军了。

哈达忙觅一山冈登上山顶瞭望，但见后边来的袭者，骑步相同，分作三队，迅速奔来。哈达叹道:“绕我背后,潜来袭我,真是变化莫测。”哈达对阿丰拉说:“我看他军伍严肃,行列整齐,万万不可轻敌。”急忙下令回兵,从旁道而去,怎耐蒙古兵穷追不舍,紧紧咬住,毫不放松。哈达派往北路的三万兵丁,已被顶住无法向前靠拢。正在焦急火燎之际,忽听营内骚动,阵内大哗。忙派人严饬何故,来人禀道:“原来从凤翔捉来降卒,在军伍中鼓噪,说蒙古军不杀降卒,还让回家,于是,一队人马随之而去。”哈达问人数多少? 答曰:“少说亦拉走三百余骑……”

五十四

汴都京兆尹崔立,这几日成天在宫殿与金主浏览各地兵报,闻知哈达,阿丰拉抗命不回,后闻在沿江筑城抗蒙,金主闻之大悦,对崔立说:“哈达,阿丰拉乃皇族,必不负朕昔日之恩泽,蒙兵充其量十几之众,况兵疲辎薄,战无多日,现日进隆冬,河封江冻,仍瓮中之鳖也。尔等齐力奋战,可望将北朝一举消灭。”并命起草诏书,让哈达、阿丰拉分兵一股,掩守潼关。定要在长江、黄河之间的豫中平原,把不可一世的蒙古汗国打个一败涂地。又闻听窝阔台、拖雷和中书令耶律楚材都在军中,只消把此三人活擒或打死,何愁北胡不降。于是一边颁旨,一边倾皇库之金,分封哈达与阿丰拉。但对崔立的守京御林军却毫无犒封。崔立不觉酸溜溜的不是滋味,心想:“哼! 你金主现在临渴挖井还厚此薄彼,明日京师告急,看你如何交代。”

这天,终因战事稍懈,金主回后宫会久不敢沾边的诸宫妃,崔立也要回自己的府第,与诸妾饮酒作乐。

崔立仍一混混,不仅猥琐,而且常不顾廉耻,白昼引诸妾裸衣而饮,崔立诫喻,凡是这种时刻,任何人不得入内禀报什么。酒宴从黄昏起就在后楼开席,诸妾中不乏烟花柳巷之尤物,丝竹娇喉,婉转莺啼,尽管已是寒冬,但楼内依旧是个个一丝不挂,已至亥时,丝竹声、浪笑声,猜拳行令声,淫词浪调声,不断从楼上传来,透过纱窗,可见不时有不堪入目的影儿露出。崔立毕竟上了年纪,虽有参茸药物顶着,但已不胜多战,银样蜡头枪早已高挂免战牌。尽管这样,但淫性未减,仍淫声浪语,搂搂抱抱,啃啃咬咬。不久,酒性发作,昏昏然在楼上睡去,诸妾见主人已眠,才敢穿衣悄然离去。

黎明时分,崔立被他的军师杭爱卿摇醒。崔立深知,杭爱卿虽名为军师,实则是他自己享受的男妓，互通方便，有时裸淫，亦召爱卿入席。昨晚杭爱卿并未入伙，因有急事在衙中值更。这时入内，摇醒了崔立。崔立醒后，见诸妾均已散去的散去，醉卧的醉卧，便一把将杭爱卿揽之入怀，竟要入港寻欢。但杭爱卿从怀里掏出一封信，递给崔立，道："相公先看这个，看了大概就无此雅兴了。"

崔立还不撒手，杭爱卿扬起那只挺大的信封，崔立看见上写"金京兆尹崔立亲启"等字样，再看落款，当真吓出一身冷汗。落款写着"蒙古汗国中书令耶律楚材"的字样。

崔立忙拽过一件衣服，胡乱地遮住赤裸的身子，走近蜡烛，抽出纸后先问："怎么得来的？"

"耶律楚材派了专差特使送来的。"

"他怎么能混进固若金汤的汴梁城？"

杭爱卿并不吃这一套。"自古道：'敌中有我，我中有敌'相公连这还不知道！"

"捆绑起来，立即带来见我。"崔立威风凛凛地下令。

"我已安排馆舍安歇。"杭爱卿说："信我已看过，相公看信吧，看完再谈如何发落不迟。"

崔立这才展开信笺，只见上边挥洒自如，苍劲透背的笔锋写到：

> 蒙古汗国中书令谨致金京兆尹崔立台鉴：
>
> 闻你鲸吞了张邦昌的药材并将其当堂杖毙，张邦昌合该得死，但你却逍遥法外，为所欲为，吾愿留张邦昌为之底线，今后线断，此任当由公承之。你欺金主、瞒众臣，此一时之计耳。试想，张邦昌行贿是在光天化日之下，招摇过市，岂能掩人之耳目？
>
> 今派人与你通话，如何发落，大全在你手中，但如何发落你，大全却在我手里。凡事望三思而后行。
>
> 余音有使者面陈。
>
> 蒙古汗国中书令手启

崔立看完这封信，酒早醒了大半。忙不迭地问："来人现在何处？"

"现在馆舍安歇。"杭爱卿答道。心理正寻思不知安排的对否？谁知崔立吼道："为何不立即传报与我？"

杭爱卿想，你正裸淫狂饮，谁敢去报。他搪塞道：“大人连日在朝堂候旨，今辛得安，不便打搅。这也不晚，大人愿他为座上客还是阶下囚，均有大人裁夺！”

崔立对于金朝廷，早已看准只是苟延残喘，正苦于没有个搭桥的与蒙古汗国疏通关节。张邦昌本是条好线，奈何是钦犯，金主追得很紧，这才下了毒手。张邦昌一死，线也断了。今是“踏破铁鞋无觅处，得来全不费功夫”，因此，急匆匆与蒙古来使晤面，一口应承“蒙古汗国一旦围城时，我崔立定当献城以赎前罪……”

五十五

拖雷与蒙哥军会合一处，父子二人均到合罕处面圣。合罕与耶律楚材及诸将计议，分析了哈达与阿丰拉屯山依险的阵势，认为不消灭金朝这支主要力量，即使驰围汴梁，他们也必定在军后尾随骚扰。因而，决定先行吃掉这支主力，再向汴梁进军。

耶律楚材告之如此这般，定能引蛇入洞，一举歼灭之。拖雷、蒙哥与诸将领命而去。

翌日，哈达与阿丰拉在山头朝下遥望，见蒙古汗国的骑步兵，一夜之间突然遁去。哈达立派打探，发现蒙古军的军灶与马粪已冷，马粪已冻成冰疙瘩。回报说，蒙古军已于昨夜初更时分悄声撤去。哈达与阿丰拉还有禅华善计议，认为蒙古军必定是朝东去攻打汴梁。看法一致，因舍此无他，立分兵三路向郑州，汴梁一线突进。

哈达依仗自己尚有精兵二十余万，全不把少于自己的蒙古军放在眼里，况探报，蒙古军距离也只有一天路程。哈达命保持距离，等走出山区再与蒙古军主力交锋。因山区丘陵地带不适合步军的武力施展。

连走了三日，打探报告说，蒙古军已减慢了前进的速度，据此仅三十余里，这是半日之程。哈达下令立即扎营，并计议明晨时分三路包抄过去。成败在此一举。这是金军的士气尚可，辎重粮草的储存极厚。士卒能吃饱，况战事又不紧，每天步行六七十里，颇轻松自在。

不过哈达犯了一个判断上的错误。他只前往派人打探，盯住与他拉开距离的蒙古军，却没想到蒙古军是兵分了三路的。当时，耶律楚材是让拖雷军隐匿在山里，蒙哥率军遁入山内，前边走的是速不台的部分骑军和李长林率领的降卒步军营。实际上，蒙古军是从三个方面包围着金兵。只留北面临黄河一面不投军力。是夜，楚材传合罕旨，丑时三方面向哈达金兵全面开火。拖雷派一部兵力夺取金军的草粮辎重。蒙哥、速不台等两面向以邓州南山哈达屯兵处压迫过来。

翌日，哈达挥军快速朝离他三十里的蒙古军扑去；忽报，尾后辎重已被蒙古军夺走，正惊慌间，探马又报侧翼发现蒙古骑兵。正在这时，速不台也挥军杀将回来，一下把金兵冲为三截，首尾不能相顾。禅华善与阿丰拉紧急应战，尽快朝主帅哈达靠拢，这时，金兵已被蒙古军十停消灭了二三。哈达见状不敢恋战，立即与诸将退入邓州，紧闭四门，依仗城池坚固，死守不出。并谎称大捷，稳住金廷，不然，怕再遣使让他回汴勤王，那样的话，哈达想，必然也在途中被蒙古军吃掉。所以，龟缩在邓州，死也不敢再战。

合罕与耶律楚材见哈达不出，亦不攻邓州，而是分兵自河清县渡河攻郑州，另遣速不台军攻汴梁。

金朝上下，接到哈达大胜的捷报，正高枕无忧地庆贺，谁知蒙古军似从天降，已将汴梁团团包围住了，全朝上下，军民人等，不意北兵猝至、惊愕万分。城中只有崔立的御林军防守，军卒不足四万。金主此时已风闻崔立跋扈，不能调遣，但畏其军权在手，也奈何他不得。金主又派锦衣卫缉拿衙门主宰赵尔梯组织民防。幸好城池坚固，速不台知硬攻不下，也只围城待命。

崔立打探出，来将是速不台，并非拖雷，料耶律楚材在军中，况原议定，献城时，必须有耶律楚材的亲笔信。因而，迟迟不动，尚在观望。

哈达、阿丰拉接迅速勤王的旨令，不得不从龟缩的邓州城内返援汴梁。拖雷的三万骑兵只尾随哈达，金军还击，他便退去，金军再行，他复尾跟，这是狼的战术，一连数日，弄得金军得不到休息，疲惫不堪。这样且战且行，已成一支毫无斗志的军队。至黄榆店时，天降雪雨，道路泥泞不能再行。速不台围而不攻，所需兵力，又还师击阻，哈达率的金兵两万受击，十停又被吃掉二停，这时哈达的号称三十万军力，所剩只有十余万，而且均已成惊弓之鸟。

路上，接到金廷告急御笔亲书的诏旨，哈达不得不再硬着头皮，向汴梁告扰。路上，到处是蒙古军设下的障碍。巨石，大树横在道上，费了九牛二虎之力才扫清道路，每日行程仅五十里左右。现到天峰山，蒙古三路兵力会齐，四面包抄，两军相持了数日，蒙古军料得金军疲惫，故意网开一面，使他奔逃。金军果然中计，杀出重围后，哈达清点人马，十停已剩其一，阿丰拉下落不明，只有禅华善尚跟随，不得已退入钧州。

蒙古军团团围住钧州。钧州城不能够与洛阳、汴梁相比，金兵又仓慌退入，不及修补城池，第二天城被攻破，哈达匿在窟中，被搜出杀死。耶律楚材下令招降道："汝所持者，地势惟黄河、潼关，大将如哈达也被杀死，黄河被夺，此时不降，更待何时。"金军已闻知蒙古军不杀降卒，于是官兵俱降，金廷依靠三十万精兵，至此全部消灭了。现只剩哈达派回洛阳、潼关的守将萨哈、与警巡使强伸和潼关守将重喜手下尚有点兵力。因蒙古军在豫中，故强伸命重喜弃关向洛阳集聚。重喜行至途中，被蒙古军活捉，金兵丁全降。这样，金朝只剩洛阳和汴梁两座较为坚固的城池未下，其余都在蒙古军的手中了。

洛阳与汴梁，都是前朝经营建筑的城池，周世宗与唐武则天都在此筑城，城墙用虎牢土叠打建成，坚密如铁，虽受炮石，不过略损。因而，两城俱遭强攻却迟迟未下。

适逢窝阔台染疾，久治不见起色。耶律楚材拟送窝阔台汗回哈剌和林，窝阔台道："汴梁久攻未下，朕不愿返回，奈何？"

耶律楚材说："汴梁城固，我们炮石火药不力，拟再筹措些时日，加上崔立现已削弱兵势，但民防巡逻力量尚强，攻打会劳师日久，不如暂通条款，让金主纳表求和，我军顺水推舟，等来年夏秋之际，再行攻克，不知圣意如何？"

合罕称："善。"

于是速不台用箭缚了信，射入城内。不久，金主接信后，召集文武官员朝议。可怜金朝臣子，当此困难之际，闻听只需纳贡，蒙古军即退，不问气节，不分内里有何不利，异口同声说："愿降！"金主即命完颜相持金主亲笔信和金银珠宝出城纳降。速不台道："金银珠宝，我国已堆积如山，若要退兵，须皇子为质，否则不受。"

完颜回报复命金主，金主无奈，乃遣荆王守纯之子升格皇太子鄂和为曹王入质蒙古军，蒙古军始撤退。但亦仅从汴梁西撤至郑州、洛阳。潼关已易手蒙古军，只留金之南、东未占。

合罕留下拖雷父子与速不台，北渡黄河返回花剌子模、哈剌和林。耶律楚材叮嘱拖雷："勿轻易强攻，否则失信于民，彼若安分，不妨暂屯兵养精蓄锐。"时合罕只觉一阵阵昏迷，拖雷等均以中书令之命唯从。当即派兵护送至黄河渡口，此时，黄河已完全控制在蒙古军手中。所有船舶舟楫，均派专人掌管。

耶律楚材带着金主人质鄂和曹王北上。分手时，拖雷执楚材手曰："汗国可以无我，而不能无合罕，君之安危托付于吾图撒哈里，万望中书令善加护治，则吾等幸甚、汗国幸甚。如能应承，请受我父子一拜。”说着，单腿跪了下去。耶律楚材急忙扶起曰：“元帅请起，老臣绝不负重托，我当竭尽全力，使龙体早日无恙。”

五十六

谁知一波未平一波又起。

拖雷遵中书令之意，派使去汴梁城内，对金主的求和诚意表示安抚。来使住在馆舍，但一夜之间竟被一歹徒杀了。

蒙古使者被杀，这已是第三次。第一次是出使花剌子模的使者被杀，酿成了西征；第二次是借道南京，在沔州被张宣杀，遂迫使南宋不仅同意借道而且愿为灭金效力，这次蒙古使者被杀，终于造成汴梁失陷，金主出走，不久金朝覆亡。

拖雷这员猛虎之将，谨遵中书令临走之嘱托，仍按兵不动，派信使乘驿昼夜兼程去撵合罕一行。打与不打，围与不围，请中书令立即指示。

原来，蒙古使者被杀，不是别人，正是崔立派人做的手脚，崔立见蒙古军撤围，不胜焦虑。自己献城不行，正在无计可施，一见蒙古军撤去，怕以后中书令占城后，新老账一块算时不好交代。忽闻蒙古派使来金主在馆舍。寻思，此乃天赐良机于我，蒙古使者被刺，必来围城报复，自己可以趁机控制全城军民与御林军官兵，纳城受降，不愁不受蒙古军赏识。别的不求，能授一汴梁长官此愿足矣。想罢，立即派人前往馆舍行刺。当时，由于金廷因蒙古军撤走，合罕北上，全朝文武均弹冠相庆，又闻蒙遣使来朝，表示诚意，更是喜上加喜。金廷摆宴与来使和群臣共饮。

席间，宾主自然讲了不少两国同好的话，金主也一再明确表示，现蒙古军驻军的郑州——潼关——凤翔一线，金已表示无意收回。黄河属蒙古汗国所有，言外之意，汴梁实际上已无险可守，只要国祚存在，宗庙能保，别无他图。金已做了最大的让步和牺牲。对此，使臣桑布干亦极为满意。因按合罕与耶律中书令的意思：如金表示诚意，则不妨联金讨宋，现金主表示了这个意思，桑布干立即表示回呈合罕，就此两国修好。当好，进一步联金讨宋，拖雷派遣时不曾谈深，也不必在此宴席上公之于众。因而，酒宴上始终洋溢着主客皆喜的气氛。

崔立当然是应邀来参加者之一，席间，他曾不止一次透露过蒙古此议是否真心，桑布干因来时曾听中书令的嘱咐，不要接触京兆尹崔立。这时，见崔立刺探，当即义正言辞地驳道：“我们中书令不认识你，我更不认识你，我来负有汗国的使命，修好两国，要说的已对贵朝廷表明。如你是金主指派洽谈的官员，我可与你会晤，否则，恕不交往！”

崔立碰了一鼻子灰，心中不禁感到自己的黄粱美梦有破产的可能，那么，自己梦寐以求的汴梁留守长官怕也只能是画饼充饥的份儿了。不行！两国修好诸多不便，一定得……

在一片修好的气氛中，金廷防范本就松怠，况此亦崔立职权范围内之事。桑布干也根本没想到在这里被谋刺，况他只带两名随员，自己也感到会很安全。宴席散时，已近午夜，回馆后不久，桑布干与随员也都安歇了。

崔立欲盖弥彰，在席间穿梭般地碰盅祝贺，席未终了，便被人搀扶出去，他的酩酊醉态是尽人皆知的。这样，一旦出了上述意外事件，他作为京兆尹就可以推说醉后有失饬查，因而可以推卸一定的罪责。

刺杀桑布干后，金廷除追究罪责外，朝野上下一片慌乱。在动乱中，人们都感到一股无名的压力，心想：蒙古汗国的报复不需多久即将降临在汴梁都城之上。前次经过围城，官员们受了惊吓不说，虽未断饮，而鸡鸭鱼肉早已告罄，真可谓“三月不知肉味者也”。人们现在的想法则是“三十六计，走为上计。”官宦人家，商贾大户都设法留一条退路，箱笼细软、家具什物，妻妾亲朋，沾亲带故的，无不攀附一两户，避到乡下或离京较远的地方去了。朝廷只剩下个空架子。

蒙古大将速不台已率兵东进，慌得金主忙不迭地弃城东逃，偌大个汴梁只留下武将守城，其余的人均随金主逃窜。

原来拖雷派出的信使，在居庸关即追上了合罕，当时合罕昏迷不醒不能理事。耶律楚材拆信看时，知是金主的臣下杀了蒙古使者桑布干，他暗忖：此杀使者，必欲挑起蒙金之间的厮杀，促使蒙灭金而为，思来想去，大约是出自崔立的手脚。虽未证实，然已猜个八九不离十。眼下已开春，万物复醒正是征战的好辰光。他对信使说：“你让元帅先按兵不动，着元帅速来这里，我有急事不能分身，来此从长计议。”

信使星夜驰回，拖雷拆开密封信函，是耶律楚材手迹，上写：

蒙古汗国中书令致大元帅拖雷麾下：

合罕患急症久已缠身不去。我拟去中原，你应急速回到合罕身边，以防不测。诏书已明定，你为合罕继承人，万一，你可立即主事。国内不可一日无君，切切勿误。

此事由我去指挥，暂按兵勿动。

顿首

耶律楚材手书

拖雷看罢信后，立即晓谕蒙哥，不许动兵，等中书令来后再做处理，星夜驰回居庸关。时合罕长睡不醒。楚材云：是痰迷攻心，将养好了有复醒的可能，留出了几付药，说，只消服侍，断不至大碍，当然，亦不可不做不愈的安排，料理完了之后，留拖雷守驾，自己星夜驰往河南。

再说拖雷甚为信崇巫术，楚材走后，自思蒙古汗国可以无我，断不能无合罕，即召随行巫医求治。巫医先不敢言，拖雷逼迫急了，才说："此病无他药可医，唯有一亲王代死，则合罕可愈。"

拖雷闻言思寻道：成吉思汗生我兄弟四人，现大哥已崩，二哥远在钦察，一时也来不了，现只有我是手足同胞，还犹豫什么，想到这里，喝问巫医道："果真应验？"

巫医战战兢兢地说："奴才不敢妄说。"

"好，如此说来，你写下字据。"拖雷说道："你写四弟愿替合罕代死，如合罕复醒，你得重赏，否则，杀头示众，已惩惑众妖术。"

巫医刚立下字据，合罕意外地说起话来，索取水饮，拖雷狂喜，向合罕言及自己代死，合罕闻后，急拉住拖雷说："人之寿禄，乃天定也，人不可为。如果我阳寿已终，你死也徒劳无益，如不该死，你我兄弟尚可一块完成统一大业，万一我先你而去，重担只有你挑了。"说罢，潸然泪下。

窝阔台与拖雷，在四弟兄中最为要好，名为君臣，实则兄弟，窝阔台知拖雷的心犹如白玉洁白无瑕。现在要拖雷代死，他如何舍的。拖雷这条硬汉子，这时也动了真情，边抽泣边道："我父亲在我兄弟四人内，选你当了大汗，这说明先帝眼力过人，我们东拼西杀，战果累累，是合罕治军有方，我始能活到今日。"拖雷动了真情，竟然恸哭起来。"我在哥哥跟前，何分你我？我出征十余年，屠杀蹂躏，造成罪孽无数，神若示罪，理应我，与哥哥无涉，不如我代了哥哥吧！"说着，向合罕行了君臣之礼，即欲退回，但一把被合罕拽住衣纳，合罕道："弟言差矣，生死由命，岂有他人更待之理。你是我皇位合理继承人，若能戒躁动智，则你必然在我之上，况我现已清醒谈何代死。不知耶律楚材何在，你为何来到这里。”

拖雷忙将经过情景简要说了一遍，合罕一听，一口痰涌上，又昏了过去。半晌才憋住气说：“金一向反复无常，姑息不得，你立即去把汴京夺了下来。”合罕气喘吁吁地说：“历来杀我蒙古使者的，终不得好下场……”说罢，痰又涌上。

拖雷不敢怠慢，拉过巫医，问：“何法以代死？”

巫医战战兢兢递上一碗冰凉的水，说：“饮罢便慢慢睡去，一睡不醒。”

拖雷接过碗，对侍臣道：“我饮此露，如果死了禀合罕重赏巫医。”又对巫医说：“我若醒来，当拿你的首级代替合罕……”

五十七

速不台很快围住汴梁，但此时金主已亡命归德。诸军闻金主已弃城南奔，溃不成旅，归德总帅什嘉纽勤浑，迎见金主，各军怨气冲天，望金主定人心，安社稷。金主大怒，不思己过，把元帅正法。其实，金廷亡象已见，杀了元帅，只是雪上加霜。

这时，金主弃城后，崔立当即向金主道：愿与汴都共存亡。金主甚至赏道“国危节乃见，”不成想崔立有此忠节，于是嘉奖了几句，将后妃后宫托付给崔立后亡命沂朔，继而蒲城，最后在归德落脚。满以为崔立守城，万无一失。当遣使到了汴京，才发觉崔立的阴谋诡计。

崔立闻金主遣使来迎两宫，他即带兵入宫，问来使纳苏肯和萨尼雅布道：“你们奉旨来汴都，要送两宫去归德？”

二人答所言极是。

“那么，皇帝跑了，后妃再跑，汴都还留守个鸟！”二人见崔立是朝廷命官，出口不逊，刚要申辩，被崔立一使眼色，当即分尸两段。崔立杀了二使，随即闯入宫中，向太后王氏道：“主子远遁，城中不可一日无主，应立王子为主。他的妹妹曾在北方为后，侍奉过成吉思汗，立了他，则容易与蒙古军议和。”太后战栗不能答话，唯只有颔首而已。崔立自封为太师都元帅尚书令郑王，弟兄朋党也皆拜大官。并托辞金主外出，所有随驾官员的妻室，应集中一块，送至归德与官员们团聚。这些家属不知是诈，都高高兴兴打点金银细软，欲去归德团聚，岂知崔立一律禁入宫中，金银细软均洗劫一空，略有姿色者被崔立朋党蹂躏，稍不从者立即处死。

百姓早已得悉崔立丑闻，只有他的爪牙，说他功德无量，正欲建庙立碑，速不台又率军围住汴梁。

别人都慌了手脚，唯独崔立恨蒙古军何不早来。

原来，速不台一直按兵不动，没得到合罕与中书令的军令，不能违命进军。虽然说消息一再传来，说金主完颜守绪已出逃，但速不台亦秣马厉兵，严阵以待，并未移动分毫，此期间，崔立等才干尽了坏事。这时汴梁一帮落魄文人墨客，见崔立飞扬跋扈，都知此人乃煞星转世，惹不起，于是均糜集左右，极尽阿谀奉承之能事。"功能无量"正是这般文人骚客唱出来的高调。当时在京中首推元好问为博士，并推他为崔立树碑立传，元好问躲之不及，况有家小之累。告诉他，撰文拟好，即放他家小等出城回江东老家。崔立完全应承，元好问才违心地按照大家的意图草拟了一篇碑文，把崔立捧上了三十三重天，众墨客一致拍手称绝。于是，元好问立即打点出城溜之乎也，其余的文痞则找石料，选立碑点、找石匠。恰恰这个时候，速不台围了城。大家都慌了手脚，崔立却说："众位莫惊，本帅自有退兵之计。"众人一时吃不透这句话，只见崔立当即草书了一份致速不台的信，命人用箭射出城去。

速不台接信后，立即将信呈与耶律楚材，楚材阅后并不立即回答，指示围而不攻，派专使去居庸关请示合罕。

合罕自拖雷喝了那碗冰入脾脏的冷水后，随着拖雷慢慢死去的当儿，又慢慢苏醒过来，醒后即询问拖雷何在，众人禀道，拖雷已毙，于是把事情的始末向合罕禀报明白，窝阔台后悔不已，但四弟已死，无奈，在居庸关厚葬之。刚刚欲南下，耶律楚材的信使也到了，于是，几日起程到了汴梁城下。

君臣数人对汴梁如何发落又激烈地争论了一番。速不台谓汴梁攻城时，将士损伤无数，必须屠城以报此仇；耶律楚材谓这种做法再也使不得。蒙哥只能听楚材的，因拖雷临行时一再嘱咐过蒙哥，蒙哥当然不敢有违。合罕才决断说："汴梁虽破，金主尚外逃，实属金国已灭，今入城后，应立即贴榜安民，不准骚扰百姓。对皇宫应内外有别，以察宗庙，倘仍负隅顽抗，则当别论。此条不仅对金，后拿下南宋朝廷必须遵循这一条律令。"

合罕说的斩钉截铁，速不台与威得卜也不再说什么。

翌日清晨，刚欲攻城，忽见城门大开，崔立押解着金太后王氏、皇后图克坦氏，以及梁王、荆王和各宫妃嫔统统来到速不台军中，作为犒军的强项，威得卜刚欲接管，但速不台不敢专擅，立即派人请示合罕。合罕见崔立这样做了，即命人将此皇族与后妃一律送往哈剌和林，等金主降后一并发落。

随后命速不台入城，当时，汴梁城内居民一百四十万，幸得保全。崔立怏怏不快回到府中，想到掳来的臣妻美女消遣解闷，谁知到府中方知，府中寂无一人，去看金银玉帛亦不翼而飞。有人报告说是蒙古军入府洗劫一空。他哪里知道，汴梁秋毫无犯，唯有耶律楚材中书令，特令速不台遣人崔府将崔府一干人等一块发送哈剌和林，所有金银细软，均属不义之物，应予充公。但考虑汴城下，尚留他一用。当时，崔立大声恸哭一番，心想：经营多年，始得这些财宝，今毁于一旦，不胜心痛，但旋即想到：金银妻妾均自外来之物，失而可复得。好在"留得青山在何愁无柴烧"汴梁尚在我手，自然可以继续搜刮民脂民膏。

且说金主在归德，总帅什嘉纽勤浑与官察固德早已不合。因此，官察固德谓不如北渡，好图恢复，此归德绝无守卫之理。什嘉纽勤浑从旁力阻，被官察固德率兵杀死，又将金主幽禁起来。金主甚是恼火，密与纽祜禄温淳、乌克逊爱锡等密计，杀死固德，遂由归德赴蔡州，金主去蔡州时，仪卫简单，气象萧条。人困马乏，一路雪雨交加，好不容易才到了蔡州，休养数旬之后，才知两宫已北掳和林，便命完颜仲德为尚书右丞，统领省院事务，乌库哩镐为御史大夫，富珠哩洛索为签书枢密院事。分管已完，各行其是。完颜仲德有文武之材，金主也努力中兴，事无巨细，必须亲躬了。选士括马，缮甲治兵，欲奉金主西幸，依险立国，怎奈近侍多娶妻妾安家，不愿再迁了，这时商贩亦云集，市容日渐繁华，金主遂罢迁意，得过且过起来。隧命仲德选女入宫，修建亭台楼榭。仲德力谏，怎奈"忠言逆耳"。遂勉力招募，尽人事以听天命。

金主复遣完颜阿尔岱至宋乞粮，临行时，对阿尔岱说："我嗣位以来，实不负宋，但宋负朕！"

这时的宋朝，见金主已只有挣扎的份儿，那能凭阿尔岱三寸不烂之舌就弃蒙而援金。阿尔岱奉命而去，只能空手而回。

南宋送走了阿尔岱，即派使告诉蒙古军将布展，言明愿与蒙古军共袭蔡州。由宋将孟珙等，率兵两万，米三十万石，来蔡州城外，说，宋将负责攻打南面，蒙古军负责攻打北面。

此时，蔡州城内，尚有完颜仲德、富玛哩、洛索等名将，仗着一股血诚，誓死护驾。但终因城小兵寡，防了南面，防不了北面，防了矢石，难防水火，防了水火，难防钩梯。况且外乏援兵，内无粮草，单靠这股血诚，断难持久，幸有内城尚

可抵挡一阵，也已到了有今日无明日的地步。

勉强支持了两月，已是残年。

这一天，蔡州城上铅云压顶，旭日无辉守城兵卫早已面目枯槁，饥饿不堪。金主晨起巡城一圈，咨嗟了好一阵子，知道大势已去，到了晚年，诏元帅承麟入见。金主道："我欲把主座让你，实是万不得已的计策。城已旦夕难保，我体肥肌重，不便鞍马驰突，只好以身殉城了。你平日矫捷，且有将略，万一得免，保全宗祚，我死也心安了。"承麟听了，明知推授无济于事，只好勉强受了下来。

翌日，承麟继位，百官也列班称贺，礼未必，蒙古军已突破南城。承德料不可敌，便入内照顾金主，但见金主已悬梁体僵。承麟虽说坐了一日的皇帝，也死于乱军之中。金时建国自阿骨打传六世、易九君，百二十年而亡。

蒙古军布展与宋将孟珙，扑灭余火，捡出金主尸体，折为二段，各执其半。此外，如皇室物品也一分为二。并议定以阵、蔡西北地为界，蒙古北、宋南。两军分道而回。

五十八

耶律楚材日夜兼程，已驰过了居庸关。居庸关已不再是重兵把守的关隘，而是变成一个驿站。居庸关对耶律楚材来说，在峥嵘岁月里，有多少往事值得遐想和回忆。与成吉思汗促膝谈心的日日夜夜，与窝阔台曾在此驻足，子夜月光下他和窝阔台驰出城池，出南口后的那一番披肝沥胆的交谈以及汴梁攻克前陪同合罕北行在此留驻的情形，仿佛都是隔日之事，一一浮现在眼前。

他还记得，合罕在沙河月光下对自己叮嘱的话"佼佼者易折，皎皎者易污"的话。当然，不难理解，合罕是从爱护出发的。自己一生对汗国赤胆忠心，自己的一些做法，有什么不妥之处吗？楚材想：我虽肝脑涂地在所不惜，是的，在制止屠城杀戮方面，自己是作了件旨甚至和成吉思汗发生了龃龉；到窝阔台时，总算说服了合罕，对降卒的坑杀以至到对降卒将的使用，是经过一番激烈斗争的。是啊，民族之间的隔阂太深了，历代的君王哪个把北漠的各族平待以待呢？万里长城的修筑，边市的关闭，生活用具的封锁，商贾对漠北民族的欺诈，等等，哪一件不留下对这些所谓异族的鄙视呢？当蒙古族在燕京崛起，逐渐变成了一个强悍民族出现在中国大地之际，蒙古族为了自己民族的发展，并始使用突厥、塔塔尔、畏兀儿以至女真族，但对汉族一直存有戒心，其缘由是历史形成的。

但自耶律楚材二进燕京之后，所提建议均受合罕的采纳与支持，汉儒的使用，尊孔的崇尚、科第的恢复、法制的确定到推行，这些，对汉地的统治，无疑起到了相对稳定的作用。就拿凤翔攻下不杀降卒的后果来看，就连当时力主杀戮的蒙哥，也不只一次说道，降卒中不少士兵杀敌奋勇。而且在瓦解金兵的军心上，起到了意想不到的作用。金廷虽亡、南宋尚在。耶律楚材想，不屠城，不杀降卒的措施，必定在统一中国的大业中起着不可估量的作用。

是啊，南宋皇帝对原都城汴梁的觊视，早不满于偏安一隅，卷土重来之意在蔡州蒙、宋各自还军划定疆界不久，不到半年就开始了即发重兵以攻打汴梁的姿态。

宋将赵范、赵葵曾上表奏请收复失地，因请遣兵调将收复汴梁。宋臣中多言不敢造次，但贾似道宰相突然心血来潮，认为大可一试，说蒙古人只能统领北漠最多到冀中平原，河南绝非蒙古军长驻之地。并说以其军力想统治这样辽阔的地方实属力不从心，因而蛊惑宋主发兵攻汴。宋主还都心切，也忘了利害，即颁旨照行。

赵范与赵葵见准奏，即会同淮西兵丁五万余人和序州金子才，杀向汴梁而来。这时蒙古方盛，虽在河南驻兵不多，但其国力与实力并非南宋可比，南宋撕约入侵，真可谓自不量力。

汴梁攻陷，金主吊死蔡州，金灭之后，合罕与楚材曾议及对汴梁的驻留问题。合罕意仍回师哈剌和林，此次征战，实力亦耗损大伤，拟回漠北丰腴的草原让人马均能得到休养生息。中书令亦有此意，但考虑到汴梁的留守长官和洛阳、郑州以及潼关的镇守使与留守长官的人选，大有困难。一些部将过不惯中原的生活，急欲北返。有些部将倒想驻留，奈何又不是治理地方的材料，思来想去，耶律楚材建议，何不让原来的地方官员继续留任，事实上凤翔、洛阳的官员都对蒙古汗国效忠甚力，合罕也同意了这个主张。只是对汴梁的官员作了调整，选用了原京都尉李伯渊做了汴梁府尹，而崔立副之。

耶律楚材此举，原是对崔立的为人深恶痛绝，献汴有功非但不曾提升，反用李伯渊。但他恰恰忘了，李伯渊为人虽正直正派，虽用之为地方官，可谓用人得当，但有了意外情况，李伯渊会反叛，却是一个失着。

李伯渊对崔立为人，早已耿耿于怀，及至崔立将两宫后妃，尽献蒙古军之举，实在是恨之入骨了。自当了府尹之后，总想寻机除掉这个卖主求荣的蠹虫，但也知崔立爪牙众广，况握有兵权，不敢轻举妄动。刷闻南宋发兵来攻，约崔立到府议事，崔立至，伯渊则亮出匕首，刺入当胸，崔立当即毙命，伯渊把崔立尸系在马尾后，出示军前道："崔立杀害劫夺、寻淫暴虐，大逆不道，古今未有，今替天除害，特暴尸示众，由百姓们随意发落！"话尚未尽，崔立之尸已被寸断。臾须只留下首级，这是李伯渊下令留下的，伯渊将首级献在事先摆好的金主灵位前，血祭了金主。

祭后，便迎亲军入伙。赵葵等即商议攻打洛阳，蒙古军除汴梁未驻军队，洛阳、潼关等重要关隘，尚有军丁驻守。洛阳驻军乃蒙古大帅扎拉呼，闻汴有变，又闻驱兵西来，立即退出洛阳，占据了一个有利地形，严阵以待。

赵葵促金子才进取洛阳，子才以粮饷未集，尚拟缓行，赵葵不以为然，催促速行，子才缴淮西制置使徐敏可，统兵万人赴洛阳，谁知入城只有穷民三百余户，实际是座空城，方知中计，急待撤出时，拉扎乎已率军杀来，蒙古军驻留虽少，但以逸待劳，冲入宋阵、横冲直闯，随即把宋军阵脚全部冲垮，徐敏可仓皇逃往汴梁，可怜一万兵丁，杀的杀，降的降，全军覆灭。

赵葵、金子才在汴梁，所复州郡，均系空城，无食可咽，而运粮官史篙之久久不见踪影，蒙古军已朝汴梁杀了过来，决河放水，宋军多被淹死，无奈，又弃城南逃。李伯渊知自己难免，遂在府内自刎而亡。

耶律楚材向合罕引咎自责，汴梁用人不当，但合罕笑道，万无一失的事古今未有，区区小事，朕与你担待就是了，何必挂在心上。随即与中书令计议，何不乘胜追歼攻打南宋。

耶律楚材道："现军力匮乏，不如暂缓。"

合罕沉吟不语，忽报高丽王杀死使臣，才下决心先惩罚杀使的高丽，但如此退军，南宋必不死心，再遣军骚扰，则顾之不暇。楚材道："不妨，待我遣使发书谴责南宋背信弃义。"并誓告若再犯界，莫怪蒙古汗国兴兵灭宋。

蒙古使者至宋，当面斥责宋主，宋主理亏，唯唯诺诺，保证两厢修好。这样，合罕才派撒里塔为大将，统兵东征。

五十九

耶律楚材飞马驰出南口，又折回燕京。是啊，她必须与妻子和莲子告别一声，他要去曲阜把孔元措请回哈剌和林之后，还要到河东寻找元好问。

苏氏见楚材风尘仆仆地回来了，不禁大喜，楚材虽一身尘土，但看去较之分手时的精神好得多。楚材询问了家事后，立即问起张崖云的近况，苏氏说，张崖云自将《龙龛手镜》付刻印之后，到家别了一下即赴五台山找元好问去了。其实张崖云归来只说笑了一番后，说要四海为家，归期无定。

张崖云自金殿对证，应合罕之邀，即去平阳负责刻书院的工作。合罕之命，总算把这位难于羁绊的人留住了。以后的三年之中，楚材随军行中书令事，几乎从未晤面。东征高丽时，楚材在哈剌和林立持政事，也无暇到燕京。

合罕驾崩后，耶律楚材在哈剌和林与乃马真后真刀实弹地较量了几个回合。他待病休养在燕西玉泉祠时，张崖云曾不止一次前来探望。并直言不讳地让耶律楚材急流勇退，他俩曾夜以继日地辩论个面红耳赤。两人的主见虽非完全合拍，但不曾伤了友谊。当时俩人均在编辽史，会晤时只谈史事，不论其它。

此次耶律楚材兴致勃勃想再大干一场，朝事虽未尽全退，但一部残缺不全的辽代编年史却无论如何应在张崖云的协助下，篡编成册，这是美髯中书令耶律楚材多年的夙愿。但偏偏在耶律楚材能腾出手来投入这项工作的时候，他的忠实助手却离他而去，而且是找元好问去了。

金灭之前，崔立在汴梁曾跋扈一时，听说给崔立树碑立传即出之元好问的笔端。事后，楚材曾将此文要来一看，看后，他怎么也不相信，这竟然是元好问的手笔。然而，事情往往就这般蹊跷，很多人证实此碑文就是元好问所作。汴梁城毁之后，楚材曾多方打探元好问的去处，得到的回答是：元好问已回河东故里。

这两位同年生而又相互仰慕的文豪，竟然没有能更好地促膝谈心。耶律楚材回想起在汴梁营救孔元措的日日夜夜，元好问婉绝了耶律邀请共事蒙古汗国的提议，但孔元措离汴去哈剌和林，元好问无疑起了重要作用的。临分手，又遇到了张邦昌的意外，几乎未能有机缘再深谈一次。也许，耶律楚材想：如能再建立些感情，元好问弃金投蒙也不是完全不可能的事。

对，现在为时还不晚，元好问与自己同年，仅才过了耳顺之年，正是大干一番事业的时候。成吉思汗预言的好：我的子孙总会有一两个可以继承皇位的。虽然眼下乃马真后称制，但用不了多久，局面会逆转的。现在，他必须要做的事，是先上曲阜找到孔元措后，然后再到河东一走。他也要把张崖云找到，元好问只要悉心去找，必然能找到。须知，元好问是个不可多得的朝材、智谋与学问都在自己之上。如元好问能出仕，耶律楚材甘愿退到次要的位置上去。

苏氏听到丈夫的宏愿，倒是满腔热情地支持他，但莲子的嘴却噘的老高，楚材一再缠问，莲子只不说话，苏氏在一旁并不点破，楚材如坠入云里雾中，一时摸不清是怎么回事。

莲子真是女大十八变，才分手半年，已出落的亭亭玉立，楚材见莲子伤心地啜泣着，不禁心疼地问："莲子你都是大姑娘了，还要小孩子脾气?"说着，抚摸着莲子头上梳得光滑匀称的两个发髻。关切地说："怎么样？做了多少学问，有什么长进，说给我听听。"

莲子赌气地拉着耶律楚材走向壁架上堆放整齐的书卷和绵帛，楚材看到的是，西夏国灿烂的历史文化。对，这是在冒了九死一生从西夏覆亡前用两个毛驴抢救出的宝贵遗产。原来凌乱杂沓的画卷书籍，现在整齐地编纂成册、装裱一新。苏氏在一旁轻轻地道："这都是莲子帮我整理出来的，单等相公回来过目呢!"

妻子苏宛如当然也不希望丈夫刚匆匆驰回，又远出奔波。她回想起嫁给耶律以来，他们在一起真正相处的日子屈指可数。这倒不是说苏宛如感到委屈，更多的怕是一种眷恋的情意。她甘愿侍奉这样一位博学的伟丈夫，她更加支持丈夫为了蒙古汗国的兴旺发达而沐风栉雨，废寝忘食，夜以继日，东奔西走。她更希望丈夫在有生之年作出了一番轰轰烈烈的事业来。作为一个女子，作为一名苏氏的名门之后，她把自己对丈夫的爱恋之情埋藏得深深的，因而，她操持家务，生儿育女，是一位难得的贤妻良母。

乃马真后称制之后，她发现丈夫的郁闷之气时有流露，但相对说来，丈夫在身边的时间多了，而且朝夕相处，日夜为伴，这种安逸的生活对耶律楚材来说，无疑是一种折磨。不行，作为耶律楚材的妻子，她深知自己丈夫的抱负，而这样沉沦下去，必将导致楚材精神上的沮丧。她悟出儿女情长绝不是医治丈夫心底创伤的良方。于是，她鼓励丈夫，支持丈夫带病出去为汗国奔走。

丈夫这次回来，无疑在精神上焕发了一种新的朝气，她见丈夫红光满面。精神饱满，眉宇之间不时露出一股英气。这些，都像是恢复到他们燕尔新婚时的模样，她感到欣慰，也感到满足。但是，来也匆匆，去也匆匆的丈夫，难道连明天的端午节都不能与家人团聚，而又要上路吗?

昨天，楚材回家，她心中暗自高兴了一阵子，丈夫为过好这个传统节日，匆匆赶了回来，她想，乃至今日楚材说明早就要远行，她才意识到丈夫大约根本没想到过什么季节的变化，佳节的来临，而想到的只是事业。对于家来说，他仅仅不过是匆匆的过客。为此，一种无名的惆怅和委屈暗暗袭上心来。

再者，她已吩咐人去都城唤儿子耶律铸回来，共度端阳节，如果耶律公不走，那么，可以过上一个难得的团圆节了。

结婚二十年了，她未正面或侧面阻止过丈夫的行止。这次，她仍以理智战胜了感情，只是淡淡地说了一声。

“莲子，把你做的香囊拿出来，给你父亲系在衣裳上，也好闻闻香味，看看你的女红，避避虫邪。”宛如编纂说得很平静，然而，耶律楚材已经悟出自己的薄义与寡情了。一生奔波劳碌，很少能和家人团聚，明天就是端午节，而自己却执意要走。尽管自己是无意的，然而也无意地伤害了这母女——一家人的伦纲之情。妻子又补充了一句，“也为缅怀一千多年前投身汨罗江的屈原先辈！”

莲子半跪，面伏在楚材的膝上，听到妈妈的吩咐，有些凄楚地“嗯”了一声，起身要去取香袋，但被楚材颤抖的双手紧紧拉住，热泪盈眶地朝站在身旁的妻子宛如编纂说道：“不！香袋应该是明晨喝雄黄酒时再拿来的物件，现在拿出来，岂不大煞风景吗？”

莲子高兴地一下蹦起来，嚷道：“父亲明天不走了！”

楚材负疚地站起来，把宛如编纂的手拿起来轻轻地抚摸着说：“无情未必真丈夫。宛如编纂，我怠慢你们了。请容我一拜而谢罪。”说罢，单膝跪了下去。

宛如编纂忙不迭地扶起，但发自内疚之心的楚材，再也抑制不住冲击心底深处而涌出的泪水，失声悲恸。

在宛如编纂的记忆里，楚材还是第一次儿女情长的真情流露呢。

六十

耶律铸已十岁有五，长年随伯父攻学，其中除上元、寒食、冬至、年关与家人团聚外极少回来。别说对生父楚材感情陌生，就连母亲苏氏，也总还没亲近够，就又返馆去了。铸自六岁送入学馆，今已寒窗十载。若不是楚材返回，宛如编纂原不打算让独子回来，今年是弱冠之年，也是独子出学之年，但苏氏念及一家人的团聚，还是派人召回。

五月的天空，并不那么湛蓝剔透，云朵像棉絮一块块散布在天上，它的边缘有些像不规则的柔和、缠绵的杨花柳絮的团簇。

风懒懒地吹着，莺啼鸟鸣，端阳节的早晨却还清爽。

耶律楚材一家四口，围坐在天井的梨树下。

苏氏昨晚忙了半宿，亲自下厨做了几样精致的点心。这时，几案上摆满了粽子、枣糕及应时水果。莲子把盏，给父母兄弟都筛满了微呈黄橙色的雄黄酒。并顽皮地把艾蒿插在楚材的帽冠的中缝和母亲的髻发处；耶律铸装扮的更奇特，莲子把艾蒿弯成圈形，套在哥哥的耳郭上。一家人无拘无束，乐融融，喜洋洋地共叙天伦之乐。

苏氏举杯祝酒，全家饮下了节日的第一杯。

耶律铸对父亲有些拘谨，楚材满脸堆笑地问："铸儿，莲子，今天是端阳节，你俩说说节日的来历？"

"《太平御览》卷二十一有言仲夏端午。端，初也，亦名'端阳'；又因'重五'、'重午'也得名。"铸知道父亲在考问他，仍然回答得很拘谨。

"吴均《续齐谐记》中道，屈原五月五日投汨罗江死，楚人哀之，每于此日以竹筒米投之。以龙舟、粽子以祭。"莲子边说边剥了粽子递给楚材。

楚材今日酒兴极浓，一反平日酒不沾唇的戒律，竟倡导曰："铸儿、莲儿在其师，其母的教诲下，学问与日俱增。平日为父忙于政事，无暇顾及尔等。今日偶得佳节，愿与夫人、子女共庆佳节，特出酒令。凡能指明出处者，我愿受罚一杯。"楚材笑着问宛如编纂"如何？"

"难得相公有此雅兴，我们母子愿陪。"苏氏笑岑岑地满脸像绽开了的桃花。

"铸儿，我每十有八九不在家，听你母亲讲，你的学业很有长进，今天，"楚材理髯笑道："待为父试试你的才学如何。"他略斟酌了一番，说道："'一身报国有万死，双髯向人无再青。'你试与为父讲讲此诗的出处。"

一问到学问，耶律铸反倒平静了许多。一听父亲念完，即答道："此句出自宋陆放翁《夜泊水村》，诗中道出了诗人壮心不已，以身许国，万死不辞的豪迈英雄气概。"

"好一个万死不辞的豪迈英雄气概。铸儿学问学得实在，真仍名师出高徒！当然，"楚材朝苏氏感激地点点头。"这里也有贤妻的一番心血呀！好，这杯酒我喝了。"说罢一饮而尽。

"妾侍君多年，深感夫君为国为民呕心沥血使妾想起李商隐的'春蚕到死丝方尽，蜡炬成灰泪始干'的名句，又想起了'了却君王天下事，赢得生前身后名'的名句，对照夫君的行径，妾以为当之无愧也。"宛如编纂说得很动感情。说罢已是眼中转泪。楚材深知妻是个内涵极深的人，人生能得一二知己，则死而无憾也。在家中能博得妻子如此的赞誉，一股暖流随着醇酒渗透全身。他感激地

吟咏道:“生我者父母,知我者宛如编纂也。你我堪称‘相濡以沫’。‘两情若是长久时,又岂在朝朝暮暮’。”楚材吟咏之后,对莲子道:“你可知此一首词的出处?”

“禀告父亲。此词为宋秦观的《鹊桥仙》。”莲子琅琅诵道:“‘纤云弄巧,飞星传恨,银汉迢迢暗渡,金风玉露一相逢,胜却人间无数。柔情似水,佳期如梦,忍顾鹊桥归路!两情若是长久时,又岂在朝朝暮暮。’意思嘛,”莲子扭捏地向楚材撒娇说:“母亲并不曾让我读这种诗词,而是我自己偷偷吟诵的,意思嘛——父母双亲大人是很清楚的了。”说罢,抿嘴吃吃地笑了。

楚材知道苏氏对女儿管束的不无道理,便向铸儿问道:“你母亲刚才说了两首诗的名句,可知出处?”

耶律铸胸有成竹地道:“此乃脍炙人口的名诗词,前者是李商隐的……”

“好!”楚材打断说:“这就无需说了,后一首呢?”

“回禀父亲,这是辛弃疾的《破阵子为陈同甫父赋壮诗以寄之》的下阕中的名句……”

楚材见儿女在其母亲的熏陶教导下,都知书达理、学问扎实,心中很觉欣慰。先酒令中已定下,凡回答上的都要喝上一杯。楚材的面前已筛下了三杯酒。楚材一一喝下。剩下最后一杯,妻宛如编纂夺过去代饮了,并说:

“你父不胜酒量,母亲带领了。”她见丈夫情犹未尽,应景诵道:“路漫漫其修远兮,吾将上下而求索。”

下边“饮余马于咸池兮,总余辔乎扶桑……”是在全家吟诵屈夫子《离骚》而结束。辞言刚落,苏氏宛如编纂正色道:“铸儿,吩咐为你父亲备马!”

耶律铸与莲子以及楚材都怔住了。宛如编纂说出掷地有声的话来。

“相公,妾已耽误了你半日的行程,现在,饯行酒已饮过,我母子三人送你踏上征程……”

楚材不禁一阵内疚袭上心头。然而更多的是对妻的感激。耶律铸还在犹豫,宛如编纂厉声曰:“还不快去,勿误了你父的行程!”

马牵来了,宛如编纂亲自牵马,命铸儿道,“蹲下,让你父亲上马!”楚材不忍,但宛如编纂一脱过去的温柔,正气凛然道:“这是应该的,况夫君是为社稷奔忙,儿子只算是略尽孝道罢了。”

耶律楚材的马儿驰远了,回首望去,妻子宛如编纂领着一儿一女站在高处正向他挥手致意。

楚材朝坐骑加了一鞭,这匹枣红马像离弦的箭,驰骋在燕蓟的骄道上……

尾 声

这年正是乃马真后称制的第四年，端阳节过后的第九天上午。

耶律楚材的坐骑已驰在鲁北的黄土官道上。

旭日刚从泰山之巅升起，耶律楚材驰近泰山脚下，仰望这巍峨雄伟的拔地而起的众山之首。

面对泰山，他浮想联翩，追溯到一千多年前的秦皇汉武，他们都曾不止一次的登临泰山之巅。现在他多么想登上群峰之巅，但不是时候，他千里迢迢是为了请孔元措回哈剌和林，等一切人都找到了，他要汇集天下名士到此一游。

他光顾信马由缰地观看泰山雄姿，忘了脚下已是个被水冲刷的悬崖。马到是早已小心翼翼地迈着步子，但楚材侧身一看，脚下万丈深渊，他随即感到一阵昏眩。他强制自己切莫昏倒——这种现象在年前曾出现过一次。这当儿，不能失掉意志，必须下马，躺下来等待清醒。

他翻身下马，神智已离开了他的身躯，是枣红马的马蹄，挡住了他没有落进深渊。

他就这样地离开了人世，带着未竟大业的遗憾离开了人世。他脸色红润，呼吸平稳，他是中风后死亡的。这年正是一二四四年五月十四日端阳节的九天后的上午。

耶律楚材离开了人间。享年五十有五岁。

其间，他似乎在灿烂的阳光下睁过一次眼睛，还环视了一下泰山之巅，似乎告诉人们，耶律楚材并没有死，但随后又闭上了双眼。夕阳的余晖晃照着他的眼睛时；柔和的月光和星光照射着他的眼睛时，他曾经睁开过双眼。是啊！活着，他有很多事情要做，日、月、星辰的光泽照耀着他。但他的双眼再也没有睁开。

他终于离开了人间。事后，有人说，耶律楚材半世宰相，国内财宝有半数进入他府。结果，到府中一看，仅有书籍和几件琴，别无他物。

他的枣红马伴随着他，直至有人发现了僵直的耶律楚材。

耶律楚材去世的消息传开，蒙古汗国举国哀悼，许多蒙古人都哭了，他们失掉了一位为国家呕心沥血，披肝沥胆，大智大勇且正直无私的好宰相；儒士们更是痛哭流涕，他们失掉了一位懂他们用他们，提高他们社会地位的知心人；百姓们焚烧纸钱，他用自己的生命，保护了他们的生命，他们跪别他们的好宰相。一位伟人走了，牵动着人们的心。因为他的心毫无保留地献给了国家和百姓。

他确实没有死，耶律楚材的业绩和思想，永远活在各族人民和睦和谐和平的生活中。